残照の日本近代文学

一九二〇年前後

佐久間保明

扉　榎本隆司

残照の日本近代文学　一九二〇年前後　＊　目次

I

『文章倶楽部』の青春群像　7
ふたりの批評家
――相馬御風『還元録』をめぐって――　41
安成貞雄の生涯　67
安成貞雄の批判精神　82
秋声対白鳥と広津和郎　97

II

『田園の憂鬱』の構成　105
『都会の憂鬱』論
――日かげ者の真意――　127
不遇な芸術家の面影
――『都会の憂鬱』の動機と方法――　155

夢想の好きな男とは誰か
――「美しき町」の由来――　174
「のんしやらん記録」の主人公　192
井伏鱒二における佐藤春夫　201
「西班牙犬の家」から「檸檬」へ　213

Ⅲ

「注文の多い料理店」と虎狩り　221
「氷河鼠の毛皮」の紳士と青年　241

あとがき
――福田久賀男の面影――　259

初出一覧　265
人名索引　274

I

『文章倶楽部』の青春群像

一

新潮社が大正から昭和の初めにかけて発行した雑誌『文章倶楽部』全一五五冊については、かつて筆者自身が『「文章倶《ママ》楽部」総目次・索引』（一九八五・六　不二出版）を編み、あわせて解説を試みたことがある。その後日本近代文学館の企画によりマイクロ・フィッシュ版『文章倶楽部』復刻にともない、『文章倶《ママ》楽部総目次・執筆者索引』（一九九五・三　八木書店）が編集された。本書には保昌正夫「『文章倶楽部』管見」という解説と谷口基「解題」が併載されている。しかし今日では、いずれの解説や解題も隣接する諸領域の研究の進展に比して検討や追究が遅れたままとなっている。

なかでも旧著に収載した拙文の解説では、「一、発行の概要」「二、編集陣」「三、紙面の実際」「四、読者層」「五、性格と役割」という項目に分けながら、読者層の追究が浅いだけでなく当時の時代状況と紙面との関連が見えにくいという憾みが残った。それから十年後に書かれた「『文章倶楽部』管見」では雑誌発行の前史に触れつつ創刊号（大正五・五）と終刊号（昭和四・四）を中心に十数冊を点検したに過ぎないので、文字どおり「管見」と呼ぶにふさわしい文章に終始している。もう一方の「解題」は一年ごとの紙面を丹念に追った客観的な記述が特徴的である。それゆえ書誌や投稿欄の変遷が実証的であるものの、読者をはじめ編集者や執筆者における人物の相関については言及されていない。一方それら「管見」と「解題」を収めた前記『文章倶楽部総目次・執筆者索引』では「執筆者索引」がより詳細になると同時に、拙著でかなわなかった「投稿者索引」が新たに収録された。両索引は総計五〇〇ページ近い記録であるが、これを活用した研究はまだ行われてないというのが実情である。

雑誌の性格から見ると、本誌は明治期に始まったいくつかの文芸投稿雑誌の最終的な後継雑誌といった観がある。明治から大正にかけて文学にあこがれる青少年の多くは博文館の『文章世界』に代表される投稿雑誌に投稿し才能を磨くことに若い情熱を燃やした。ところが日清・日露戦争以後に顕著となってゆく資本主義経済の進展を背景に『白樺』や『新思潮』に代表される同人雑誌の発行が次第にふえてゆく。特に関東大震災後の昭和初期になると、文学愛好家や作家志望者たちによる同人雑誌全盛時代となるのは既に高見順の指摘したとおりである[1]。

視点を変えれば、本誌の創刊された大正五年（一九一六）は、大正デモクラシーを象徴する吉野作造の論文「憲政の本義を説いて其有終の美を済すの途を論ず」が『中央公論』一月号に発表され、本間久雄「民衆芸術の意義及び価値」（『早稲田文学』同年・八）から民衆芸術論が始まった年でもあった。民本主義や民衆芸術の語に代表される言論表現の背景には多様な分野別にいくつもの雑誌が刊行されるという出版界の興隆がある。これ以後は、『主婦之友』（大正六・三）・『赤い鳥』（同七・七）・『改造』（同八・一）・『新青年』（同九・一）・『コドモノクニ』（同一一・一）・『文藝春秋』（同一二・一）・『キング』（同一四・一）が次々に創刊されてゆく。本誌はそのような新しい時代の端緒にあって、文学を愛好する青少年を表現へ誘導する機関でありつつ、新聞・雑誌という出版ジャーナリズムの拡大とともに次第に存在感を増してゆく文壇の状況を反映する鏡面ともなっていた。

本稿では八木書店版『文章倶楽部総目次・執筆者索引』の「執筆者索引」と「投稿者索引」を活用することによ

り、本誌をめぐる多くの文学愛好家であった青少年の実像を探ろうとするものである。当時は無名の若者にすぎない多くの投稿家のなかからは、その後何人もの作家や文筆家が育ってゆく。実際の紙面はそれら投稿者たちの作品をはじめ創作に役立つような記事を載せるだけでなく、文学にあこがれる若い読者の興味に答えるような作家紹介や文壇の動静を反映した記事が盛られる結果となっている。加藤武雄に代表される本誌の編集者ももとは投稿家であり、初めは投稿家として出発しながらのちには執筆者として紙面に登場する者もいた。それら様々な局面を検証して埋もれていた人物を発掘し、人と紙面とのダイナミズムがいささかなりとも明らかになれば、一九二〇年前後を中心とする日本近代文学の側面や断面がおのずから見えてくるであろう。

二

大正五年五月創刊の『文章倶楽部』には、日本文章学院という一種の通信教育の機関誌として新潮社が同年三月まで発行していた『新文壇』の改題という性格があった。この件については前記の拙文にもしるし、保昌正夫の「管見」にも触れられているので詳細はそれらに譲るが、少しばかり補足すべきことがある。

それは本誌の創刊当初には二種類の紙面があったことである。すなわち一般市販向けの有料誌と従来から継続していた文章学院の生徒向けの無料配布版という二種である。この違いは創刊号において最も大きな相違を見せているが、第二号（大正五・六）以下は市販向けに「読者通信」とある紙面が生徒向けには「倶楽部」となるだけである。生徒向けの配布版がまもなく終刊して市販版に統合される時期については不明である。この件についても前記の拙文に明記しておいたが、創刊号における紙面の異同については谷口基「解題」において、「しかし、創刊号の無料配布版が未見であるため」云々と記述されたので、このたびあらためて写真で示すことにした。これによりマイクロ・フィッシュにも未収録の七八・七九・八〇ページ（奥付）の紙面が確認できるであろう。[2]

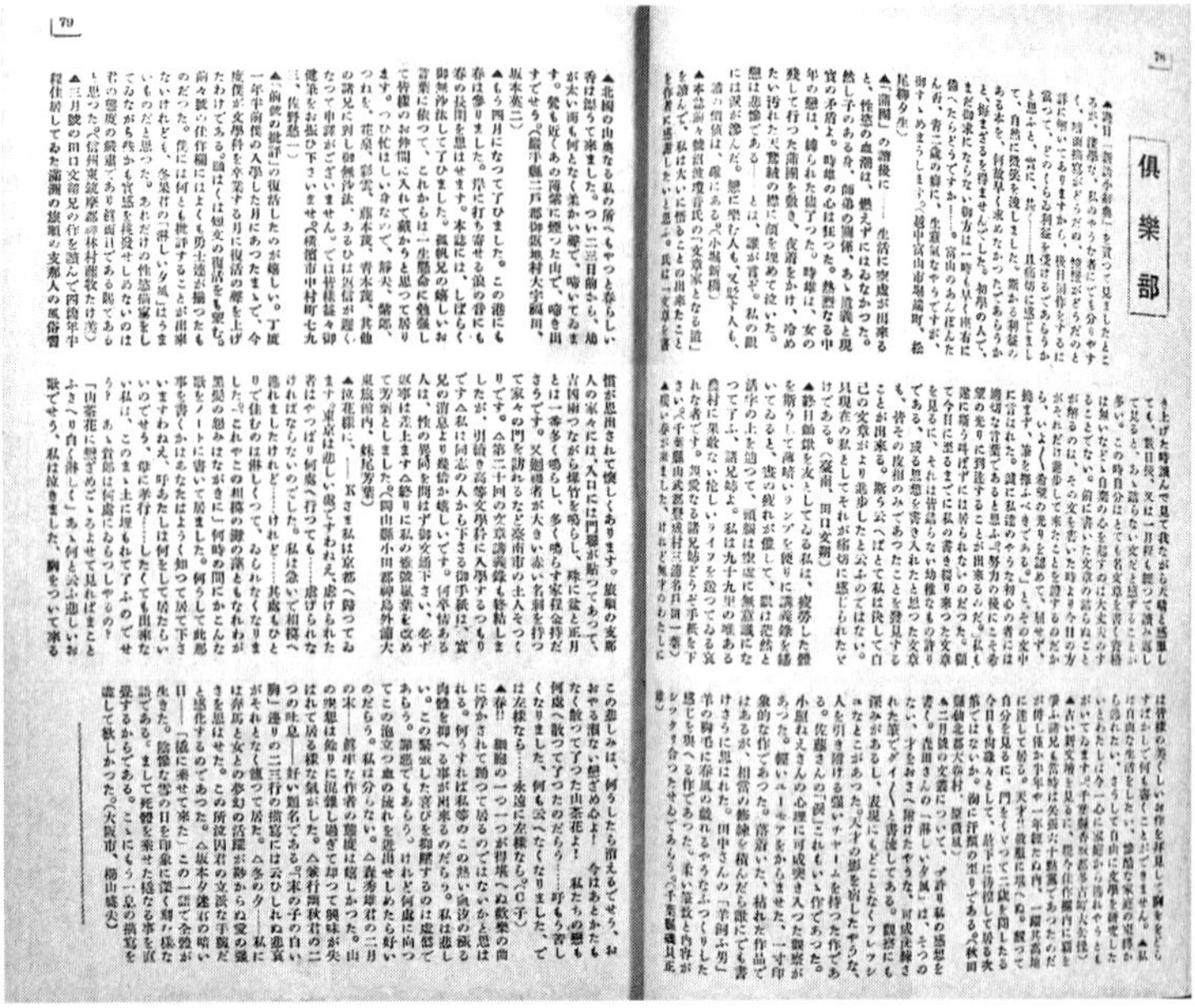

無料配布版

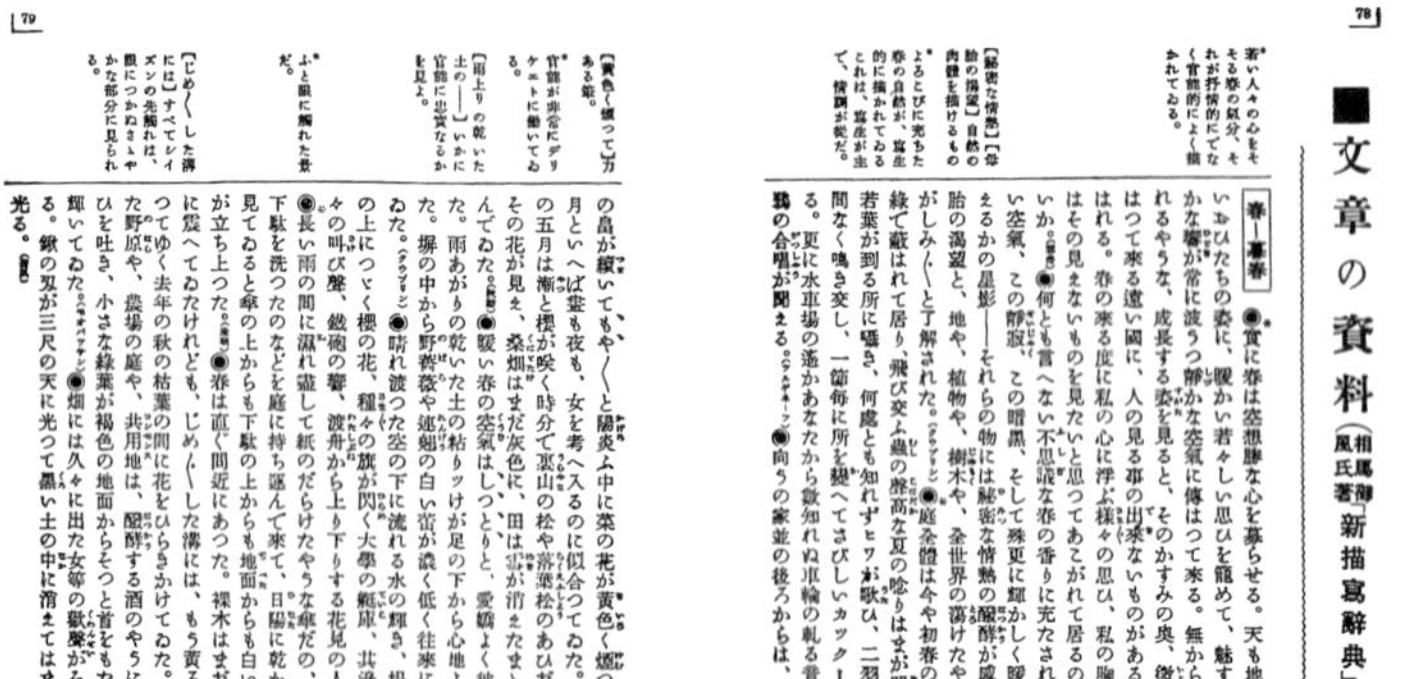

78

文章の資料（相馬御風氏著「新描寫辭典」より）

一記者

若い人々の心をそそる春の氣分、それが抒情的にでなく官能的によく描かれてゐる。

【騷密な情熱】【母胎の渇望】自然の肉體を描けるもの

よろこびに充ちた春の自然が、寫生的に描かれてゐる。これは、寫生が主で、情調が從だ。

【春—暮春】●實に春は空想靜な心を募らせる。天も地も物珍らしいおひたちの姿に、暖かい若々しい思ひを籠めて、魅するやうな微かな響が常に波うつ靜かな空氣に傳はつて來る。無から有が生ぜられるやうな、成長する姿を見ると、そのかすみの奥、微かな響の傳はつて來る遠い國に、人の見る事の出來ないものがあるのかとも思はれる。春の來る度に私の心に浮ぶ様々の思ひ、私の胸に起る波濤はその見えないものを見たいと思つてあこがれて居るのではあるまいか。（蘆花）●何とも言へない不思議な春の香りに充たされたこの柔かい空氣、この靜寂、この暗黒、そして殊更に輝かしく暖かさうに見えるかの星影——それらの物には秘密な情熱の醱酵が感じられ、母胎の渇望と、地や、植物や、樹木や、全世界の蕩けたやうな情慾とがしみ〴〵と了解された。（ダヌンチオ）●庭全體は今や初春の若芽の淡い綠で蔽はれて居り、飛び交ふ蟲の崇高な夏の唸りはまだ聞えないが、若葉が到る所に囁き、何處とも知れずヒワが歌ひ、二羽の鳩が絶え間なく鳴き交し、一節毎に所を變へてさびしいカックーが呼んで居る。更に水車場の遙かあなたから數知れぬ車輪の軋る音に似た白嘴鴉の合唱が聞える。（ツルゲーネフ）●向うの家並の後ろからは、遠く靑い麥の畠が續いてもや〳〵と陽炎ふ中に菜の花が黄色く燃つてゐる。四月といへば晝も夜も、女を考へ入るのに似合つてゐた。（白鳥?）●山國の五月は漸と櫻が咲く時分で裏山の松や落葉松のあひだに、微白いその花が見え、桑畑はまだ灰色に、田は雪が消えたまゝに柔かく黝んでゐた。（秋聲）●暖い春の空氣はしつとりと、愛嬌よく彼の頰を撫でた。雨あがりの乾いた土の粘りッけが足の下から心地よく感じられた。塀の中から野薔薇や連翹の白い蕾が濃く低く往來に垂れ下つてゐた。（タウプリン?）●晴れ渡つた空の下に流れる水の輝き、堤の靑草、その上につゞく櫻の花、種々の旗が閃く大學の艇庫、共遊から起る人々の叫び聲、鐵砲の響、渡舟から上り下りする花見の人の混雜。（荷風）●長い雨の間に濕れ盡して紙のだらけたやうな傘だの、泥に塗れた下駄を洗つたのなどを庭に持ち運んで來て、日陽に乾かした。——見てゐると傘の上からも下駄の上からも地面からも白い淡い水蒸氣が立ち上つた。（藤村）●春は直ぐ間近にあつた。裸木はまだ寒い風の中に顫へてゐたけれども、じめ〳〵した溝には、もう黄ろい櫻草が腐つてゆく去年の秋の枯葉の間に花をひらきかけてゐた。雨にひたつた野原や、農場の庭や、共用地は、醱酵する酒のやうに濕ッぽい匂ひを吐き、小さな綠葉が褐色の地面からそつと首をもたげて太陽に輝いてゐた。（モオパッサン）●畑には久々に出た女等の歡聲がそこゝに聞える。鍬の刄が三尺の天に光つて黑い土の中に消えてはまたピカッと光る。（節）

79

【黄色く燃つて】巧ある筆。

官能が非常にデリケエトに働いてゐる。

【雨上りの乾いた土の——】いかに官能に忠實なるかを見よ。

ふと眼に觸れた景だ。

【じめ〳〵した溝には】すべてレイズンの先觸れは、眼につかぬさゝやかな部分に見られる。

一般市販版

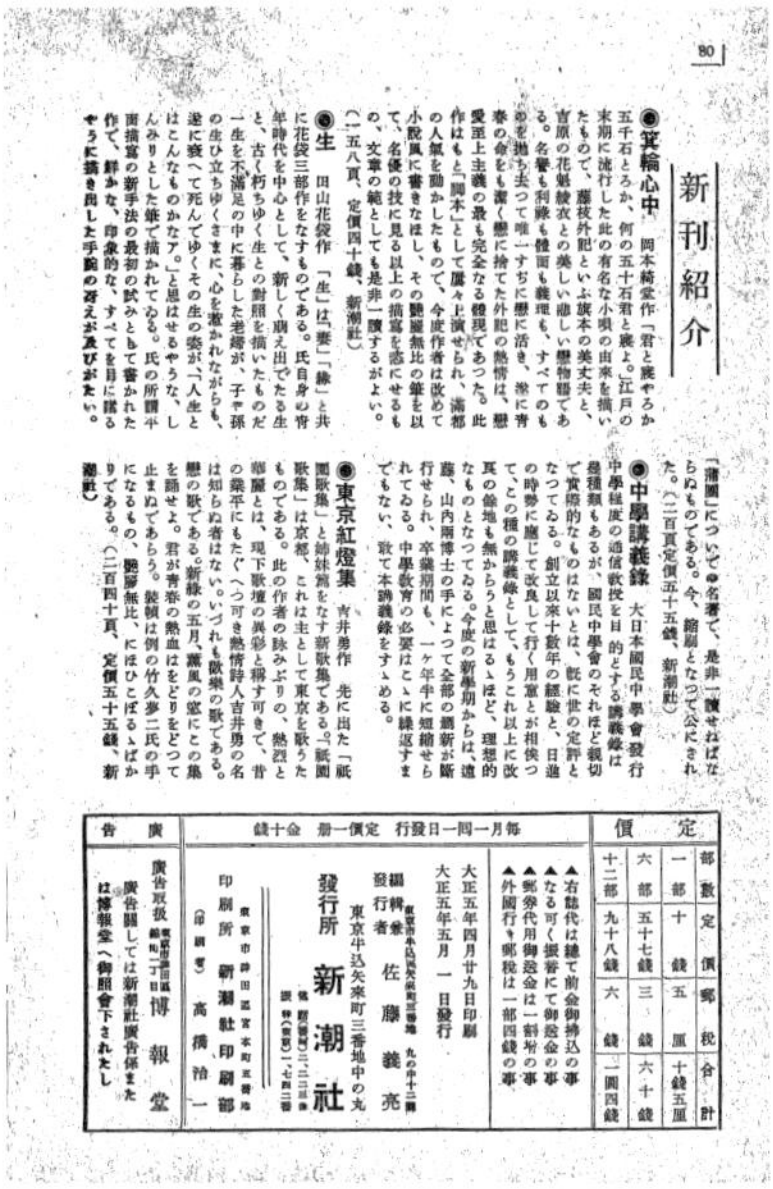

一般市販版

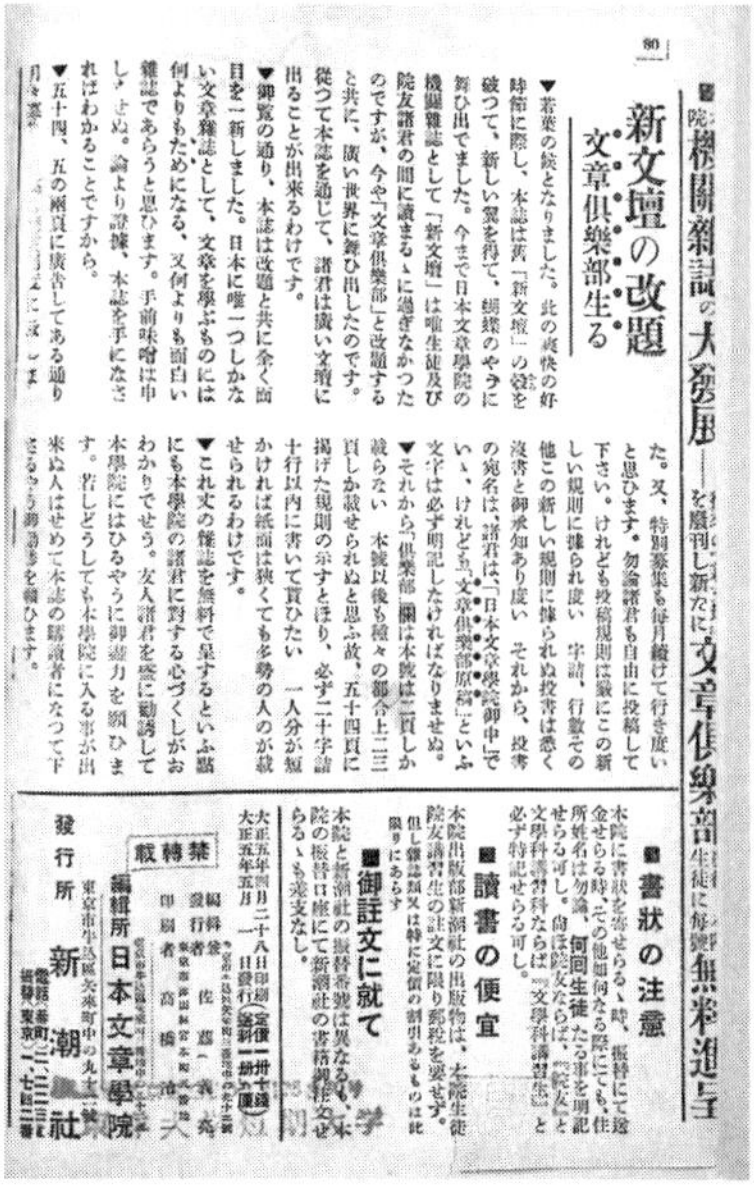

無料配布版

一般読者向けに市販用の『文章倶楽部』を新たに創刊して『新文壇』から本誌へ読者を誘導したのは雑誌の購読者層を拡大するためであり、そのために細部のみ異なる二種の創刊号を案出したのは巧みな営業戦略である。それを考案したのは社長の佐藤義亮かもしれないが、本誌をめぐる青年群像を編集の面から言えば、『新文壇』からその中心であった加藤武雄をまず筆頭にあげるべきであろう。

明治二十一年（一八八八）五月生まれの加藤は本誌創刊の月に満二十八歳となる。神奈川県津久井郡の農家出身の加藤は十代のころ『文章世界』『中学世界』『秀才文壇』などへの熱心な投稿家であった。本誌創刊より六年前の明治四十三年（一九一〇）、二十二歳の加藤は小学校教員をやめて上京し新潮社の記者になる。社長の佐藤に加藤を紹介したのは投稿家同士で文通を重ねた二歳年長の中村武羅夫であり、中村は『新潮』の編集主任となっていた。佐藤の筆名の浩堂生で加藤が国民中学会の機関誌『新国民』に連載した英雄偉人伝を、『歴史小品 最後の一節』(明治四五・七)としたのは代作ながら初めての単行本となる。同じ年に加藤は道村春川の名で『苦学生』(大正元・一二)を出したあと、先の姉妹編となる『歴史小品 血煙』(大正三・三)を書きおろす。社長の佐藤が加藤の才筆を買って『新文壇』編集から『文章倶楽部』の編集主任に起用したのは当然のなりゆきであろう。文学志望の若い読者を相手にする加藤は彼自身が往年の文学少年であっただけでなく、まだ小説を発表する前という作家への途上にあった。それゆえ文学への志なかばということでは、読者である多くの投稿家たちと素地を同じくしていたことになる。

そうした事情は紙面に如実に現れている。それは加藤が当初しばらく本誌の紙面に実名を出さなかったという事実による。持ち前の筆力で小林愛川・道村春川・浩堂・三木生・一記者などという筆名を使い分けるとともに、新刊書籍の広告文案まで制作しながら縦横に紙面を形成していた加藤の姿はあくまで有能な編集者としてであった。しかし加藤の志はそこにない。最初の短編小説「土を離れて」を本誌創刊と同年十月の『新潮』「文壇新機運号」に掲載後しばらくするまで、加藤は隠忍自重したことがうかがえる。加藤の実名が初めて本誌に現れるのはそれから半年以上たったのち、翌年七月となる。投稿欄である青年文叢の選者が浩堂から加藤武雄になるのは大正九年(一九二〇)二月号まで待たなければならない。それはしばらく処女作の評判を見極めて作家という自覚を確かにしようとしたからと推測できる。このような態度は慎重で謙譲な、いかにも加藤らしい姿勢と言える。その間に加藤より一歳若い江馬修の書きおろし長編『受難者』(大正五・九)が新潮社から発行されて読書界の話題になったこともあり、この年の加藤は心中穏やかならざる心境をかかえていたであろう。昭和三十一年(一九五六)六月に加藤が亡くなったのち追悼号の恰好で発行された『農民文学』第七号(昭和三一・一一)には同世代の作家による次のような回想がある。

大長篇「山の民」の作者江馬修が、書き下しの「受難者」一巻で文壇にデビューしたのが、大正五年九月である。作者自身の体験を直叙した、この真摯健全な恋愛小説の発行元は新潮社で、その頃、加藤武雄はその同じ新潮社の一社員として、代作をしたり、同じ年の五月に同社から創刊された、文学青年が対象の「文章倶楽部」を編集したりしていたが、上京する前から、田山花袋の主宰する、「文章世界」に投書して、その筆力を高く買われていた程で、望みは作家として独立することであった。だから、「受難者」が出た時には、「俺より若い江馬如きに先を越されたか」と断腸の思いだつたという。

（鑓田研一「加藤武雄の文学」）

これは作家前夜の加藤の心境を肉声で伝える貴重な証言である。そのころ加藤は「新潮社の一社員」として雑誌編集に追われ、全力を傾けて創作に打ち込むにはほど遠い執筆生活を強いられていた。同じ年の九月には大町桂月の名で『八犬伝物語』（昭和一二・一〇　実名で新潮文庫に収録）を書きおろし、翌年には小林愛川の名で『明治大正文学早わかり』（大正六・六）も書きおろす。これはのちに『明治大正文学の輪郭』（大正一五・九）と改題し実名で刊行する。さらに加藤はトルストイへの傾倒と折からの流行を受けて『トルストイ研究』という雑誌の発行を佐藤義亮に提案し、五年九月の創刊号から編集する（大正八・一終刊）。まさに八面六臂の活躍ぶりであった。

それでも加藤は「土を離れて」発表のあと各誌に短編小説を発表してゆく。それらをまとめて最初の創作集『郷愁』（大正八・一一　新潮社）を発行したことで一息ついたためか、本誌にはそのころより実名での日記や感想が現れるようになる。ただし依然として編集者と作家との二足のわらじを続けた。

加藤に次ぐもう一方の編集の柱には金子薫園がいたが、彼は加藤より十三歳年長の歌人であり、新潮社の社員として短歌の選者などをつとめながら歌作に精進していた。薫園にも『誰でもわかる文章の作り方』（大正六・三）のような著作があるので相応に編集を分担したと思われるが、主任はあくまでも加藤であった。当時の雑誌編集は現在と異なり、みずから多くの記事を書かねばならないので加藤のような筆力のある者でなければ不可能であった。それゆえ自身の作家活動と編集のための執筆との調整が次第に苦しくなっていったことが想像される。

しかし本誌編集の後継者ということでは宮城県出身の佐左木俊郎の出現まで待たねばならない。佐左木は大正十三年（一九二四）八月に短編小説「首を失つた蜻蛉」が佐々木俊郎の名で当選したのをきっかけに加藤を訪ねる。二十四歳であった。のちに「断絃記――佐左木俊郎君のこと――」(3)に、「多くの青年に接して来たが、僕は、最初からこの人に惹きつけられた。東北のなまりのある朴訥な調子で、遠慮つぽく語る一語々々にも何と無く味があつた」と回想するように、加藤は自分と同じく農家出身の佐左木に好感を抱き、彼の筆力を認めて雑誌編集の助手に起用する。既に『婦人之友』や『国民新聞』に小説を連載していた加藤は、この年一月からは『主婦之友』への連載を始めており、佐左木は彼にとって貴重な戦力となったであろう。同年七月からは『朝日新聞』に、翌年は『読売新聞』に、翌々年は『キング』にと連載小説にはずみがつき加藤は一躍流行作家となってゆく。一方で佐左木は社長の佐藤義亮にも認められて社員となり、加藤に替わって本誌編集を肩替わりしたのち、本誌終刊後に創刊された『文学時代』の編集に携わる。かたわら創作にも力をそそぎ本誌終刊の翌年には最初の短編集『熊の出る開墾地』（昭和五・三　天人社）を刊行して新興芸術派倶楽部の一員となるが、三年後の昭和八年（一九三三）三月惜しくも満三十二歳で病没する。佐左木について加藤は前記の回想に、「その頃から、もう農民文学を以て立たうとしてゐたのだらう。見せられた作品も農民に取材したものだつた。どちらかと云へば無器用な、鈍重な作品だつたが、その土臭さの中には、一味新鮮な詩の香が漂うてゐた」とある。農民文学作家を自認する加藤にとってまことに惜しい逸材の喪失であった。

三

本誌の特色ある企画記事の一つに「青年文士録」がある。これは「本誌の一事業として、満天下の文芸愛好家の名簿を集成したい」という趣旨で、「氏名（雅号）―住居⑴生年月⑵職業或は学籍⑶希望⑷自分の私淑する人物」をはがきに記載して応募するよう読者に求めた企画である。第二号（大正五・六）から見開き二ページの一覧表にまとめられ平均五十三名分が掲載される。この企画は筆力の有無に関係なく誰でも簡単に自分の名前を誌上に載せることができるので広く一般に迎えられたことが想像できる。また同好の士を求めて文通を希望する者にとっても好都合というわけであろう、大正十二年（一九二三）四月まで八年間続く。休載は前年一月に一度だけであり、回数の誤記を修正すると総回数は八二、総ページ数は一六六におよび、登載された人数は延べ四四〇五名にのぼった。ここに見られる内容を子細に点検すると読者層の実態がおのずから浮かびあがってくる。

項目ごとに見てゆくと投稿家の傾向が明らかとなる。氏名などから分かる男女別では、はじめ圧倒的に男子が多く、年を重ねるにしたがって少しずつ女子がふえてゆく。それでも全体をとおして見れば男子は九割を超えるだろう。雅号をつける者もほぼ九割にのぼり伝統的な文士を気取る様子が見られるが、後年は若干減少してゆく。住所は日本全国くまなく様々な地名が見える。植民地の南樺太や朝鮮や台湾はもちろん、少数でも中国やハワイやアメリカ本土の地名があるので、本誌の普及ぶりが分かる。生年はほとんど明治三十年代である。年齢にすると十代半ばから後半が多い。

身分については農業や商業が多数をしめる。学籍では中学生が大多数に近く商業学校や農学校があるというように中等学校の水準が平均的である。日本文章学院の生徒や卒業生も多く、通信教育である私立大学の校外生というのも目立つ。言い換えるなら高等学校の生徒や大学生は例外であり、多くは小学校卒業後に進学せぬままやむを得ず働いている青少年の姿が見えてくる。将来の希望としては明確に作家や詩人とする者は割に少なく、文学愛好家や田園文学者とする例が多い。つまり漠然と文学にあこがれつつも現状を甘受している者が大多数であることになる。しかし大正十一、十二年のころになると少数ながら労働運動者・革命詩人・プロレタリア作家という記載が現れ、傾向が変わってゆく。

　私淑する人物を見ると当代の人気作家が分かるが、これを簡単に整理することは容易ではない。幸い読者が統計をとって投稿しているのを参照することができる。たとえば創刊四年目の「読者通信」（大正八・八）によると、「雨の日のつれ〲に本年一月以降七月までの青年文士録中、私淑せる文士を統計にして見た」とあり、「漱石九九、薫園七二、蘆花六五、独歩四七、藤村四七、樗牛四六、紅葉四一、桂月三九、幹彦三一、白秋二三、トルストイ二三、晶子二二、花袋二一、春月一九、潤一郎二〇、牧水一八、未明一七、秋声一四、武郎一四、龍之介一一」という二十位までの結果が出ていた。これによると、本誌編集者の金子薫園の名がある一方、当然ながらまだ著書を持たない加藤武雄の名はない。しかし前々年と前年に『霊魂の秋』と『感傷の春』という二冊の詩集を新潮社から出し、毎号のように詩文を寄せていた生田春月が早くも若い読者の人気を得ていることが分かる。

　文士録のなかから成人後に名をなすことになる人物は十数名にのぼる。現在判明する限りを年代順にあげてみると次のようになる（数字は掲載時の大正の年月）。演出家の川添利基（五・六）、浮世絵研究家の吉田暎二（五・七）、歌人の佐伯仁三郎（同）、同志社大学教授の今井仙一（五・一一）、俳諧研究家で早稲田大学教授の中村俊定（六・一）、歌人の高草木《たかくさき》正治（六・三）、作家の松波治郎（六・九）、作家の井出訶六（七・一〇）、三笠書房代表の竹内富子（七・一二）、童画家で漫画家の松山文雄（七・一二）、詩人の岩佐東一郎（八・六）、詩人の平木二六（八・九）、詩人の五十公野《いずみの》清一（九・六）、劇作家の宇野信夫（九・七）、詩人の乾直恵（一〇・六）、児童文学者の与田準一（一〇・七）、平安文学の研究家で日本大学教授の鈴木知太郎（一一・七）という面々である。

　これら十七名を年齢から見ると、最年少は岩佐東一郎の満十四歳、最年長は高草木正治の満二十三歳であり、平均するとほぼ満十六歳（数え十七歳）となる。身分は中学校や女学校生徒（吉田・井出・竹内・岩佐・宇野・乾）

が多いが、商業や店員（佐伯・今井・平木）や銀行員（松波）、農業（松山・五十公野）として働く同世代も多く、日本文章学院生徒（与田）も仕事を持っていただろう。これだけでも読者全体の平均的な側面がほぼ見えてくる。少数派は早大生（川添）や独学生（鈴木）であり、例外的に「普通学寮」（中村）とあるのは京都の寺での僧侶見習いと分かる。

彼らの大半は「青年文士録」にとどまらず、作品の投稿家としての名前が見られる。なかには作品だけでなく巻末の「読者通信」欄にも投稿している。本誌に初めて「読者通信」ができた第二号には、早速に創刊号を手にした感激を伝える次のような短信が掲載された。

本屋の店先で文章倶楽部を見出したのは全く私に取つて幸福であつた。日頃から新潮だの文章世界を愛読し、幾度か投書しやうかと思ひ乍らも、何となく我々如き若輩の割込めない城壁の様な気がして躊躇してゐた私が、本誌を手にして特別の親しみを感じた事は当然の事でした。私は十七の少年です。小学校の時分から作文が好きで、卒業してからも少年雑誌に投書などしてゐましたが、これからは本誌へ拙い乍ら投書させて頂かうと思ひます。（京都　今井是南）

今井是南はのちに哲学を専攻して同志社大学の教授となる。ここにはいかにも数え歳十七歳の少年らしく、初々しく率直に新しい投書雑誌にめぐりあった新鮮な喜びを述べていた。文士録には、「今井仙一（是南）京都市烏丸通東本願寺前（一）明治三十三年五月二十日（二）店員（三）実業家にして文芸愛好家（四）夏目漱石、吉井勇」（同年・一一第七号）と記載する。また「読者通信」掲載と同じ第二号には「圓山まで」と題して散文も投稿していた。そこでは、「久し振りで見た郷里の街はさして変つてゐなかつた。〔略〕彼は二三日前迄ゐた道頓堀の夜を思ひ浮べた。其処には明るい電燈の下に多くの反物が並べられてあつた。他の番頭丁稚に交つて彼も坐つてゐた。〔略〕……三年前、彼は小学校を出ると直ぐ奉公に出ねばならなかつた。「京都は嫌だ。友達が皆上の学校へ入学するのに僕が丁稚の風して皆に見られるのは嫌だ」彼の希望が通されて大阪のある呉服屋へ明日から勤めると云ふ晩もこの橋の上に立つて京の空を懐かしんだつけ」とあり、数日前までの丁稚奉公の境遇が語られていた。

実は文士録に氏名が掲載された直前の第六号（大正五・一〇）にも、「特別課題　我が希望」という短文の課題に応募した文章が掲載されていた。それは「趣味と感激」と題して、「趣味と感激に生き度い。尤も生活機関は今の腰弁を続ける。実際趣味に生きる人は、心の底に大きい余裕と云ひ知れぬ愉快を蔵し得るから。そして感激に生きる者は、真人としての真芸術を生み出し得るから」と抱負を述べる。大阪の呉服店に住み込みの「丁稚」から現在は月給取りの「腰弁」に甘んじている身が、いずれは「真人としての真芸術を生み出」す人になることを理想とする。将来の哲学徒が想像できるような高い志の表明と言える。今井は現状に安住せず前途に希望を見出そうとする典型的な投稿少年であった。

他方これらのなかで作品掲載の形跡がないのは、川添利基・吉田映二・佐伯仁三郎・井出訶六・鈴木知太郎である。しかし全体から見ると文士録に氏名を登載しながら投稿しなかったり、投稿しても掲載に至らなかったりした者の方が断然多かったであろう。またその後志をとげた者で投稿した過去を語る者は少ない。

しかしのちに歌舞伎劇の作家として「昭和の〔鶴屋〕南北」と言われ、芸術院会員から晩年には文化功労者となった宇野信夫には、投稿経験を振り返った「カフウとニフウ」という回想がある。そこでは、「私の中学生の頃、新潮社から、小型で安価な「代表的名作選集」という双書が出ていて、一流の作家の作品が次々に出版されていた。文学少年だった私は、その中の一冊、小川未明の「物言はぬ顔」を読んだ。国木田独歩を最も愛読していたが、この「物言はぬ顔」には、深い感銘を受けた。暗い北国の描写、哀れな少年の心理が、詩のような文章で綴ってある。

なんという美しい小説だろうと私は思った。自分も将来こうした小説を書いてみたいと思い、将来小説家になろうと熱望するようになったのは、その頃からであった」と始まる。宇野少年に荷風の読み方を教えた早熟な同級生の話題のあと、話は投稿の経験におよぶ。未明の『物言はぬ顔』（大正六・五）から四年後のことである。

兵藤が学校から姿を消したあくる年あたり、私はもういっぱしの投書家であった。その頃、新潮社から『文章倶楽部』、春陽堂から『中央文学』、博文館から『文章世界』――そんな文学雑誌が出されていた。

投書専門誌で『秀才文壇』というのもあったが、その編集者は今の新内岡本文弥で、たしか小森茂生といった。思えば文弥は古い人である。

『文章倶楽部』の小説の選者は加藤武雄、『文章世界』は加能作次郎だった。『文章世界』にはまだ田山花袋が「インキ壺」という随筆を毎号執筆して、それが呼びものになっていて、『文章倶楽部』よりは多少高級であった。

私は『文章倶楽部』や『中央文学』ではいい顔で、『文章倶楽部』に「幸吉の悲哀」、『中央文学』に「若き妻」という十枚の短編が掲載されたことがある。

その頃の投書家で記憶に残っている人に、平林たい子や富田常雄がある。

『文章倶楽部』に「青年文士録」という欄があり、地方の文学青年が自分の生年月日、雅号、尊敬する文学者とその作品、将来の希望などを書いて送ると、新聞の三行広告のような形式で、それを掲載してくれた。

私もそれに応募して、尊敬する文学者を「独歩、未明、犀星」と書いた。

（『心にのこるいろんな話』一九八八・一一　講談社）

これは宇野が埼玉県の熊谷中学在学時代のことである。「十枚の短編小説」という「幸吉の悲哀」は大正十年（一九二一）七月号の掲載であり、同年一月号には「沼辺の小屋」という当選作もあった。「沼辺の小屋」にあった選評には「哀愁に富んだ可憐の作である」とある。独歩や未明に私淑する若者らしく感傷的な情感の漂う筆致となっており、これは同時に加藤の好みでもあっただろう。二作ともに本名である宇野信男としてあるが、他には雅号を用いた宇野草鳴とのちの筆名とする宇野信夫による投稿が各一件見られる。

ここに現れた人名のなかで文章より絵の方面で異彩を放つ人物がいた。「青年文士録」に、「松山文雄（星夢）――長野県小懸郡大門村（一）明治卅五年五月十八日（二）農業（三）画家兼文学者（四）漱石、桂月」（大正七・一二）という記載で登場していた、松山文雄である。本誌への投稿では大正十年から五年間に駒絵が二十六回掲載され、同十二年七月号と翌年三月号には扉絵も掲載される。松山は農家の二男に生まれ、小学校卒業の学歴のまま二度目の扉絵が掲載された年に画家を志して上京する。駒絵の投稿は上京の前から始まっており、繰り返し採用されたことから自信を深めての出郷がうかがわれる。松山は銀座で武井武雄の個展を見て童画に目を開かれ、岡本帰一に会ったのち本誌終刊の昭和四年（一九二九）から『コドモノクニ』に描くようになる。同誌では紙面でなじみの童画家などを訪問して似顔絵をかき短文を添えるという企画が好評を博した。のちに村山知義や柳瀬正夢らと日本漫画連盟に参加したあと、プロレタリア美術運動に接近して『少年戦旗』にも童画を描く。昭和七年（一九三二）には新ニッポン童画会の創設に参加するが、同年には治安維持法違反の容疑で検挙されるという憂き目にあう。戦後は絵本作家としても活躍し、岡本唐貴と『日本プロレタリア美術史』（昭和四五・九 造形社）を編集した。

当時における画期的な絵雑誌であった『コドモノクニ』と言えば、本誌の文士録に氏名を登載した与田準一はのちに同誌への常連の執筆者となる。与田は福岡県筑後地方の田園に生まれ小学校卒業のあと加藤武雄と同じく検定で小学校教員の資格を得る。代用教員をしながら本誌だけでなく『赤い鳥』にも投稿して童謡が北原白秋に認められたのち、大正十五年（一九二六）に上京し児童文学作家として活躍するようになる。本誌においても俳句や散文や小品が掲載されており、大いに自信を深める結果になったことであろう。

四

文士録には登録せずに投稿した後年の著名人は数多い。現在判明する限りを順にあげると次のようになる。大正五・六年の二年間だけで、川端康成、谷中《たになか》安規、津村京村、高浜年尾、萩原恭次郎、橋爪健、飯島正、勝田香月、島木健作、浅見淵、金児杜鵑花の十一名があり、大正七年から十二年までには、鍋山貞親、富田常雄、深田久弥、小野松二、蓮田善明、本庄陸男、新庄嘉章、永井龍男（川崎の姓）、村野四郎、小林多喜二、平林たい子、木山捷平、須山計一、中原中也、楢崎勤、森三千代、伊藤信吉、保坂弘司の十八名、それ以後昭和三年までは、谷馨、野長瀬正夫、真壁仁、高祖保、中本たか子、八島太郎、宮本常一、北住敏夫の八名となり、総計では三十七名である。概観すれば、雑誌刊行の初期に多く大正の後期以降は急激に少なくなる。

本誌創刊の年には川端康成の名が目を引く。前々年に祖父を亡くして孤児となっていた川端は本誌創刊のとき茨木中学五年生で寄宿舎暮らしであった。同じころ『文章世界』や地方新聞にも投稿していた川端少年は、本誌には大正五年七月から十月にかけて俳句五句短歌一首の投稿家として登場する。そのうちには、「物よめば物読む悲し物書けばものかく悲し若く死なむ我」（大正五・九）という悲観的な短歌があり、選者の印象に残ったであろう。これは新潮社版『川端康成全集』第二十四巻（昭和五七・一〇）の「初期習作・未発表作品」にも、同全集の補巻一（昭和五九・四）の「歌稿」にも未収録である。翌年川端は第一高等学校に入学して投稿から離れるものの、『文章世界』の投稿家で同年に二十二歳で夭折した塚越享生の『享生全集』（大正六・一二）を愛読する。早くに肉親と死別した川端がみずから孤独を慰めながら創作に志し投稿に親しんでいたことの現れである。

初期における熱心な投稿家の代表は島木健作である。島木は本名の朝倉菊雄と天涯の雅号で投稿しており、大正六・七年の二年間に俳句や短歌を中心に二十五回その名が見え、『文章世界』にも数回載る。明治三十六年（一九〇三）九月札幌に生まれ母子家庭で育った朝倉少年は、大正六年（一九一七）に本意ならず高等小学校を中退して北海道拓殖銀行の給仕となり、時計台にあった夜学に通っていた。満十三歳から十五歳までのころである。投稿のなかには、「陽の光みてる青空打仰ぎしみじみ生の尊さを思ふ」（大正六・四）、「何のために生きてゐるかとの、しられ黙々と働けり我は」（同七・三）という苦学する勤労少年らしい実感のこもった短歌がある。また七年一月号の「読者通信」には、創刊より三年目に入った本誌に期待する気持が述べられていた。

文章倶楽部も日一日と発展して行く。来年はもう三歳だ。本誌の記事が段々改良されて行くのを見ると私は自分の事の様に喜ばしい《ママ》本誌の内容が良くなればなる程その愛読者たる我々の知識はそれに伴つて益々進んで行くのは当然の事だから。十二月号は一気に読破してしまつた。新年号はどんなだらう。今から発行の日を待つてゐる。（札幌区にて、朝倉菊雄）

文面からは文学にあこがれる純真な少年の姿が彷彿と浮かんでくる。朝倉少年はこの年いよいよ友人たちと初めての同人雑誌を作り始めることになる。本誌への投稿には俳句や短歌が多いものの、小説の一節のような散文もある。その後苦学の途上で次第に社会主義・共産主義に傾き、病弱な体をおして農村でのプロレタリア運動に身を投じるなか検挙や収監という辛苦をなめる経験を経たのち、昭和九年（一九三四）に初めて島木健作の名で小説「癩」「盲目」「苦悶」を発表するまでの長い水脈の淵源がここにあったわけである。

初期から中期に見られる投稿家としてはまず富田常雄をあげるべきだろう。大正七年（一九一八）から四年間に二十七回その名が見える。明治三十七年（一九〇四）元日生まれの富田はこのころ満十四歳から十七歳の中学生時代にあたる。他誌にも投稿する熱心な少年だったようで同時期の『文章世界』にも名前が見える。本誌では常雄を二回だけ使い、それ以外はつね雄を用いている。俳句や短歌が多いものの、散文も数編ある。それらはみな小説の一場面のような文章で臨場感にみちたものである。富田は東京の麴町区永田町に住みながら、白痴の姉を持つ漁師の少年の寂しさ（大正七・七）を描く一方、危険な工場で働く職工の悲しみ（同八・一二）を描くという、早熟で豊かな筆力を見せている。後年「姿三四郎」という柔道小説で有名になる富田が現代もの・時代もの・明治ものを自在に書き分ける才筆の持ち主となることを予感させるような多彩さである。それはまた新聞への連載小説が二十三年間に三十九本になるという驚異的な記録を残した富田が、十代で早くも非凡な才能の片鱗を見せていたということになる。(4)

同じころもう一人熱心に投稿していたのは本庄陸男である。大正九年から三年ほどの間に本名だけでなく、本庄むつを・本庄陸夫・本荘六津男・本荘睦夫のほか北葉子・北葉子生という名を含めて合計十回ほど見え、他に氏名だけの選外佳作が若干ある。明治三十九年（一九〇六）二月に北海道の石狩川河畔に生まれた本庄は大正九年当時数えで十五歳であった。小学校卒業後に村役場勤務や代用教員を経て同年の春樺太に渡り、年齢を十八歳といつわって製紙工場の職工になる。翌年三月には一年間蓄えた賃金を持って上京し、かねての計画どおり青山師範学校に入学する。投稿はほとんど上京後の師範学校在学時のものである。大正十一年（一九二二）一月号の「読者通信」には次のような短信が載る。

雪と氷の北の島に、冷い空を仰いで育つた私に、冬の来るのが、此の上もなく嬉しいことです。雪の降り込む北の国の歌の人、詩の人、益々お奮ひ下さい。若人らしく何処までも進んで行くべき私達ではありませんか。

憧憬の芸術を目ざす人々よ、共々に信じ合つて努めませう。健全を祈ります。（青山にて、本荘六津男）

これは本庄が青山師範に入学して初めての冬を迎える感激である。ここには幼少年期に貧苦の生活を北辺の地に送ったのち、ようやく上京して希望に胸ふくらませている文学青年の心情がまっすぐに表されている。本庄は師範学校を卒業して小学校教員を勤めながらプロレタリア作家となるものの昭和五年（一九三〇）二月に組合活動のゆえに免職される。困難ななかで作家活動を続けたのち長編『石狩川』（昭和一四・五 大観堂）を書きおろして刊行した年の七月、満三十四歳で病没する。本誌では師範学校卒業の前年となる大正十三年二月号に北葉子の名による「夜の男と女」という散文が最後となっていた。全部で千字ほどの文章ながら男女二人の生きた会話がいかにも小説の一場面といった体をなしている。

同じころ中原中也の投稿した短歌二首が掲載されている。すなわち「遠ざかる港の町の灯は悲し夕の海を我が船はゆく」（大正一一・四）、「猫を抱きやや久しく撫でてやりぬすべての自信滅び行きし日」（同一一・六）である。中原の中学時代の作であるが、これらは『防長新聞』にも投稿されており、現在はともに『新編中原中也全集』第一巻（平成一二・三 角川書店）に異同を含めて収録されている。

本誌の後期においては八島太郎が本名の岩松淳（あつし）の名で駒絵を投稿しているのが目をひく。大正十五年から本誌終刊の前年まで十四回におよぶ。岩松少年は明治四十一年（一九〇八）九月に鹿児島県の大隅半島に生まれ、早くから絵画と文章に才能を発揮し、県立第二中学（のちの甲南高校）在学中には風刺漫画「当世ユモア」を『鹿児島新聞』に連載して人気を博していた。昭和二年（一九二七）に東京美術学校へ入学するも軍事教練を拒否したため除籍となる。プロレタリア美術に共鳴して『戦旗』や『ナップ』に寄稿し小林多喜二のデスマスクも描くが、偏狭な軍国主義を痛烈に風刺する批判精神が当局に憎まれ十回も検挙、収監される。近親の人々の協力を得て岩松は妻光子とともに昭和十四年（一九三九）三月貨物船で出航しアメリカに亡命する。ニューヨークに在住すると八島太郎の名により絵物語『あたらしい太陽』（The New Sun 一九四三）を刊行するや、日米戦争下での異色の日本人として注目され、一時は日本兵向けに絵入りの反戦ビラも書く。戦後は絵本『村の樹』（Village Tree 一九五三）、『道草いっぱい』（Plenty to Watch 一九五四）、『からすたろう』（Crow Boy 一九五五）、『あまがさ』（Umbrella 一九五八）などによって海外にも知られる絵本作家となる。これらはのちに本国において日本語版が出版され、その存在が再認識された(5)。

同じころにはまた宮本常一の短歌二首が見える。明治四十年（一九〇七）八月に山口県の瀬戸内海に浮かぶ島に生まれた宮本は小学校高等科を卒業すると大阪に出て逓信講習所で学んでから郵便局に勤め、十八歳のとき天王寺師範学校の二部に入学し文学書を乱読する。短歌はそのころの作である。「木の間よりはるかに安芸の海見えて白帆三つ四つ島がくれ行く」（昭和二・二）、「とこしへの旅人に似て白雪のゆくらゆくらと大空を行く」（同年・四）である。その後まもなく宮本青年は民俗学の道に分け入ってゆく。のちに旅する民俗学者と言われるほど日本国中を歩きまわって新たな学問世界を開拓するようになる生地が、「とこしへの旅人」という語句を含む少数の文字をとおして明らかに見えることが貴重である。つまり旅にあこがれる一人の民俗学徒が確かに存在していたと分かる。

他の投稿家についてこれ以上くわしく言及する余裕がないものの、のちに著名人となる多くの投稿からは、将来に望みを託そうとする青少年が困難な状況のもとでも希望を失わず、それぞれ自己表現や自己確認の手段として投稿に励んでいた様子が見えてくる。単に文学だけでなく様々な分野で活躍することになる歳若い投稿家が本誌を自己実現の足場にしようとしていたのである。

投稿ではなく本誌の記事の執筆者について見ると相当数の主要な人物がいる。まず当然ながら加藤武雄と金子薫園の二人が筆頭となる。ともに新潮社の社員として様々な記事を協力して分担執筆している。加藤は前述のごとくいくつもの名を駆使して文章・文学史・文壇に関する記事を書いているが、実名による記事は少なく三十編に満たない。薫園は文壇に関する記事がほとんどなく、文章や短歌に関する記事が中心であり、後半には自作の短歌発表が中心となる。

二人に次いで終始多くの記事を書いているのは社員ならぬ生田春月である。春月は明治二十五年（一八九二）に鳥取県米子に生まれ、加藤より三歳年少であった。加藤と同じく『文章世界』などへの投稿で文才を磨きつつ、釜山や大阪を経由して上京したのち刻苦のもと曲折を経て、明治四十一年に生田長江の紹介で日本文章学院の添削を始める。長江宅で佐藤春夫とも短期間同居したのち、加藤とは四十五年（一九一二）一月に知り合う。満十九歳であった。大正期にはいると詩作のかたわら小説の翻訳を新潮社より刊行して文筆生活を送る。本誌の大正八年（一九一九）一月号において三十一名の写真を掲げた「文壇新人録」では、「名は清平、鳥取県の人、年二十八歳。学歴としては某夜学校に独逸語を学ぶ為め僅かに半歳を費せるのみ。十三四歳の頃より詩を作り、哀婉悲愁の調はハイネの俤ありと称せらる。翻訳家として、ツルゲエネフの「初恋」以下の訳あり。訳筆の明暢を以て聞ゆ。詩人としては、「霊魂の秋」「感傷の春」の二作あり、本年より専ら小説を書くつもりなりといふ。夫人花世女史亦文名あり」と紹介されていた。ここでは小伝の好意的な書き方とともに、芥川龍之介・菊池寛・佐藤春夫などにまじえて春月を並べた一記者という加藤武雄の篤志がきわだつ。

春月の名が本誌に現れるのは第二号からであるが、詩や感想や小説などを毎号のように寄せて総数は百編を超す。

これは選後評以外で加藤が本誌に実名で書いた作品の数を優に超えている。本誌創刊の翌年には四行詩の選者となり、同年十月号には「新しき詩人」として萩原朔太郎・福士幸次郎とともに口絵写真で紹介される。このような厚遇ぶりには加藤の春月への親愛の情がはたらいていたであろう。小学校の学歴だけで投稿家から文筆一本で身を立ててドイツ語や英語をものにした若い春月に、同じく小学校のみの学歴で投稿家出身の加藤が同情の念を寄せるようになったことは想像にかたくない。

春月は前記二冊の詩集を刊行するだけでなく、『ハイネ詩集』（大正八・二）『ゲエテ詩集』（同年・五）などに代表される翻訳を主に新潮社から刊行しつつ、力をこめて長編小説『相ひ寄る魂』前・中・後編を書きおろし大正十年から四年かけて刊行する。また愛読者を集めて同人雑誌を主宰しながらも、ひそかに挫折感を深めて次第に自殺への志向を強め、本誌終刊の翌年となる昭和五年五月に瀬戸内海への投身を決行する。満三十八歳であった。加藤の肝煎りで翌年『生田春月全集』全十巻が新潮社より刊行された。

加藤が評論方面で信頼した執筆者には、まず宮島新三郎がいた。加藤より四歳年少の宮島については前記の「文壇新人録」に、「東京の人、二十八歳。私立東京中学校を経て早稲田大学英文科を卒業。中学在学中日本文章学院に学ぶ。（第七回卒業生）カアペンタアの「愛と死」、トルストイの「青年」等の翻訳あり。最近文芸批評の筆をとり、その鑑賞の周到と批評の深切とを以て世の注目を惹きつゝあり。本間久雄、原田実、西宮藤朝、森口多里の諸氏と共に早稲田文芸社の同人たり。将来早稲田評壇の一権威たらむ」とある。宮島は英国の社会思想家カーペンターの研究家であったが、もと日本文章学院に学んだ投稿家だったという経歴がとりわけ加藤に親近感を増幅させたであろう。のちに加藤は宮島の『トルストイ研究』への寄稿に関することから次のように回想する。

宮島氏が、トルストイの遺稿の一部を翻訳してくれたのが忌諱に触れてその号が発売禁止の厄にあつた事がある。さうと知ると宮島君は、あはて、飛んで来て、非常にいんぎんに陳謝されて、却つてこちらで痛み入つた事を覚えてゐる。そんな事から、私と宮島君との親交の緒がひらけたのだが、子供つぽい綺麗な顔をした身だしなみのいい青年紳士で、衷に関東生れの強い根性を蔵しながら、物静かな温和な好ましい感じをたゞよはせてゐた人であつた。宮島氏と云へば、私が上京当時の「新潮」は、巻末に投書欄があり若干の投書があつまつて来たが、私がその選評に当つた事がある。昨日の投書家、一変してなつた俄造りの選者先生の眼に、水際離れた才気を示して、毎号優位を争ふ二人の投書家があつた。一人は宮森真声、一人は山路赤春。ところがその宮森真声が当時早稲田の文科生だつた宮島新三郎、山路赤春が、生長の家に一世の信仰をあつめてゐる谷口雅春であつた、とあとになつて判つた。

（「横顔　我が文壇生活回顧」）

加藤が宮島を信頼し、宮島もそれによく応じたことが分かる文面となっている。宮島は主に「短編小説の新研究」「芸術新話」「明治文学十講」「新文芸講話」などと題して内外の文学に関する評論記事を連載している。その間に早稲田大学の予科にあたる高等学院の教授となって英国へ留学し、帰国後は同大学の助教授となる。本誌に連載した文章を基に『短編小説新研究』（大正一三・九　大洋社）や『明治文学十二講』（同一四・五　新詩壇社）を刊行しており、誌上は違っても「昨日の投書家」が投稿雑誌の執筆者を経て文学者になったことになる。

加藤の声がかりをきっかけに文学者になったと自認する人物には、彼より六歳年少の木村毅がいる。木村も『文章世界』への熱心な投稿家であった。岡山県の農村に生まれた木村は小学校卒業後に講義録で勉強し検定によって中学卒業資格を取り早稲田大学に学んだ。本誌創刊の翌年に卒業して出版社に勤めていたところ、加藤から『トルストイ研究』に寄稿を求められる。木村は当時を回顧して、「加藤武雄は二度、私のために「種子まく人」になってくれている」として、「始めは小学生時代、彼が「中学世界」、「文章世界」に投書する美文が、初めて私の心に、文芸のめでたさを教えてくれた。それから十年たって、今度は筆に生きる、つまり文学者となる手引きをしてくれた」と言う。寄稿を依頼されてから加藤宅を訪問するようになり、ある日木村は次のように言われる。

「僕もいよいよ雅号も変名も取り消して、親のつけてくれた名にかえろうと思う。ついては君に折り入って相談がある」

それは「文章倶楽部」に毎月のせる「文芸講話」を、

「君ひとりで担当してくれんかねえ」

と言うのだ。〔略〕

「文壇の潮合いをはかって講話の問題を考え、またその適当な筆者を物色する。ひと仕事なんだ。僕はいよいよこれから創作家たることを志して、一飛躍したい。それにはそんな雑役はひとつでもへらして、肩をかるくしたいんだ」

その下心で原稿をたのんでみると、私にはこれに当たる学識と、問題をさがし出してくるジャーナリスチックなセンスと、平明暢達な文章が、三つ拍子そろっているのだという。

但し純粋文芸の「白樺」や新進の芥川や、三田派などは、これを啓蒙的な仕事だと言って、馬鹿にし、軽蔑する風潮がある。だからまことに相すまんが、……と加藤は申しわけなさそうに言う。

（木村毅『私の文学回顧録』昭和五四・九　青蛙房）

このような加藤の依頼を木村は、「望んでもない、いい話である」と快く引き受ける。すなわち、「それっきり、「文章倶楽部」のこの講話は、加藤氏は私にまかせっきりで、何の不服も小言も言わず、十年ぐらい、つづいた」

となる。木村は「芸術新話」「文芸新話」と題して連載を重ね寄稿の総計は宮島より多く七十回を超える。木村はそれらをもとに『小説研究十六講』（大正一四・一　新潮社）や『文芸東西南北』（同一五・四　同）をはじめ生涯に二百冊以上の著書を刊行し、文学研究者としてだけでなく社会的にも活躍するが、「最後の投書家あがり文士！　私はこの名称に限りない愛着と満足をおぼえる」と言い、生涯を在野精神豊かな著述家として過ごした土台は本誌で築き得たと言ってよい。

同じく評論では加藤より二歳年長で早大卒の加藤朝鳥もいた。朝鳥は「文芸講話」「新文芸講話」「芸術新話」の題で連載した文章を『最新文芸思想講話』（大正九・七　新潮社）として刊行する。大正九年に瓜哇《ジャワ》日報の主筆となって一時日本を離れたときも寄稿がある。また後年ポーランドのノーベル賞作家レイモントの作品を翻訳した功績で同国政府の勲章を受章する。前に引用した加藤の回想には、「象のやうな柔らかな眼眸、円満にふとつた顔、くつくつとさも楽しさうに笑ひながら話す朝鳥氏に向へば、いつも春風に面を吹かるゝ気持がしたものである」(6)とあり、愛すべき好漢の横顔が伝えられている。

掲載作品の多さという点では吉田絃二郎と小川未明が目立つ。加藤より三歳年長の吉田は主に感想などを八十回ほど寄せている。前記「文壇新人録」には、「本名源次郎、佐賀県の人、三十四歳。早稲田大学英文科出身にして、目下、同校の講師たり。感想小説集「生の悲劇」「生命の微光」「生くる日の限り」「島の秋」等は、その清純にして敬虔なる独自の心境を語れるもの、最も詩人的宗教的賦質に富める作家として重んぜらる。「島の秋」の一篇最も世評あり。その他、「タゴオルの哲学と文芸」等の著あり」とある。加藤は特別な回想を残していないが、吉田の人と文章が当時若い人々に広く人気のあったことが評価された結果であろう。

小川未明は小説や小品を中心に六十回ほどの掲載がある。明治十五年（一八八二）新潟県高田市生まれの未明は加藤より六歳年長ながら、本誌創刊の前には新人作家と言ってよかった。加藤が未明の人と作風を好んだことは、明治四十三年十月に中村武羅夫を頼りに上京した翌日、二歳上の水守亀之助とともに居宅を訪ねたことによって知られる。このとき未明は満二十八歳であり、後日の回想では次のように述べていた。

未明氏はその頃の新進であつた。「鐘の音」「惑星」、などという短篇集は、田舎で読んでいて、そのメルヘン風なロマンチックな、異色ある作品は私の愛するところであつた。花袋氏等の自然主義とは全く相容れぬものだが、私の未来の傾向には、ぴつたりと合つているかに思われたので、此の近くに小川氏が居るときかされると私は早速伴れて行つて貰い度いと水守氏に請うたのである。〔略〕

何んな話をされたかはよく覚えていないが、「見給えあの樹の様子を！」強度の近視眼越しに遠くの方のどこかの庭樹の梢を見やりながら、「澄み渡つた空に梢を捧げてゐるあの樹、あの樹は空と接吻しているように見えるぢやないか。ね、君、櫛の梢は空と接吻している――僕は斯う書くね。ね、さう書いたつて何も悪い事は無かろう、ね、君。」

（「横顔　我が文壇生活回顧」）

加藤はこれに続いて、「「愚鈍な猫」などの代表作を書いて後、童話作家として大成されたが、未明氏の童話は、ひとり小供の為めのみではない。大人の為めにも独一の文学である。未明童話集は、もつと芸術的に高く評価されねばならぬと、私は今でも思つている」(7)と言う。加藤は未明に自身と共鳴する資質を見出して作家専業の労苦に同情し、彼に発表の機会を与えていたと想像できる。未明に次いでは近松秋江、室生犀星、加能作次郎、藤森成吉、江口渙、江馬修が四十編前後掲載している。

絵の方面では在田稠が最も多く大正五年から十二年まで一〇二回を数える。在田は創刊号に始まる多くの表紙のほか、「名作絵物語」「文壇漫画」「漫画　文壇近事」「漫画紀行」などを描くかたわら漫画や絵物語などの選評も担当する。それだけでなく、「漫画の芸術的価値」（大正九・七）を書いて漫画表現に理論的根拠を示そうとしたことは先駆的な試みである。また「草画投書家として」（大正八・一〇）で、「投書家としての私の経験」を回想していたように、在田自身も中学一、二年生のころ『ハガキ文学』や『中学世界』などへの投稿の経験を持つ少年であった。

在田に代わって大正十三年以降に絵の方面を担当したのは須山計一である。須山はかつて投稿家であった者がのちに執筆者になった例の代表である。大正十年九月の文壇漫画から始まって十三年二月まで、駒絵のほか書簡文や日記文などを投稿している。当時は須山少年が東京美術学校入学前の十七歳のころであり、絵画だけでなく文学にも興味があったことが分かる。十三年四月からは在田稠に代わり終刊号まで総計五十回にわたり「文壇漫画」「名作絵物語」「文壇時事漫画」等の題で紙面を飾っている。須山はのち『無産者新聞』に連載漫画を描くようになり、昭和八年にはプロレタリア美術家同盟の書記長として検挙される。同じくもと投稿家で前記の八島太郎は岩松淳の名で大正十五年に「文壇漫画」を六回描いている。本誌への投稿においては誌名にうたう文章表現のみならず、表紙絵・扉絵・絵物語・駒絵・漫画という方面の投稿が次第に活況を呈していったことが分かる。

かつて投稿家として紙面に名前が出たなかで、のちに執筆者となった者は何人かいる。文士録に氏名を登載したなかでは、川添利基、平木二六、五十公野清一であり、それ以外では川端康成、津村京村、萩原恭次郎、橋爪健、勝田香月、金児杜鵑花、富田常雄、小林多喜二、平林たい子、須山計一、森三千代、八島太郎などである。

これらのなかでは川端康成の出現が比較的早い。短歌を投稿してから七年後に短編「男と女と荷車」（大正一二・四）、その翌年に「バッタと鈴虫」（同一三・一〇）の二編を寄せている。十二年八月号の口絵写真「文壇新進の人々」では五人のうちの一人として角帽に和服姿の写真が掲載されている。同年一月に創刊された『文藝春秋』の編集同人に名を連ねたことが大きかったであろう。

本誌の投稿家とは言えないものの、投稿家に近い位置にいてのち執筆者に加わった者に林芙美子がいる。林は大正十四（一九二五）年五月号に新しい詩人として詩を発表して以降全部で六回寄稿していた。出世作となった『放浪記』（昭和五・七　改造社）には、「六月×日　久し振りに東京へ出る。新潮社で加藤さんに会ふ。詩の稿料六円戴く。いつも目をつぶつて通る、神楽坂も今日は素的に楽しい街になつて、店の一ツ一ツを覗いて通る」とある。加藤の方では、「林芙美子女史の「放浪記」を読んでゐたら、新潮社へ行つて、加藤武雄から此の原稿料を貰つたといふやうな事が書いてあつた。赤い帯をお太鼓に締めて、首をかしげて物を云ふ小さい小さい芙美子さん、その時さしあげたのは多分二円か三円かの原稿料ではなかつたか(8)」と戦後の『文章倶楽部』で振り返る。

林はまた、「新潮社から出てゐた『文章倶楽部』と云ふ雑誌が好きでした。室生犀星氏が朝湯が好きな方だと云ふことも古本屋で買つた『文章倶楽部』で知りました(9)」とも回想していた。戦後刊行された「放浪記第三部(10)」では、「ルパシカを着て、紐を前で長く結んでゐる艶歌師の四角い顔が、文章倶楽部の写真で見た、室生犀星と云ふひとに似てゐる」、「浅草の古本屋で、文章倶楽部の古いのを見つけて買ふ。黄ろい色頁の広告に、十九歳の天才島田清次郎著「地上」と云ふ広告が眼につく」、「文章倶楽部を読む。生田春月選と云ふ欄に、投書の詩が沢山のつてゐる」、「古い文章倶楽部を出して読む。相馬泰三の新宿遊郭の物語り面白し」と、本誌に言及すること四回に達している。林が早くから本誌を好んで親しみを増し、困窮のなかでも手に取ってひとときの安らぎを見出していたことが分かる。かつて尾道の女学校の二年次に赴任してきた早大出の大井三郎について、「私はこの先生に文章倶楽部と云ふのを毎月借《マ》して《マ》ゐた(11)」という回想もある。当時変名で地方新聞に投稿していた林なので本誌への投稿があってもおかしくない。それらしい投稿もないわけではないが、現状では未確認と言うにとどめる。林はいかにも本誌に似つかわしい読者であり執筆者であったと言えるだろう。

本誌の執筆者については加藤武雄の人脈や好みによるところが大きい。しかし一面では常に新しい詩人や作家が紹介されている。それゆえかつての投稿家がいち早く紙上に登場することもある。それは読者が投稿に関心のある青少年であることが加藤の念頭から離れないからであろう。たとえ作家や詩人として大成せずとも、短歌や詩が一般の執筆者と同様に掲載された投稿家が何人もいた。それは本誌が新人の発掘を心がけ、その成長に期待していたことの証左である。文学にあこがれ創作に志す青少年にとっては明治以来の大家以上に、新しく文壇に登場してくる新人作家に対して好奇心や憧憬の念が大きくはたらくからである。

六

本誌の紙面の全体を眺めると、雑誌の刊行が十三年間の長きにわたるだけにおのずからなる変遷がある。創刊の初めは文芸投稿雑誌という性格を明確に持っていたので文学愛好家の読者に対して創作に役立つような啓蒙的な記事を提供するかたわら、実際の作家生活に関する興味や関心にこたえるような記事も様々なかたちで用意するようになる。それらは個々の作家の実生活の報道だけでなく集団としての文壇に関する情報へと広がってゆく。編集の方針がそのように拡散した原因には一方で同人雑誌がふえたため、投稿の水準が低下していったという事情があるだろう。大きく見ると本誌は投稿雑誌から次第に普通の文芸雑誌に変化していったと捉えることができる。

創刊に続く数年の紙面で分かることは、本誌が最も文芸投稿雑誌らしい時期が創刊二年目の大正六年（一九一七）前半期に終わっていたことである。これは金子薫園・佐藤浩堂共編『小品　千人文集』（大正六・二）発行の一件において顕著に現れている。この文集については同年二月号以下に継続して広告の掲載があるので、誌面を丁寧に見ておれば分かるはずであるが、これを単なる広告と軽んじてしまうと見逃すことになる。もとはと言えば前年の第七号（大正五・一二）に、十一月末締切で二十字詰十行以内の小品文の募集告示があったことに始まる。これも奥付に続く、裏表紙の裏側にあたるほとんど広告面での掲載なので今日では見落とされがちであろう。前述の八木書店版『文章倶楽部総目次・執筆者索引』には記載されていない。同「総目次」にあるのは翌大正六年一月の「文壇一百人号」における、「懸賞小品文当選発表　薫園・浩堂共選」「当選発表に先立ちて」という二行である。

そこで当該の誌面を見ると一等から七等までの三十六名の作品が掲載されている。ところがそれらの前に「当選発表に先立ちて」という見出しのもと、「此の度の懸賞小品文募集が、如何ばかり諸君の心を動かし、諸君を鼓舞激励せしめたかは、集まる所の篇数九千八百の多きに及び、それが何れも諸君の全力的である事である。懸賞であるが故に当て込むと云ふやうな野心は寸毫も無く、諸君の実力の一大試験場である如くに考へて、各自腕に縒りを掛けて、張り切つた文情を披歴したことは、這の種の募集に於いて稀に看る所の成績であつた。選者は諸君の労力を深く悦び、之に酬いるに出来る丈け精細な批判を以てして、次の如き諸篇を当選と定むるに至つたのである」云々と続く文章があった。これは一面過大な褒辞であるものの数で圧倒するような投稿家の熱意を伝えている。

これら三十六編の作品掲載の後には、「懸賞小品文応募投稿者諸君に告ぐ！」と圏点入りの見出しを立てて再び文章が始まる。その要点のみを抽出すると、「斯くの如き多くの投稿を集め得た事は、日本の雑誌界を通じても、恐らく空前の事であらうと思ふ」、そこでほぼ一万編のうちから千編を選んで一冊を編むことにしたというのである。この「文壇一百人号」では次のページを使って、薫園や浩堂の執筆になる付録にも触れながら詳しく『小品　千人文集』を紹介していた。「菊半截五百頁■定価五十銭」のところ投稿者には四十銭にするという。この記事についても前記「総目次」には記載がないので、「総目次」を見る限り異例となる文集発行の件は分からないままとなる。これは出版社側でも思いがけない商機であり、一万人近い投稿者の多数によって購読が申し込まれ本は間もなく完売したであろう。のちに新潮社で図書総目録を編む際も原本を確かめられなかったようである。[12]

当選発表の翌二月号でも特異なことがあった。それは匿名のＳＳＳ氏による「投書家のおもひで」という見開き二ページの記事である。ここには「優秀なる本誌の投書家」として十二名が顔写真付きで紹介されている。こういう形式で投稿家を顕彰することは『文章世界』など他の雑誌でなら珍しくないが、本誌においてはこれが最初で最後となる特例であった。この名残りが翌年十一月号の「青年文佳作三篇」に見える。ここでは文章が掲載された三名の投稿家のうち、なぜか二名だけに顔写真がある。結局本誌すべての紙面を見渡しても投稿家の顔写真が掲載されたのはこの二冊だけである。これも前記「総目次」を見る限りでは分からない。それはともかく結局このような文集の企画も写真入りの投稿家紹介も以後は途絶える。これは加藤が作家として本格的な出発をする前までの年と重なる。つまり本誌の投稿雑誌としての高揚期は創刊時からおおむね二年ほどに過ぎなかったことになる。

それからの本誌は表面上それまでと大差ない編集が行われる。しかし変化が進行した明らかな結果は大正十年ころに現れる。たとえば同年一月の表紙に「世界現代文芸の研究」と銘うたれた「新年特別号」は、目次に「特別倍大号」とあるように盛り沢山でありながら、文章に関する記事がないことが特徴的である。「現代文豪一覧」と題して「現代世界文豪約六十家の小伝と肖像とを掲ぐ」としていることが新しい。これは新潮社で前年より「世界文芸全集」全三十二編を企画し発行を始めたことに連動するものであろう。同じ号からは「世界文豪の面影」という連載も始まり、本誌には海外文学に関する記事が増えてゆく。海外作家の紹介では大正十二年一月号の「現存せる世界文学者小伝」で総計八十六名の作家の列記を経て、昭和二年三月の「海外名作の印象」特集に行き着く。しかしこれらは投稿家にとって直接役立つような記事ではない。

一方で投稿の水準が低下してゆくのは覆いがたい事実であった。大正十年四月から短編小説の募集をした結果は、同年六月号の奥付の上段に「記者より」として、「応募小説の不成績にも困りました。集まつた数は、非常に多いのですが、これはといふものが一つも見つからなかつたのです」となる。同じ号に掲載された当選作の末尾には、「選評余言――第一回の成績は数に於いては、意外に多く集まつたが、どうもい、作が無かつた。殆どお話にならないやうなものが大部分を占めてゐたのには閉口した」とまで言う。

そういう事情からか同年十月号の当選小説には川崎の姓で永井龍男の「蒼空の下に」が載る。選評はない。永井の回想によると、初めて投稿した「活版屋の話」が雑誌『サンエス』（大正九・九）に載ると間もなく、プロレタリア作家の内藤辰雄が自宅に訪ねてきて加藤武雄を紹介してくれたと言う。加藤は、「どうもこの頃いいものが集まらなくて困る、君ならば僕が選をしなくても当選作として掲載することができる、自分は目下多忙なので、選をしている暇がない、書いて来ないかと言うので、持って行ったのが「蒼空の下に」だった。文章修行という意識が強く、たいへん読みにくい。これは「活版屋の話」に次いで、大正九年に書いたものだが、このほかにもう一篇採用され、各十円の懸賞金をもらった」[13]、川崎は母方の姓を使ったと回想する。もう一作については不明である。年代について記憶違いがあるが、このとき永井少年はわずか満十七歳であった。加藤には念入りに選考する余裕がないと同時に投稿の質が低下していたことが推測できる。つまり当時本誌はもう投稿雑誌としての命脈がほぼ尽きていたと言ってよい。先発の『文章世界』は既に前年十二月に終刊しており、明治以来の投稿雑誌の時代は終わろうとしていた。

文章表現の投稿雑誌としての本誌の性格は弱まりつつも、しばらくそれらしい誌面造りは継続する。それは前述したように表紙絵・扉絵・駒絵に加えて漫画という絵画表現への投稿が次第に増加していったという一面があったからであろう。また投稿の事情を別にすると、新進作家の紹介が途絶えなかったことも大きい。本誌は創刊の初期から芥川龍之介・久米正雄・広津和郎・中条百合子をはじめ絶えず新人を紹介していた。大正の中・後期においても、労働文学の宮地嘉六や宮島資夫や新居紀一をはじめ室生犀星や藤沢清造などを起用している。主として見るべき学歴のないまま苦労しながら創作に励んできた作家が多い。投稿家である多くの読者はそういう経歴の新人作家に共感を抱くゆえに、新進作家の紹介記事がある限り読者は離れなかったことが見える。しかしそのような新人の紹介も繰り返しが露呈し限界が生じてくる。

大正の後期以後になると特集号のありかたに変化のきざしが見られる。たとえば表紙に「現代文士録・文壇出世譚」とある翌大正十一年一月号からは「文壇近事画報」が始まる。これは毎回一から四までの連番を持つ写真の口絵であり、十四年八月号まで続く。その間には関東大震災後の「凶災の印象　東京の回想」(大正一二・一〇)という例外的な特別号があった。これには短歌と俳句の投稿欄しかない。翌十三年一月の「新年特別号」を経て、特集号が連発されてゆく。すなわち「文壇一百人」(大正一五・一)、「後継文壇号」(同年・七)、「文学と社会」(昭和二・一)、「大正文壇総勘定」「海外名作の印象」(同年・三)、「大正文壇十二作家論」(同年・四)、「文壇現状論」(同年・五)、「作家となる道」「映画化された名作」「文壇を目蒐けて」(同年・六)、「大衆文学の批判」「農民文学の研究」(同年・七)、「新聞雑誌研究号」(同年・九)、「戯曲研究号」(同年・一一)、「長篇小説研究号」(昭和三・一)という具合である。加藤が本誌終刊後に、「文学青年の伴侶として、文壇の水先案内たるところに編輯方針を置いた(14)」と言ったように、昭和に入ってからはより一般的な文芸雑誌という性格に変わってきたことが分かる。

昭和期という本誌の最終期には欧米の映画女優の話題が大きくとりあげられ、モダニズムの反映が濃くなってゆく。しかし本誌のモダニズム、都市文化に対する反応は鋭くない。映画に代表されるモダニズムも文学をとおして誌面に反映されるが、その速度は遅い。新しい都会風俗を反映した探偵小説雑誌『新青年』が大正九年に創刊されても、江戸川乱歩が本誌に登場するのは終刊号の直前、昭和四年三月であった。その一方加藤武雄が自分なりに認める農民文学の動向を誌上に反映させようとしたことが分かる。しかしこれは作品にめぐまれぬまま、遅くとも強いモダニズムの潮流に押されてしまった観がある。

このような結果を見せる本誌の人と誌面をあらためて概観するなら、『文章倶楽部』が大きく大正デモクラシーの潮流を背景にしつつ誌歴を重ねてきたことが分かる。創刊三年目の三月に始まった「文芸新語辞彙」の初回(大正七・三)は「民衆・民本主義・民衆芸術」であり、昭和になると吉野作造の寄稿もある。大正後期から昭和初期にかけては労働文学やプロレタリア文学の作家を誌上に起用しており、社会思想に関する啓蒙記事も怠りなく掲載している。投稿家にものちのプロレタリア作家の本庄陸男や転向作家の島木健作とともに須山計一や松山文雄や八島太郎などがおり、共産党幹部として獄中での転向宣言が有名になる鍋山貞親少年がいた。また終戦直後のインドネシアで連隊長を射殺して自裁する蓮田善明のような国粋思想の強い文学者となる投稿家もいた。思想的に左右両様に育ってゆく多彩な読者の核をなす多くの投稿家は、日清・日露戦後の憲政擁護運動や普選運動を背景に育ってきた新しい青少年の群像であった。

注

（1）高見順『昭和文学盛衰史』（一）（二）（昭和三二・三〜一一　文藝春秋新社）
（2）市販版は七八・七九ページが一記者による相馬御風著『新描写辞典』の紹介記事、八〇ページが新刊紹介となり、奥付に「編輯所　日本文章学院」がなく印刷日が「四月廿九日」となっていた。
（3）加藤武雄『郊外通信』（昭和一〇・一二　健文社）
（4）よしだまさし『姿三四郎と富田常雄』（二〇〇六・二　本の雑誌社）
（5）宇佐美承『さよなら日本　絵本作家・八島太郎と光子の亡命』（一九八一・一一　晶文社）
（6）「横顔　我が文壇生活回顧」（『文章倶楽部』昭和二四・三〜二五・八　文章倶楽部社）
（7）こういう文学観は加藤の創作の核心につながる。というのは第一創作集『郷愁』の書名となった短編「郷愁」こそ未明の童話に通じる「メルヘン風なロマンチックな、異色ある作品」と言ってよいからである。
（8）「私の履歴」（『私の文壇生活を語る──十五作家──』昭和一一・五　新潮社）
（9）加藤武雄「『文章倶楽部』回顧」（『文章倶楽部』昭和二三・七　書物展望社）
（10）「放浪記Ⅱ第三部」（『林芙美子文庫』第八　昭和二四・一二　新潮社）
（11）「私の先生」（『文学的断章』昭和一一・四　河出書房）
（12）『新潮社九十年図書総目録』（昭和六一・一〇）にはページ数と定価の記載がない。

（13）「あとがき」（『永井龍男全集』第一巻　昭和五六・四　講談社）
（14）加藤武雄「回顧十七年」（『文学時代』昭和七・七　新潮社）
＊右以外の参考文献として『本庄陸男遺稿集』（昭和三九・七　北書房）、小笠原克『島木健作』（昭和四〇・一〇　明治書院）、安西愈『郷愁の人　評伝加藤武雄』（一九七九・一〇　昭和書院）などがある。
＊本稿を成すにあたり、大森澄雄、山田俊治、遠矢龍之介の各氏より資料の提供を受けた。各位のご厚意ご親切に対し感謝申しあげる。

ふたりの批評家
——相馬御風『還元録』をめぐって——

一

早く歌人として出発し次に口語詩運動の先駆をなした相馬御風は、島村抱月が英国から帰国して自然主義評論を先導すると、その驥尾に付して論客としての令名を馳せるようになる。それから数え歳三十四歳の御風が大正五年(一九一六)二月に『還元録』(春陽堂)一巻を世に送るや、突然一家をあげて新潟県糸魚川へ帰住したことは文学史上の事項となっている。しかし御風の言動が当時の文壇の耳目を引いたにもかかわらず、動機の真相についてはまだ明らかであるとは言い難い。既に、「事実、四十年以前に、ひとりの少壮批評家にペンを折らしめるにいたった理由のすべてを知ることは、今日ほとんど不可能であろう(1)」という評言もあり、軽々しく詮索などできないが、様々の要因が絡みあっていたという事情が推測される(2)。

御風自身が深刻な懺悔録の体裁をとっている『還元録』に対しては少なからぬ人々がとりあげ賛否両様の発言をしながら、全面的に向き合って正面から意義深い批判をなしえたものは決して多くないというのが実情であった。たとえば赤木桁平は、「四月の評論」(『時事新報』大正五・四・八〜一四)において三井甲之の「相馬御風氏の発心」

（『文章世界』同年・四）を批判した上で御風についても、「自己欺瞞の悲哀と天才意識の崩壊とが、御風氏年来の素質たる殉情的傾向《センチメント》と相待つて、そこに這般の問題を惹き起すに至つたに過ぎない」と決めつけている。赤木に批判された三井の評論については後述するが、同じ『時事新報』には田中王堂の「証據の二三」（同年四・二五〜五・二）がある。王堂はそこで、「昔から色々の理由で、職業や、生活の方法を変へた人々は沢山ある。魚屋を止めて八百屋になつた者もあるし、下駄屋を止めて薪屋になつた者もある」と軽妙な比喩を持ち出し、「たゞ御風氏と世間並の職業変へをする人々との間の相違は、後者は自分一身の都合からとのみ観念して、黙つて職業変へするのに、前者は其れに社会的評価を附会しやうとして居ることだけである。然し、此の場合に、正しいのは後者の態度であつて、前者の云為は確かに間違つて居るのである」と批判する。それぞれに厳しい語調が目立つものの、いずれも連載評論の初回で短く言及して終わっているので中途半端で内容的にも充実しないままとなった。

そうしたなかで特に注目に値する批評家としては、広津和郎と生田長江をあげることができる。両者はほぼ同時期に発言しながら等しく正面から御風の弱点短所を衝くことにより、それぞれ独自の文学批評を形成しているからである。なおそこにはおのずから好一対とも言うべき批評的な対照も見られる。当の『還元録』自体については最近になって金子善八郎(3)による詳細な調査研究の書が刊行された。本稿では広津と長江の二人の批評に焦点を絞り、大正五年当時の文学史的な状況をあらためて確認しようとするものである。

二

ここでいきなり文学史の現場へ降りてゆく前に、当時と現在との中間に位置する御風没後の間もない時点に現れた回想のたぐいを振り返っておくことは、問題の所在を確かにするためだけでなく歴史の遠近法を誤らぬためにも必要なことであろう。御風の「還元」行為から三十年以上経過した段階で書かれた三者について、以下要点を摘記してみる。

まず昭和二十五年（一九五〇）五月の御風死去の翌年に、彼の故郷隠退を要領よく解説したのは歌人で国文学者の服部嘉香であった。服部は御風より三歳下の後輩で早稲田文学社でも一緒に活動したという経験の持ち主であり、御風の著書『一茶と良寛と芭蕉』の創元文庫版（昭和二六・一二）の巻末解説で隠退の動機を五項目に整理している。

第一には、「明治末期からの自然主義の文学の体験とその失望」である。そこから第二の、「トルストイの人道主義」の影響が生じたとする。第三には、「御風の凡人礼賛に繋がる」ものとして、「大正二年吉野作造が主唱し始めたデモクラシーの影響」があげられる。第四は、「恩師であり、同志でもあつた島村抱月への哀惜であらうか」として、大正二年（一九一三）に抱月が文芸協会から離れて芸術座を創立したとき、「御風が早稲田に幻滅の悲哀を感じ出したこと」を指摘する。そして第五には、「大正三年の第一次世界大戦の勃発が与へた深刻な精神的打撃であらう」として、「英雄主義を否定した御風が、新しい英雄時代の出現を招来すべき大事件を見て、人間の虚偽と頑愚とに失望したであらうことは想像に難くない」と推断している。さらには、「なほ、その頃御風は、精神的苦悩に加へてひどく健康を害してもゐた。これも大きな動機となつたであらう」とつけ加えてもいる。いかにも後輩らしく先輩の御風を温かく見守ろうとする気持のゆきとどいた考察と言える。

これら五項目を列記する前のところでは、「彼がトルストイに私淑したために一時刑事が尾行してゐるといふ噂もあり、当時は『昆虫社会』と題した本を社会主義の本と思つて押収したといふ笑ひ話もあるくらゐだから、単に噂だけでもなかつたと思はれるが、それを怖れるほどの御風でもないであらう」と述べていた。無政府主義者であつた大杉栄との交際を踏まえた表現であるが、「噂」だからと一概に否定してしまわないばかりか御風に対する理解を示そうとする配慮がここにもにじみ出ていることが分かる。

より有名な回想としては正宗白鳥『文壇五十年』（昭和二九・一一　河出書房）の一節がある。「不可解な相馬御風の帰郷――花袋、万太郎の御風観[4]」と題された章では、その頃片上伸や吉江孤雁とともに早稲田出身の有望な秀才と注目されていた御風が、万難を排してロシアやフランスに行った片上や吉江と異なり、「他の二人よりも争闘心も党派心も強さうな彼が、若隠居を極め込むのは、私などには意外に思はれ奇怪に感ぜられた」と述べる。白鳥はさらに続けて、「それで、あのころの相馬の行動を思ひ浮べ、その人柄を考へ、をりをり耳に入つた仲間内の噂を参考として、判断すると、彼の還元行為、すなはち都会退却の行為は、アナキスト大杉栄などの仲間にまき込まれる事を恐れたためではあるまいか」と推測した上で、「抱月に伴はれて、堺枯川一派の社会革命家に会つて論争したことが機縁になつたのか、大杉栄と親しむやうになつたらしかつた。無遠慮な大杉は、自分と話相手になりさうな文壇人には、進んで親しまんとしてゐたやうであつたが、相馬に対してもわが党の士といつた態度を採つて接近し、相馬をも抱き込んで、徒党の人数に加へ、連判帳にサインでもさせそうな気配を見せたらしい。それで、相馬は深入りして、のつぴきならぬ場合になりさうなのに気づいて、恐怖の念に駆られたのではあるまいか」とより詳しく推測する。

ここに引用した回想は大正二年三月二十二日にメゾン鴻の巣で催された第三回「近代思想社小集」に抱月と御風が招かれて参加した事実に触れている。これは御風より四歳年長の白鳥が率直に考えを披歴したものであるが、「この文章の調子では、大杉を白鳥が理解していたとは思えず、たとえ気楽に書いた比喩とはいえ、「連判帳にサインでも」というような緞帳芝居の感覚で発言している[5]」と言われるのはやむを得ない。しかし「恐怖の念に駆られたのではあるまいか」という直感はそれほど的はずれではないと言えるだろう。というのは服部嘉香が否定しながらもそれに触れ、もう一人の回想もそこに言及していたからである。

もう一人は御風と同じく糸魚川の出身で早稲田大学でも同窓だった中村又七郎である。中村は帰郷したのちに新聞記者・県会議員・町長・代議士を経て戦後初代の糸魚川市長となった人物である。糸魚川町長を父に持った御風とは小学校で同級だっただけでなく、明治四十年（一九〇七）以降早大の講師を務めたこともあった。中村の『おこぜ随筆』（昭和三〇・一一　私家版）の一章「未明と御風」[6]では、「大学の講師時代、彼は文科に、私は専門が支那語なので政経科、商科、師範科であったりしたので交渉はなかったが、それでもタマには講師室で一緒になって、幼なじみの昔の話をして笑ったものであった」と回想されている。また御風の故郷隠退については、彼が大学の校歌を作詞して「それから何でも彼は社会主義に入って、無茶な無政府主義を主張したり、今でいう共産主義を主張したりしたので、警視庁のブラック、リストに載り困っていたこともあったと記憶している。元来が体軀から来る弱々しい人間であったのだからであろう。それが堪らぬほど苦痛になって、私より先きに郷里に遁走し、隠棲してしまった」とある。政治家として長い経歴を持つに至った中村にすれば、御風の退隠は「弱々しい人間」の「遁走」として納得されたというわけである。

後輩・先輩・同輩の三者より相次いで語られた回想は時間が没後間もないという点で一致しているだけではない。それぞれに表現は異なるものの、いずれも大杉栄らとの交渉に触れていることが期せずして共通点をなしている。一人服部嘉香こそ「それを怖れるほどの御風でもないであらう」とかばっているが、正宗白鳥と中村又七郎の両者はともに御風に特有の性格的な弱さと把握して憚らない。大杉ら『近代思想』一派との接触が何をもたらしたかについて御風自身は何も語っていないので不明のままであるが、三者の回想に見る限り恐怖の念に近い感情や心情がその故郷隠退を導く要因になったことはほぼ疑いえないと言うべきであろう。御風が生前触れようともしなかった事がらだけに、図らずも没後間もなく浮上してきたことの意味は見過ごせない。

三

広津和郎による「相馬御風氏の『還元録』を評す」は、最初の評論集『作者の感想』（大正九・三　聚英閣）に収められ、のち『廣津和郎初期文芸評論』（昭和四〇・八　講談社）に再録された。もとは「相馬御風氏に」という表題で雑誌『洪水以後』第八号（大正五・三・二一）に掲載されたものである。本稿では以下これを簡略に『還元録』評と呼ぶことにする。これは、「今あなたの『還元録』を読み終りました」と始まる書簡体の批評である。文体も文末をです・ますとする敬体で、終始「私」が「あなた」に語りかける体裁をとっており、形式的にはいかにも後輩が先輩に対して親愛と礼儀を以て接しているかのように見える。他方内容的にはこれまでの広津の御風評を集大成したものであると同時に、先輩後輩という関係を超越して対等な位置からする忌憚のない物言いとなっている。この大正五年初頭に批評活動を始めた広津が一月から三月に至る短期間のうちに書いた批評には、御風に関する批評が含まれており、それらはいずれも痛烈な批判精神の産物となっていた。

広津の『還元録』評の冒頭近くには、「『還元録』一巻に現れてゐる根本思想は甚だ結構な思想です。私もかなり好きな思想です。私も亦あなたと似たやうな事を考へたことがあります」という部分がある。これは全体を貫く批判的な基調とは異なり、好意的かつ丁重な姿勢となっている。しかし広津は既に前月の『洪水以後』第五号（同年・二・一一）の「ペンと鉛筆」欄に三分の二を費やして御風批判の短文を発表していた。それは二月に発表された『還元録』の抄録と言うべき御風の文章を対象としているだけに、まずは広津の「ペンと鉛筆」を参照するとより分かりやすくなる。

そこでは敬体ではなく常体で、「▼同じく「早稲田文学」の巻頭には相馬御風氏の「凡人生活の福音」と云ふ評論が載つてゐる」と始めて、「これは近頃の氏の思想を最も明らかに主張したものらしいが、かう云ふ風に考へて行つた末はかう云ふ風な処まで終に来たと云ふだけの事はよく解る」と、一定の留保をつけながら理解する態度を示す。すぐ続いて、「併し論中「自己の英雄化」の誤りであつた事を説きながら、やつぱり此の論文の全体の調子には、即ち御風氏その人の気持を表はしてゐる文章の調子には、如何にも自分を悲壮がつてゐる処がある。先駆者がつてゐる処がある」と言う。これは前述した田中王堂の「黙つて職業変へ」せず「社会的評価を附会」することに通じる。批判は続いて次のように展開する。

▼併しそれは一面から考へれば、同情しなければならない。何故かと云へば、これは御風氏の心が到達しようと望んでゐる理想に過ぎないのだから。従つてあの論文はその理想に向つてこれから辿らうとする御風氏の態度論に過ぎないのだから。若しあの心境が態度論でなく、御風氏の到達した現実であり、あの論文が態度論でなく、御風氏の到達した現実の表白であると云ふならば、あんな調子に書いたあんな論文は今更麗々しく発表する必要もないのだから、それ故あの論文の批評は今後の氏の生活を持つて初めてすべきものである。

▼御風氏は今度東京を去つて田園に帰り、実際に凡人生活を送るさうである。そして文壇も離れてしまふさうである。思へば氏の思想の変化は実に眼まぐるしいものであつた。併し今度の思想に達して初めて氏のほんとうの道が開けたのだらう。どうかさうありたい。そして氏が真面目な新生活に徹底せん事を心から切望して止まない。

ここで対象としている「あの論文」すなわち「凡人生活の福音」が既に『還元録』の要約とみなされるだけに、広津の御風評もほぼこれに尽きているという観がある。広津は故郷への隠退をまず「文壇も離れてしまふ」という意味で理解した。つまり広津の言う「ほんとうの道が開けた」というのも、御風による文芸評論家の隠退という前提に基づいてのみ発せられたことばである。それゆえ『還元録』評の冒頭近くで言われた「甚だ結構な思想」も「私もかなり好きな思想」も単純な賛意を表すものではないであろう。十分に含みのある表現であったことになる。同じ批評文では、この後すぐに批判を旨とした論調に一転する。そこに現れる個々の批評言も冒頭近くの部分と同じく、以前広津が『洪水以後』に書いていたことの変奏となっていることが特徴である。

たとえば、「直ぐ感心してしまはれる傾きがある」例としてあげた、「トルストイとツルゲエネフの決闘に就いてのあなたの解釈の変化」に関して、「あなたは四五年前にはツルゲエネフがトルストイの決闘を受けなかつた事を冷静だと云つて賞讃して置きながら、昨年はツルゲエネフがトルストイの決闘を受けなかつたのをツルゲエネフの不徹底と断定して、ツルゲエネフを攻撃してゐられる。私はそれに対する批評は前に書いたことがありましたが」というのは、『洪水以後』第二号（同年・一・一二）所載の「トルストイとツルゲエネフの決闘」のことである。

続いてまた、「あなたはあのやうに感心家と云ふ処があります」としたのち、「つまり、あなたのセンチメンタルな、物に感心し易い（これは一面あなたの好い性質なのですけれど）心が気になるのです」という問題点を提示した上で、「さういふ気持は又移り易いと云ふ事が気になるのです。これは或は杞憂に過ぎないのでありませう。併し此『還元録』一篇の底を流れてゐる文章のトオンには、未だあなたの移り気の抜け切らぬ処が大分あるやうに思はれます」と指摘する。こうした「移り気」について広津は、同誌の第七号（同年・三・一）所載の「思想の変化」と書で述べていた。そこでは直接名前を出さず、「或る思想から或る思想に絶えず移り変つて行く思想家がある」と書き出して、「かう云ふ思想家は実は進歩的思想家ではなくて、女性的思想家なのだ」と続け、駆け落ちしたお姫様の庶民生活への変わり身が速いように、「直ちに一つの思想から脱却して、他の思想にうつれる思想家の多くは、もと〳〵前の思想に対する執着が欠けてゐるのである。だから何時又更に他の思想にうつつて行くか解らない。だから彼等の宣言や悲壮振つた態度には少しも信用が置けないのである」と論断していた。

かつては明確に名指しをせず一般的な言い方にとどめていたので非難の対象が不明であったが、広津の念頭には初めから御風が批判の対象として不動であったと分かる。当の『還元録』評にあっては、「――あなたは何時でもセンチメンタルでした」「あなたには一つの思想に対する執着が少しもありませんでした」「あなたは女性的な思想家だつたのです」等と繰り返しているが、御風のそうした「移り気」な傾向は広津にとって真先に否定されねばならなかったのである。

さらに、「あなたは今や謙遜の美徳を唱へてゐられる。あなたから謙遜の美徳を聞く事は非常にうれしい。あなたは今まで臆病は持つておられたが謙遜は持つてゐられなかつた」とある評言は、同じく第五号（前出）所載の「自己感心の恐ろしさ」に通じている。そこではオスカー・ワイルドをあげ、「あの聡明なワイルドが、彼の心に動もすれば溢れて来る自己感心の気持を支配し得ないでゐる事である」「ワイルドは謙遜を頭で知つた。だが、彼の心そのものは謙遜とはかけ離れてゐた」とする。このような言い方は御風批判へそのままつながっている。

広津の『還元録』評では続いて、「謙遜よりも更に根本的に必要なのは『無邪気』と云ふ事なのです」「何よりも一番無邪気になる事があなたには必要なのです」と発展する。これは同誌第三号（同年・一・二二）所載の「ペンと鉛筆」（のち「思想の誘惑」と改題）の趣旨に重なる。そこでは、「謙遜と云ふ事は実に美しい徳だ。けれども、暗示に罹り易い、誘惑に罹り易い、内省の欠けた人間には、この美徳さへが一個の誘惑になつてゐる」「真の謙遜の所有者は謙遜の概念に対して無意識である。もつと無邪気である。先づ何よりも無邪気たれ」とあった。これはその名が見えずとも、御風へ向けた批評以外の何物でもないと言えるだろう。

『還元録』評の最後では筆者みずから要点をまとめている。すなわち、「あなたはセンチメンタリズムを第一に捨てなければいけない」「それから第二に謙遜よりも無邪気にならなければいけない」「それから今一つあなたに向つて云ひたいのは、『説教をするな』と云ふ事です」「それから型にはまつた『モオラリストになるな』と云ふ事です」という具合である。

こうした要約が広津による『還元録』評の特色を示していると同時に、その批評原理をも語っている。それは広津が極めて的確に御風の性格と傾向を剔抉していることである。もと原題が示唆していたように、広津の批評は御風に対して文学者としての性向を鋭くとらえて見せていた。これは先に『洪水以後』第一号（同年・一・一）所載の「ペンと鉛筆」において、「私は初めから或る標準を立て、批評したくない。なるたけ各作家の傾向に這入つて行つて、そして各作家の心境を見て行きたい」と宣言していた抱負を、まず御風において実行したということになる。

『還元録』評を発表したのちにも、広津は自身の批評姿勢について述べている。それは翌月の同誌第十号（同年・四・一一）に発表された「批評家の態度」である。ここではまず三井甲之「相馬御風氏の発心」（前出）と磯部泰治「還元果たして唯一の道か」（『新潮』同年・四）とについて論評する。前者については、「前にも云つた通り、三井氏の態度は何処までも学者的である。寧ろ相馬御風氏一個に対する批評としては、何の必要もない事ばかりくどく述べてゐて、ほんとに必要な事は僅かしか云はない。或は殆んど云つてないと云つても差支へない位である」と概括する。

後者については、「三井氏の態度から見ると、磯部氏の態度は余程温かい。学者的変梃な空想の範疇を以て、換言すれば、個人の素質を認めず徒らなる『時代』の範疇を以て相馬氏を批評しようとしない処に、そして其文体の一本調子な処に、我々に親しみを感じさせるあるものがある」とする。それだけでなく広津は、「併し磯部氏の態度も私には物足りなく思はれる。と云ふのは、三井氏ほどはげしくはないが、やはり相馬御風氏の素質を無視してゐるからである。相馬氏の煩悶苦悶及びその真実性を余りに無条件に受け入れ過ぎているからである」と批判する。次にあらためて御風の素質を批判的に要約した上で、「批評家は個人のその素質を無視して物を云つてはならない。相馬御風氏に対する批評も氏自身の弱みを指摘する事が、今の処最も有効な批評であり又最も深切な批評でもあるのである」と結論する。

こうして見てくると広津の批評は確固とした信念に支えられていたことが分かる。このような批評観の由来については後段に回さざるを得ないが、この年の初頭より本格的な文筆活動として批評を始める広津にとっては、まず相馬御風という評論家が批判すべき対象として見出された。つまり『洪水以後』に連載された批評がそのまま先行の同業者とも言うべき御風への批判となったのは、広津が駆け出しの批評家として自身の批評方法について深く考えざるを得なかったからであろう。そこから御風の態度が広津のとろうとする態度とは相容れないだけに、『還元録』の発表は広津にとって御風批判の最初で最後という絶好の機会になった。ここにおいてよく御風批判の集大成がなされたのはうべなるかなということになる。

四

生田長江の批評は、「文芸界時評―送相馬御風君帰北越序―」(『新小説』大正五・四)[8]という表題で発表された。これも広津の『還元録』評と同じく書簡体であり、繰り返し「御風君」と呼びかけ「君」という二人称を使った敬体で書かれている。またのちに「副題が示す通り冷笑・揶揄に類する」[9]と評されたごとく、御風の『還元録』を「新しい「帰去来の辞」」に見立てるという風刺的な発想に基づいていた。そこで長江が、「私もつひつり込まれて、「送相馬御風君帰北越序」を書いて見たくなりました。これがあの文章軌範もどきの漢文で出来上つてゐないのは、多数の読者諸君に好都合であるかも知れないと思ふだけ、私自身にとつて残念な事であります」と言うのは、他の評家も指摘していた御風の大げさな「還元」行為に対する反発による皮肉と言える。

一見して「冷笑・揶揄に類する」体裁とは言え、長江による批評の意欲は広津にくらべ優るとも劣らないことが分かる。これは広津の場合と同じく、今回が文壇を隠退しようとする御風へ向けての最後の批評の機会になるという意識に発するからであろう。実際にも、「遠い過去に溯つて云へば、私は君に対して随分忌憚のなさ過ぎるやうな批評をも加へてゐました」と回想するのは、広津の『還元録』評がそれまでの御風評の集大成の体をなしていたことと符合する。それゆえ、「私のやうな筆不精な人間がこんな物を書いて見やうと思ひ立つた」云々や、「君の退隠を、それほどの重大事件と思ふに到らない私は、ほんの少しばかり酔興から、ずつとより多く君に対する私の好意から、此下らない公開状を君に宛て丶かくことにしたのであります」と言う文面からは、長江一流の皮肉な調子とともに並々ならぬ意欲がうかがえる。なお分量においても広津のそれに引けを取らない長江の批評の要点は、文章の段階的な展開に従って数箇条に大別できる。

まずその第一条は、御風が「生れたるジァアナリストであるといふ」「定評」より始まる。そういう御風の「性格素質」は長短両面の結果をもたらすとした上で、長所はともかく短所については、「過去から、歴史と伝習とから解放されてゐるところに、君の強味がある代り、現在から、周囲と輿論とから解放され得ないことに、君の弱味があることを、いかに不愉快でも、君は承認しなければなりますまい」「要するに、君は言論家としての、思想家としての理想より云へば、あまりにジァアナリストに出来すぎてゐるやうに思ひます」と指摘する。これは御風の文学者としての性格より見た批判であり、広津の批評に一脈通じている。長江の言う、「賑やかなジァアナリズムの要求に応じさうなものを、器用に撰り分けすばやく掌中に握つてしまふ。その器用さとすばやさ」を、広津は御風の素質的な弱点である「感心家」「センチメンタリズム」「移り気」ととらえ、繰り返し批判していたことになる。ところが長江はこれを御風の性向や素質として把握するにとどまらず、次のようにまた別の角度から切り込んでいた。

ところで、君が器用に振り分け、すばやく掌中に握つてしまつたところの、その時々の賑やかな問題は、いつ迄もジァアナリスティックにのみ取扱はれてゐたか？　ジァアナリズムとして君に取り上げられた問題は、例へば最近に、オイケンから、ベルグソンから、タゴオルから、乃至はトルストイなぞから取り上げられた問題は、いつまでも単なるジァアナリズムたるに止まつてゐたか？
いや、決してさうでないと私は言ひたいのであります。

このように御風に問いかける形式をとりながら、長江は御風の素質論から抜けいで、より大きく思想に特有の問題に踏み込む。すぐ続いて、「うそから出たまことと云つては、甚だ失礼に当りますけれど、君が職業的に（無意識ながら）つかんだ問題も、つかまれたのちには随分職業ばなれのしたものになつてゐました。それが君自らの為めに考へなければならぬ、厳粛な君自らの問題になつてゐたように思ひます」（傍点は原文、以下同じ）と述べたところに来ると、長江は御風に思想的な苦悩の存在することを察知したように見せかける。そこからさらに、「その際君が殆んど全くジァアナリストの立場をはなれてゐたことを、私は否定したくないのであります。兎もあれそこに、「思想家相馬御風君」のあつたことを、否定したくないのであります」とたたみかけて、前に御風を「ジァアナリステックな敏感をもち過ぎて」いるので「自由思想家たるべき資格に乏しい」としていたことを忘れたように言うのは、御風を思想家として認定しておいた方が批判しやすいという長江一流の修辞的な技法であった。ここで長江がそれ以上くわしく御風の思想的な苦悩の内容に立ち入ろうとしないのは、それを裏づけるものであろう。その替わり次のような風聞を紹介する。

君を以て徹頭徹尾ジァアナリズムの権化なりとしてゐる世間は、君がこのたびの退隠事件の動機をもかなり皮相的に見て居り、かなり乱暴に説明してゐるやうであります。事件があまり突発的に見えたからでありませうが、理解なく、口さがなき京童共は、君があまりに調子に乗つて、危険思想と危険人物とのつきあひをしすぎた為め、ある方面からして気味わるき威嚇を被り、他の方面からして好意の警告を受けた結果、愕然として

驚き、翻然として態度を改めたのであるなぞとさへ申して居ります。（傍点は原文）

世間一般つまり「理解なく、口さがなき京童共」といういかにも軽んずべき言い方を持出して、長江はいよいよ批判の第二条となる御風における「退隠事件の動機」の核心に切り込もうとする。ここでもなお皮肉冷笑の口調があらわなのは、御風が「気味わるき威嚇」や「好意の警告」によって「愕然として驚き、翻然として態度を改めたなぞ」というのは「かなり皮相的」な見方であり「かなり乱暴」な「説明」だと言うところに強く現れている。すなわちこのような皮肉な言い回しはかえって、御風に対する「世間」一般の見方を長江が正当だと思っていたことをあかしている。

すなわちこれは御風没後に正宗白鳥の言った「恐怖の念に駆られた」ことにつながる。「危険思想と危険人物」というのも白鳥による、大正二年以来の大杉栄や荒畑寒村など無政府主義者たちとの交渉を示唆している。広津も「あなたは今まで臆病は持つておられたが」と言っていただけに、長江と同じく御風が大杉たちに接近していた事情を知っていたはずである。現に御風は大杉に「時が来たのだ——相馬御風君に与ふ——」（『近代思想』大正三・一）を書かれて「大杉栄君に答ふ」（同誌同年・二）で応じると、続いて「再び相馬君に与ふ」（同）を書かれるという応酬があり、翌年には「新思想家の選挙運動を排す」（『読売新聞』大正四・二・二六）に対して安成貞雄に「相馬御風君に問ふ」（同紙同年三・一二）を書かれて「安成貞雄君に答へる」（同紙同年三・一九）で応じると、続けて「再び相馬君に問ふ」（同紙同年四・二）を書かれるという始末であった。いずれも御風の勇ましくも曖昧な表現が追及されていた。この間に御風は大杉の影響のもとに「巷に出でよ」（『早稲田文学』大正三・二）という一見過激な意見を書いていた。広津はこのような御風における大杉や安成とのやり取りに触れず、一貫して「思想」に対する彼の性格と傾向の問題として扱っていた。ところが長江は当時誰もが表向き避けていた話題にただ一人踏み込んで見せ、御風が無政府主義へ接近した事情をほのめかす。しかし長江もまた御風の「恐怖」や「臆病」といった心情の領域には踏み込まない。長江にとっては逆に、仮にも御風がそのような「皮相的」で「乱暴」な要因を動機にしたのではないと表面的に確認して見せることが何より重要であった。というのも長江はそういう仮定を基にすることで次のように洞察できるからである。

私共は、かうした種類の漫然たる取沙汰なぞを眼中に置くものでない。けれども、万々一右のごとき威嚇や警告に近い何物かがあつたと仮定すれば、君がそれによつて、ずつとより深く、より真面目な問題を考へるべき機会を作り、そのより深く、より真面目な反省の結果が、このたびの退隠に一部分の動機を加へるやうになつたのかも知れないとは、まんざら想見し得られないことでもありません。

ここで長江は世間一般の見方を「漫然たる取沙汰」として否定して見せながらも、その内容であった「威嚇や警告」の存在を否定しないことが彼らしい戦略であった。というのも、みずから「自由思想家《フリーシンカー》」を以て任ずる長江にしてみれば、他からの「威嚇や警告」によって軽挙妄動することなく、それを「より真面目な問題を考へるべき機会」として「より深く、より真面目な反省」を行う者こそ「思想家」であり、御風をそのように仮定して見せることで次にはより鋭い批判を展開することができるからである。

このように御風における思想家の一面を過大に重視しつつ世間の下世話な風聞をも巧みに取り入れながら「想見」をたくましくしたことを長江の批評の第二条とするなら、第三条ではそれを発条として「思想家相馬御風」による「真面目な反省の結果」を具体的に批判してゆく。すなわち長江は、「君がこのたびの退隠の動機としてもつと想見するにたやすいのは、君が近頃盛に飜訳されてゐたトルストイなぞの行き方を、模倣して見られたのではないかといふこと」だとし、トルストイの名を出して「模倣」を問題にし始める。
次に、「模倣といへども、その模倣へ行かなければならない必然性を、その人の内面生活にもつてゐるならば」「大に尊重すべきもの」だとした上で、「しからば、君のこのたびの退隠に、主要の動機をなすものが、模倣であるとして、そもそも其模倣には、君の内面生活からのどれ丈け深い根ざしがあるか?」と追及する。このあたりから長江の批判は中核にかかる。続いて長江は同じく農村に退いた徳冨蘆花や木下尚江の名を引きながら、トルストイと御風との根本的な相違について論じてゆく。

トルストイは富裕なる貴族として、都会と文明との生活を、生活し過ぎるほど生活したのち、必然的にあの経路へはいり、田舎と自然とへはいり込んで行つたのであります。しかも、彼が単なる一農民の生活にはいりたいとねがつたのは、過去のやすらかな生活へ引き返すのでなく、ただ経験しない、たやすく経験することの出来ない、文字通り新しい生活への突進でありました。彼自らの解釈はとにかく、客観的に見るとき、彼の田園生活は君なぞの場合と全く趣きを異にし、決して元に還つたものではありません。(圏点は原文)

長江による御風批判はここにおいて最も厳しいかたちを表わしている。長江はなおも、「君はトルストイの生活の光彩ある一部分を、勇敢に模倣し踏襲する前に、彼の田園生活が陶靖節なぞの田園生活と、全然別の物であることに、気がつかないでゐましたか?」と問いかけながら、「我々百姓共より一段上の階級に属してゐたサムライの子であることを考へて見ませんか?」と問い、「サムライの子が肥料《こやし》臭い田舎の百姓家に退いて、百姓共の少々迷惑がるのもかまはず、彼等に仲間入りしてつかはすといふことが、やせてもかれても二本さした種族の子孫等にとつて、いかに愉快なる譲歩であつたかを考へて見ませんか?」(傍点は原文)と迫る。階級意識の鋭い長江によって御風の安易なトルストイ受容の様が一挙に露呈されたことになった。以下第四条第五条に当る批判はより冷笑皮肉の調子が強い。この調子が強いほど長江の批判は佳境に入ってゆく。

第四条では、「君はこれまで善良でなかつたか?/君はこれまで凡人でなかつたか?/君はこれまで善良ならぬ、凡人ならぬ人であつたか?」と反論した上で、「君の善良なる凡人それはつまり、これからさうならうと云ふのでなく、これからも、それで満足しようと云ふ意味のやうに思はれます」と解釈して見せ、「この点はよく分りました。結構なことだと思ひます。それに限ると思ひます」と収める。これは御風の過去と現在とを肯定して見せるという修辞を構えながら、彼に思想的な変革の営為を認めないことを示している。

最後にあたる第五条では、「君はそも〳〵どれ丈けの大袈裟に懺悔すべき事を犯してゐますか?」という問が発せられる。すなわちここに至って御風の『還元録』と還元行為は全面的に否定されたことになる。同様のことは広津も言っており、のちに和辻哲郎が文芸時評「罵倒と生存競争と凡人主義」(『新小説』同年・八)で決めつけた「広告法の新工夫」という評言も、元をただせば長江の批判に由来するということになる。

長江の批評を追ってきて分かることは、それが御風の「還元」行為の動機に鋭く触れていることである。御風がトルストイを繰り返し持ち出して敬重しているだけに、長江は御風の言動をあくまで思想的な問題としてとらえることができた。いったんことが思想の水準にいたれば、御風のトルストイ理解の浅薄さが長江には恰好の標的になったのである。東京帝大哲学科に学び早くからシラーの美学説に親しみ、かつニーチェに傾倒して思想的な思索の本質にも通じていた長江の特性が遺憾なく発揮されたと言えるであろう。

五

これまでの検討によって、『還元録』をめぐる広津と長江それぞれの批評の輪郭がおおよそ明確になってきたのではないだろうか。そこから両者の相違や対照の様もおのずから浮上してくるが、ここではそれをより明瞭ならしめるために指標を一つ提出してみよう。すなわち長江も言及していたトルストイがそれである。その理由については言うまでもないが、トルストイこそ長江や御風だけでなく広津にも共通する極めて重要な時代の標準器だからである。

広津和郎は翌年、「怒れるトルストイ」（『トルストイ研究』大正六・二～三）を書いて注目されるが、ここで参照するにふさわしいのは『洪水以後』時代のものであろう。同誌第七号（前出）には、「トルストイの写真」が掲載されていた。そこで広津は写真に見えるトルストイの容貌から「彼の長所と短所」について語ることから始めて、彼に関するロマン・ロランとグリアースンの意見を紹介し、最終的にはトルストイに批判的な後者に賛同して、「グリアースンに云はせると、トルストイの容貌に現はれてゐる気むづかしさは、そはトルストイが一生運命として――素質は運命だ――持つてゐた彼の弱点なのである」と述べたのち、次のように続ける。

何と云つてもトルストイに無邪気さの欠けてゐた事は、彼の一生の不幸であつたに違ひない。若しトルストイにあの暴慢がなかつたならば、そして彼の心がもつと無邪気だつたならば、彼はもつと早く徹底してゐるに違ひない。あゝして知的に範疇を作つて、その中に自分をも他人をも押し込めて行かうとする傾向の人には、（グリアースンに云はせればこれは一種の空幻に過ぎないのだ）ほんとの徹底境には中々這入れないもの、やうに思はれる。

ここに言う「無邪気さの欠けてゐた」のはトルストイのみではない。前述したように、御風に対して「何よりも一番無邪気になる事があなたには必要なのです」「謙遜よりも無邪気にならなければいけない」と『還元録』評で言うのは、十日後の『洪水以後』第八号（前出）であった。つまりトルストイ批判がそのまま御風に対して適用されたことは明らかであろう。広津は御風の本質にトルストイの素質や傾向を見出して、それを嫌悪したのである。一方広津の好感を持っていたのがチェーホフであったこともまた有名である。その理由について同じ文章では、「チエーホフはトルストイのやうに説教はしない。人生に向つて厳かな範疇などは作らない。彼は偉人顔は少しもしない。彼は何処までも凡人の友と云ふ顔をしてゐる。そして凡人の涙や笑ひをそのどん底まで見抜いてゐる」と言うのは、同誌第八号の「それから今一つあなたに向つて云ひたいのは『説教するな』と云ふ事です」につながる。最後に、「トルストイは動的だ。チェーホフは静的だ。併しそれが人間の霊魂に与へる効果から考へると、決してトルストイがチェーホフ以上だとは云へない気がする。唯トルストイ式の強さの方がチェーホフ式の強さよりも人眼に着き易いだけは事実である」と両者を比較して文章を結ぶ。

広津にとっては「チェーホフ式の強さ」を当代日本の文壇に求め得ないだけに、「トルストイ式の強さ」を発揮しようとする御風への批判が高まらざるを得ないということになる。早く『洪水以後』第一号（前出）所載の「ペンと鉛筆」は、「――ああ、チェーホフが欲しい。今の日本にはチェーホフの材料が至る処に転つてゐる。チェーホフの描いた鏡の中に現代日本の焦燥が生けるが如く映つてゐる」と実感を込めて締め括られていた。そのように本来小説家志望の広津がチェーホフを仰げばそれだけトルストイ流の文学者は批判されねばならない。ただし広津の批評はそこで一定の型を形成していた。それは思想もしくは思想家に対する反発である。同じ「ペンと鉛筆」ではまた、「今の日本に最も必要なのは思想ではない」「その思想をして根強いものとさせて行く更に必要な性格の厚みと云ふものこそ、我々が最も要求するもの」だと言ったのち、「我等に最も必要なものは偉大なる思想の形骸美ではない。性格の厚みだ。インテンシティーだ」と主張していた。広津が『還元録』評において御風を「思想家」と呼びながらも、ついにその思想の内実を問題にすることなく一貫して御風の性格論・素質論に終始していたのは、いかにも広津に特有の方法だったわけである。もともと思想家や評論家を目指さなかった小説家志望の広津にとって、『還元録』評は文字どおり「作者の感想」であった。

生田長江のトルストイ観は前述のごとく彼の御風評にも若干現れているが、「トルストイと日本の思想界」（『新小説』大正五・一二）[10]が手近なものとしてある。そこでは山川均の言う、「日本のトルストイ主義者がトルストイを渇仰する所以は、社会人生に対するトルストイの批評が極めて大胆、正直、深刻であつて、現代生活に満足せざる彼等の内心に満足と快感とを与へつつ、而も其結論が極めて不徹底、極めて浅膚、極めて容易、極めて安全であつて、彼等の生活から何等の犠牲を要求しない所にある」云々に対する反論として述べられていた。長江は、「山川氏の観察はかなり鋭い、かなり皮肉なもので、たしかに或る思想界の一部の人々の急所を衝いてゐる」と認めた上で、次のように言う。

> しかし乍ら、トルストイの結論その物は、必ずしも安全なものばかりではない。山川氏が「殿様の御料理」に類する所謂トルストイズムと云つて居られるやうな安全なものばかりではない。とり分け教会と国家とに関する結論の中には、かなり安全ならぬ多くの物をもつてゐた。例へば彼の絶対非戦主義のごとき、兵役義務の拒否のごとき、それが唱導されたトルストイの本国とトルストイの時代とに於ても、それが今日の日本なぞで遵奉される場合を考へて見ても、決して安全な結論と云はるべきものでない。

ここには長江のトルストイ理解の深さが如実に現れている。「安全ならぬ多くのもの」と言えば前記した「危険思想」に通じる。換言すればトルストイは「危険人物」でもある。長江は続いて、「一体に、思想家としてのトルストイの結論が、芸術家としてのトルストイの観察や描写に比して、少からず遜色のあるものであると見るのは、クロポトキンをはじめかなり多くの批評家に共通した見方である」とおさえながら、山川均の批判に代表される日本人のトルストイ受容の浅薄さを次のように指摘する。

> 日本の今日の思想界に於ける一部の人々が、かなり多数の人々が、所謂安全なる生の充実を求むる上にいかほど懦弱と恥知らずとを示してゐようとも、また懦弱にして恥知らずなる彼等が、トルストイの結論からさへ、彼等の安全なる生の充実に都合よきものをのみより取りした結果、いかほど山川氏の反感及び侮蔑を挑発することになつてゐようとも、さうした懦弱と恥知らずとはトルストイ其人の知つたことではなく、その反感及び侮蔑がトルストイ其人の上へ移されてはたまらない。（傍点は原文）

長江が繰り返し「懦弱と恥知らず」と言うとき、彼の念頭には攻撃すべき明確な対象があったと言ってよい。そしてそれが徳冨蘆花や木下尚江である以上に御風であったという推定は、長江の御風評によってほぼ根拠づけられたであろう。すなわち「安全なる生の充実に都合よきものをのみより取りした」のが当の御風であった。御風は周知のごとく、繰り返しトルストイについて語りその著作を翻訳しながら、彼の原始キリスト教信仰に基づく無抵抗主義の信条やギリシャ正教会との対立については、まったくと言ってよいほど言及しない。『還元録』においても、みずから翻訳した『我が懺悔』（大正四・七　新潮社）よりトルストイの「心の転化」に関する回想部分を引用したのち、自身に引きつけて次のように述べていた。

> この彼の生活更新は、彼の後半生の事実がよく語つて居ることは、私もさま〴〵な記録を通じて知つて居るのである。

けれども私自身の生活転化は、まだ〲そこへは行つて居ない。私はまだやつと自分の真に求めて居た道の方向が解つただけである。所謂平凡人の生活、所謂衆愚のうちに、本当に私自らの求めて来たものの存することを知つて、その方へ自分を還元して行くことが、自分をより善くして呉れるにちがひないと感じただけで、まだ〱彼等所謂衆愚の幸福な生活の、根柢を成して居るものの何であるかは、充分に攫んで居ない。

御風がみずから説く「還元」行為とトルストイとの直接のつながりに関する言及は、ほぼこれに尽きているであろう。これによって想起されるのは、『我が懺悔』に付載されていた御風の文章「廻転期のトルストイ」にあった「何と云ふ平凡な結論であつたらう」という一行である。御風はそこでトルストイの言う、「人民と共に生きよ！　人民と共に信ぜよ！　人民と共に働け！　人民と共に愛せよ！」に共感しつつ、「無比な喜ばしい努力と精進」として感嘆していた。御風はそういう単純な感嘆をみずからの「還元」へそのまま結び付けたと分かる。あらためて言うまでもないが、御風の思考には初めからトルストイにおける危険思想など入り込む余地がなかった。換言するなら、みずから近づいたトルストイその人が「危険人物」であるなどとは思いもよらなかったのが御風である。

このようにトルストイを三者に共通の標準器として各人の評言を見てくると、それぞれに異なる三者の受容のありさまが見えてくる。そこで御風の『還元録』とその行為をめぐる広津と長江二者の批評の比較に限って言うならば、おのずから射程の深浅が測られることになる。二人はともに御風が大杉たちに接近した結果の心情や感情といった次元を問題にせず、一貫して思想を扱う態度を問題にしたことで内容が下世話に落ちずいかにも評論らしい論述を形成することになった。現在でもそこに両者の批評の水準の高さを認めることができる。しかし広津はその『還元録』評のなかでついに一度もトルストイに言及しなかったゆえに、彼の言う「無邪気」や「説教」の論証が弱くなってしまった。一方トルストイの「危険思想」を指摘した長江はそれだけより鋭く御風批判を達成したことになるだろう。

六

ところで長江の御風評を批判して御風に理解を示す者もあった。中村孤月は「四月文壇の印象」の第四回（『読売新聞』大正五・四・一四）で、「新小説の生田長江氏の相馬御風氏に呈した評論は、自分をして少からず憤慨せしめた。長江氏は如何にして相馬氏の彼の重大な事件を斯なに軽々しく考へたのであらう。今の人間の生活に於いて、少くとも現今の日本の文壇に於いて御風氏の今度のこと位重大なことが有るであらうか」と反論し、御風に対する理解を強く示そうとした。孤月は御風の故郷隠退についても一般の風聞を受けて次のように弁護する。

凡そ此世の中位人を誤つて考へる者はない。中には御風氏は故郷に帰つて文芸の飜訳を為ると言はれて居る。斯んなことが有るべきことか考へて見れば解ることである。御風氏は文学の如何なる物であるか知て居る人である。自身が今迄感化を受けたトルストイやツルゲネフの影響の多かつた生活に全く反対の生活に入る人が何の興味があつて其うい ふものを訳すであらう。〔中略〕

御風氏が復び著書を為る必要のないことは、還元録を著したからである。今度もし思想が復び変つても、其時に還元録が虚偽になつて前のが真になる。其次にまた変つても、還元録が真になつて、前の著書が虚偽になる。今後何度変つても著書を為る必要はない。長江氏が御風氏を直きに復び出て来るように考へ違つたのは、何うしても長江氏の大なる過失である。

御風について孤月がこのように熱っぽく弁護したにもかかわらず、のちに事実は孤月を裏切ってしまう。御風は東京にもどらず文壇から離れるものの文筆活動をやめない。御風によって裏切られるのは孤月一人ではなかった。というのは『還元録』刊行の当座、御風の「還元」行為はほぼ一様に故郷隠退すなわち文筆活動の廃止として了解されていたからである。[11]やがて時の経過につれ実際はそうでないことが明らかになると、文壇の一角からはそれを非難する声が出始めるということになった。

当年の九月を迎えると赤木桁平は再び御風を標的にして、「氏が一面に於いて不誠実なる売名者の亜流に過ぎないことは、氏が前記の自称告白録たる『還元録』を草して故郷に退いてからの態度を見てもよく分かる」[12]と攻撃し、「何故なれば一度『還元録』を書いて故山に退耕を揚言した以上、相馬氏は須くその筆を折つて鋤犂に代ゆべき筈である。然らずんば退耕といふがごとき生活上の形式的変化に果して何の意義があらう。若し氏の覚悟にして当初より「東京は去るが筆は捨てない」といふにあらば、氏が事々しく『還元録』などゝいふものを発表したことは、これまた自己を有名ならしめるための単なる芝居に過ぎない」[13]と厳しく論難する。前述の和辻哲郎が『新小説』八月号で言っていた「広告法の新工夫」は赤木の批判にも通じるものであった。

このような批判が現れても、御風がその点についてあからさまな言行不一致を犯したというわけではない。『還元録』の「自序」の後に「出版経緯・謝辞」[14]を追記した文章のなかで、「今後の私はこれまでのやうな焦立たしい生活を脱して久しく遠ざかり勝ちにして居た内省的生活のうちへ自分の身を容れることによつて、それの善い感化を受けようと思ひます。随て文筆業者としての私は私自身を今日の心持まで導いてくれるに与つて力のあつたトルストイ其他の著作の飜訳以外、出来るだけ何も書いたり喋舌つたりしない決心です」と書きおくことを御風は怠らなかった。将来を見据えた巧妙な処置と言うべきであろうか。

刊行の数箇月後に早くも文筆活動を批判されたとは言いながら、いや文壇での批判や非難の声それ自体が結局『還元録』出版の成功を物語ることになった。それは御風の「還元」以後の順調な文筆生活を見れば明らかである。とにかく御風は『還元録』一巻の発表と故郷への退隠という、「これを以て思想および文学の同時代的問題についての一切の批評の筆を絶った[15]」のは事実である。その替わり御風は良寛や一茶という極めて安全な恰好の対象を得て、故郷にいながらも中央文壇にいたときとは異なる種類の文筆家になりおおせた。御風の人間的性格的な弱さについては、ほぼ指摘されたとおりであろう。しかしながら御風は彼なりに文筆家としてのしたたかさを見事に発揮したわけである。広津と長江両者の批評は御風からの反応をついに引き出せなかったにしろ、一人の文芸評論家を葬り、新たな「文筆業者」の門出を飾る二様の記念碑になったと言えるであろう。

注

（1）谷沢永一『大正期の文芸評論』（昭和三七・一　塙書房）

（2）木村毅が師の安部礒雄から聞いたという「ふしぎな話」も一挿話として残っている。木村の「自然主義後期の思出――附・谷沢永一君著『大正期の文芸評論』書評――」（『国文学』第三三号　昭和三七・六）には、「それは御風夫人は藤田茂吉の娘で、有名な美しい女性であったが、愛人か婚約の人かがあるのを、言わば横から無理にとびこんで御風が結婚を強いた形なので、安部先生がわざわざ呼びつけて「そういう事はいけない」と言って反省を求めたのに、御風はどうしてもきかなかったという事であった。そして安部先生のことだから、はっきりとは言われなかったし、私もそういう事には別に興味をもつ方でないので、押してもきかなかったが、後年の越後隠退には、いくらかそれが関係あるという話ぶりのように、私には受けとられた」とある。藤田茂吉は『文明東漸史』（明治一七・九　報知社）の著者で、新聞記者を経て代議士を務めた。御風は『還元録』のなかで「不自然な結婚」と言い、藤田の次女だった妻テルの死去に際しては共著『人間最後の姿』（昭和七・一二　春陽堂）を編んでいる。

（3）金子善八郎『相馬御風ノート――「還元録」の位相――』（昭和五二・一一　私家版）本書は丹念に御風の「還元」行為について追跡している。また御風の糸魚川への帰住を大正五年二月末の二十八日か二十九日としている。

（4）初出は『読売新聞』（昭和二九・四・一九）。

（5）注（1）の同書所収「研究史覚書」。

（6）注（3）の同書に掲載された紹介に基づく。本稿での引用は金子氏より贈られた『おこぜ随筆』の複写による。中村又七郎の回想では御風の私生活にわたる興味深い話題がある。特に酒に溺れる傾向や、妻没後の女性関係についての観察などが鋭い。

（7）本書の不備を補う文献として、編者であった福田久賀男による「広津和郎『初期文芸評論』補遺」（『文学的立場』第三号　昭和四〇・一二）がある。

（8）『生田長江全集』第一巻（昭和一一・三　大東出版社）では、「送相馬御風君帰北越序」と改題。本稿での引用は初出による。

（9）注（3）に同じ。

（10）「日向ぼつこ」（『新社会』大正五・一一）

（11）多くの誤解が生じたのは、『還元録』の広告文に、「退耕の告白書」「我が新文壇、我思想界の先駆者として、自然主義運動以来の論壇の雄として、多年文壇に獅子吼して来た著者が、今や卒爾として其声をひそめ、故山の田園に帰つて耕耘に親しまんとす」（『新小説』大正五・五）と書かれていたためであろう。『還元録』のなかに「退耕」の語はない。広津以外は同書をほとんど読まずに批判していることが分かる。生田長江も最後に、「私はまだ、肝腎の「帰去来辞」なる「還元録」を読んでゐない」と明言しており、田中王堂の文章からも『還元録』を読了した形跡は見られない。

（12）「最近の批評家⑴」（『文章世界』大正五・九）

（13）和辻哲郎の文章では御風の名を出さず、「近頃流行するジャアナリストの告白」を三項目あげたのち「私は右の如き告白と主張との内に、再び彼等の広告法の新工夫を見出すのである」と言う。

（14）「解説」（『還元録』一九九三・六　日本図書センター）による呼称。

（15）注（1）に同じ。

安成貞雄の生涯

一

安成貞雄は明治十八年（一八八五）四月二日に、当時の秋田県北秋田郡阿仁銅山村（のち阿仁合町を経て現在は阿仁町）で生まれた。阿仁銅山に高級機械工として勤めていた安成正治とキミとの長男であった。父正治はもと長府藩士で、維新後に山口県から上京して工部大学に学んだのち同十五年（一八八二）に阿仁銅山に赴任し、十七年（一八八四）に同村出身の佐藤キミと結婚していた。はじめ官営だった鉱山が貞雄の誕生直後に古河市兵衛に払い下げられた余波を受けて、一家は上京したりまた秋田にもどったりという波乱を余儀なくされたのち、貞雄は二十五年（一八九二）四月に阿仁合尋常高等小学校に入学する。翌年には弟の二郎が生まれたのをはじめ、三郎（明治二一年）、くら（同二七年）、四郎（同三三年）と弟妹たちもみな秋田で生まれる。

父正治が古河精錬所へ転勤したことにより二十七年（一八九四）に一家は山本郡東雲村（現在は能代市内）に移る。翌年貞雄は能代川の対岸にあった渟城尋常高等小学校の高等科に入学し、弟の二郎と三郎も二十九、三十一年（一八九八）と相次いで入学する。そのころ通学時に村の子どもらによるいじめに対して兄弟が団結して当たったことから、以後は他に対する一致団結の気風を兄弟間に養うようになる。同じころ私立能代図書館に通って黒岩涙香や村上浪六などを読むようになり、能代川の渡船が途絶する冬季に下宿していた教師宅の蔵書に見いだした「八犬伝」「三国志」「源平盛衰記」などを読むだけでなく、『読売新聞』を隣家より借覧したり、『少年世界』に連載されていたヴェルヌ作・森田思軒訳の「十五少年」を耽読したりする。校内では次第に討論会の雄弁家として通るようになった。対岸の能代が港町であったためか、貞雄は漁業に興味をおぼえ、『大日本水産会雑誌』を友人より毎号借覧し、小学校卒業時の恒例であった将来の希望の発表に際しては、北氷洋で鯨漁をやりますと答える。

明治三十二年（一八九九）に尋常小学校の高等科を卒業した貞雄は、大館町に創立されたばかりの秋田県第二中学校（翌々年に大館中学校と改称）に、自筆年譜（『新潮』大正五・一二 以下同じ）によると「漫然として」入学し、寄宿舎にはいる。第一期生だったので卒業まで常に最上級生ということになった。櫻井鷗村の「初航海」という冒険譚を読んだり、夏休みに増水した能代川で泳いでおぼれかけて九死に一生を得たり、冬には校則を犯して村井弦齋・小杉天外・尾崎紅葉・幸田露伴・泉鏡花などを濫読する。また保証人で俳人の齋藤直樹（蕗葉）の感化を受けて俳句に親しみ始め、『ホトトギス』や新聞『日本』に投稿して熱心に句作するようになる。翌年になると地元在住の俳人として有名だった石井露月と島田五空の創刊した『俳星』に、路臺（露台や魯大なども）の号で発表するとともに、学校内では星秋会という吟社を作って活躍する。運動は好まなかったものの、弁舌の巧みな雄弁家として鳴らしつつ、寄宿舎では生徒の風紀取締りの役を任じて同級生の一部から恨まれることもあった。後年の豪放磊落な気性が予見できないような一面を見せていたというわけである。丸々とした体軀に赤ら顔の髭面だったため、弁慶というあだなが付いていた。

四年生の修学旅行で京阪に行った際には、その俳句熱から大阪の青木月兎と塚本虚明を訪ねもするが、同じ明治三十五年（一九〇二）の夏に東京から青柳有美（本名は猛）が赴任してきたことは、貞雄にとって決定的な出来事となる。有美は貞雄より十二歳年長の秋田市生まれで、同志社を卒業したのち巌本善治が校長を務める明治女学校で英文学を教えるかたわら、『女学雑誌』の編集にも携わっていた。なおかつ有美は独自の女性観に基づく軽妙で辛辣な異色の評論家として知られており、赴任当時には発禁となった『恋愛文学』（明治三三・一二　春陽堂）や『有美臭』（同三四・一二　文明堂）の著者でもあった。青年教師の有美が担当したのは英語と修身だったが、特に英語を得意としていた貞雄は時に並はずれた英語力を示して有美の舌をまかせつつも有美から多大な感化を受けた結果、生涯文筆を以て生きることを決意する。有美の大館中学在任はわずかに八箇月に過ぎなかったが、二人の良き師弟関係はその後も変わらず、のち実業之世界社から『女の世界』（大正四・五創刊）という雑誌が刊行されると、貞雄の推挽により有美はその主筆を担当することになる。

五年生になった三十六年（一九〇三）十一月には校長排斥の運動が起こる。前年に赴任してきた校長と教師を追い出すため中心になって活動し全校ストライキを行ったことから、他の十二名とともに無期停学となるが、この停学期間を貞雄はいかにも彼らしく利用して県南地方に俳行脚を実行する。翌年一月になると予定どおり校長が去って停学者はもどり、めでたく一件落着ということになった。

大館中学を明治三十七年（一九〇四）三月に卒業すると、貞雄は数学が得意でなかったこともあってか、自筆年譜によれば「叔父中西周輔の後援を得。漫然文学者たらんと志して」早稲田大学予科への入学を決める。叔父の後援を得たというのは、父正治が旧来の持病を悪化させていたからで、正治は同年八月に急逝した。享年五十七であった。貞雄をのぞく一家はやむなく小坂鉱山にいた叔父（父の異母弟）の中西のもとに身を寄せることになる。

二

早稲田の予科二年目となる翌三十八年（一九〇五）の春、貞雄は大学の図書館で週刊『平民新聞』終刊号（明治三八・一）を読み、思想が一変する思いを味わう。これを機会に平民社に出入りし始めるとともに、学内では早稲田社会学会に参加する。平民社ではのちに親友となった荒畑寒村をはじめ堺利彦や山口孤剣などと相知るようになり、早稲田社会学会では、白柳秀湖や宮田暢などを知り、九月に白柳や宮田などが創刊した社会主義的文芸雑誌『火鞭』に同人の一人として加わる。また九月九日という日露講和条約反対の日比谷焼き討ち騒ぎの晩に一家が秋田から上京し、やがて貞雄も同居するようになる。

三十九年（一九〇六）の春には、同期として英文科にはいった若山牧水・土岐哀果・佐藤緑葉らと北斗会を結び回覧雑誌『北斗』を始める。これは毎週一回集まって小説研究をするものであった。この年八月に貞雄は父の遺骨を故郷の山口県の長府に持参して葬ったのち、帰途には京都の管野スガ方に同居していた荒畑寒村を訪ねる。また九月十一日の東京市街電車値上げに伴う反対運動に参加して荒畑寒村とともに一夜警視庁に留置されるという経験をする。これをきっかけとして官憲の監視がうるさくなるとともに母の苦情がつのり、学業ほとんどまったくすさむという思いを生じたため、こののち貞雄は実際運動から遠ざかるようになる。

翌四十年（一九〇七）の四月に貞雄は神経衰弱と称して京阪神に遊び、古寺を巡って徘徊した。これがのちの放浪生活の端緒となる。一方これを機に少しく学業に向きあうという自覚を得るとともに、このころ知りあった同級の福永渙（のちの挽歌）の縁から慶応義塾の教授であった馬場孤蝶の知遇を得て河田町の孤蝶宅へ出入りし、近代ヨーロッパの文学書を借覧する。貞雄が外国文学の素養豊かな孤蝶を敬愛し、孤蝶も語学の才華を示して外国文学の読書に熱心な学徒を愛護したということであり、貞雄が探偵小説を読む楽しみを知ったのもこの機会による。この年十月ごろから宮田暢の紹介により隆文館にはいり、若山牧水・土岐哀果・佐藤緑葉らとともに雑誌『新声』を編集して翌年三月まで続ける一方、野依秀一と相知るようになる。この『新声』だけでなく、以後数年にわたって『趣味』『早稲田文学』『学鐙』などに海外文学の紹介や翻訳を載せるようになる。これにより当時中学生だった芥川龍之介がアナトール・フランスの『タイス』の英訳本を知り、早速丸善で購入して読んだ（「仏蘭西文学と僕」）ということがあった。

学生時代の貞雄については福永渙が「安成貞雄君のこと」として、「イガ栗頭の赤い丸顔の元気な青年で〔略〕ニツケル縁の近眼鏡をかけ、飛白の着物に洗ひ晒らした短い小倉の袴をはいてゐた」「その頃から彼の懐は裸の書物でいつもふくらんでゐた」という無類の読書家としてだけでなく、「学生時代の安成君は、吾々友人に極めて特異なモダーンな感じを与へてゐた、ロマンチストばかりの友人の間に於て、彼は唯一の科学信仰者であつた、彼の思想は社会主義的傾向を帯び、すべての物の観方がマテイリアリスチツクな彼独特のものであつた」（『万朝報』大正一三・七・二九）と、思考法という内面についても伝えている。なお貞雄は学生時代には早大前にあった丸善の出張所から何かと工面しながら洋書を買っていたが、卒業後は内田魯庵の庇護を得るようになり、魯庵の勤める日本橋の丸善本店に朝から弁当を持って行っては好きなだけ本を取り出して読書にふけっていたという逸話（木村毅『丸善外史』）がある。

四十一年（一九〇八）三月から四月にかけて貞雄は鼻炎を患い、神田の賀古耳鼻科医院で治療を受けるが、この時治療のために用いたコカインが以後長く中毒のもとになっていった。卒業前の数箇月を下宿にこもって民衆科学叢書の一冊となる井ルヘルム・マイァー著『地球の生滅』（大正一一・一　三徳社書店）の翻訳で過ごす。このためもあってか七月に卒業できず、島村抱月の世話で『東京二六新聞』（『二六新報』の改題）を発行していた二六社にはいったのち、九月に追試験を受けて卒業となる。

せっかくはいった二六社には辛抱できず、翌四十二年（一九〇九）一月に京橋区三十間堀の万朝報社に移り、海外通信社から送られて来る記事の翻訳や紹介を担当する。同じ年の二月赤旗事件による刑期を終えて出所してきた荒畑寒村のために、『万朝報』の懸賞小説で当選の便宜をはかってやるということがあった。秋には、後年その顚末が近松秋江による小説「二人の独り者」（大正二・一〜四『国民新聞』）で書かれることになる赤坂の某妓になじみ、彼女のために経済的な援助などをする。このころが貞雄の酒色の味をおぼえはじめた時であり、記者仲間の阿部幹三や和気律次郎らと遊蕩を重ねるようになる。

貞雄が万朝報社をいつ退社したか明らかではないが、大逆事件による検挙が始まった四十三年（一九一〇）の秋に麴町区有楽町の実業之世界社に入社する。隆文館以来の知り合いであった社長の野依秀一が東京電燈脅迫事件で拘禁されたために、雑誌『実業之世界』の編集長として月給百円の待遇で招かれたのであったが、貞雄は怠けてほとんど働こうとしなかった。

翌四十四年（一九一一）の春、貞雄は『実業之世界』に東北発展号を企画してみずから秋田に出張するものの、四月ごろから秋田市内の旅館に逗留したまま本社からの連絡を無視して用務を怠り、酒色にふけって健康を損ねた末に、八月呆然として帰京する。その間留守宅では貞雄自身の借金と彼が保証人になった借金のために数回差し押さえを受けていた。そのため実業之世界社とは縁が切れてそのまま自然退社の形となり、一家は生活困難に陥ることになった。貞雄はこの年の十二月に試験を受けて、京橋区尾張町にあったやまと新聞社の社会部に入社する。

三

明治も最後となった四十五年（一九一二）になると、貞雄は石山賢吉・阿部幹三・和気律次郎らと文芸活動写真会という映画上映の興行を催す。三月に東京の有楽座での興行が成功してからは、横浜や神田などで海外文芸作品の映写会を開き、先駆的な試みとして注目される。同じ年（大正元年）の十月に大杉栄と荒畑寒村が雑誌『近代思想』を創刊したのに際して有力な寄稿家の一員に加わり、のちには弟の安成二郎とともに編集にもかかわるようになる。

大杉と荒畑は雑誌を刊行するだけでなく、翌大正二年（一九一三）一月から毎月「近代思想社小集」と称する談話会を日本橋区小網町の西洋料理店メイゾン鴻の巣などで開き、島村抱月・岩野泡鳴・相馬御風・生田長江といった文壇人を招待するが、貞雄は毎回のように出席して多く談論風発の中心となる。一月には荒畑らと大阪に行ったあと名古屋により、かつて赤坂でなじんだ某妓と実は前々年以来の再会をはたすが、既に人に囲われていたのでそれきりとする。このころ前年に訳した『神出鬼没　金髪美人』（大正二・一　明治出版社）が清風草堂主人の訳者名で刊行される。登場人物の名が翻案風ながらモーリス・ルブラン作のルパンものとしては先駆的な翻訳であった。この年の九月に島村抱月が文芸協会から離れ、松井須磨子を擁して新しく劇団を旗あげすると、貞雄は評議員の一人となり、その名称にロシア由来の芸術座を主張してその名付け親となる。また前々年せっかく入社したやまと新聞社にはほとんど出社せず、替わりに近くのカフェー・パウリスタ二階の一隅をみずから「ヤスナリス・ウヰンドウ」と称して居続け、秋ごろに同社をやめる。おかげで自筆年譜に言うところの「貧窮愈愈甚し」という状況に至ってしまう。

堺利彦が始めていた売文社からタブロイド判の雑誌『へちまの花』（大正三・一）が創刊されると、第二号は記念すべき「安成貞雄号」となる。すなわち第一面には、「自首自賛」という見出しの短文を付けた貞雄の髭面の顔写真があるだけでなく、上段から五段抜きで「文壇与多《ママ》話」が掲げられる。これがその後も貞雄による一種独特の批評文の総称として通って行く「文壇与太話」の嚆矢であった。またこのころ、『読売新聞』や『反響』に本間久雄の訳したイルジョー・ヒルン著『芸術之起源』（大正三・二　早稲田大学出版部）の誤訳を指摘して訳者を痛烈に批判する。これもその後の「誤訳鑑定顧問」や「誤訳鑑定所長」という自称につながる第一歩であった。この年三月東京電燈脅迫事件で入獄していた野依秀一が出獄し、彼に誘われて六月再び実業之世界社にはいり主筆となる。七月になると野依がさらに保険会社攻撃によって未決に拘引されたので貞雄は社長代理を託されるが、この間またも放蕩を始め、十二月に出所した野依と交代するごとく翌年一月同社を退く。

貞雄は自由の身になるとすぐ衆議院選挙に文壇から馬場孤蝶を擁立する運動を始める。翌大正四年（一九一五）二月に後援会を組織して事務長となり、演説会では進んで応援演説に熱弁をふるうだけでなく、夏目漱石をはじめ当代の文壇人八十一人もの寄稿を集めた『孤蝶馬場勝弥氏立候補後援現代文集』（大正四・三）を編集して実業之世界社より発行する。翌三月の選挙の結果は大方の予想どおり孤蝶の落選に終わるが、この動きを批判した相馬御風に貞雄が反発したことから、両者の応酬が『読売新聞』紙上で展開される。

御風の沈黙によって応酬が一段落すると、貞雄は「高等幇間を志願する書」上・下を『へちまの花』四・五月号に連載する。これは「与太楼主人既に実業之世界社を放たれて江湖に浪吟《ヨタリング》す」で始まり、「学東西に亘り、識古今を貫き」という得意の語句を交え、常日ごろ抱懐していた持論を表した一個独自の文章として評判を呼び、同年九月号の『新潮』に「文壇与太話」の題で再掲載される。さらに翌年刊行された単行本『文壇與太話』にも初出に近い「高等幇間志願の辞」と題して収録する。字数にして三千字に満たない短文ながら、荘重な漢語調の文体をもちいて主客両者の対話の進行のうちに官学教授の無知を批判し、官憲による言論弾圧を風刺している。「今の世紳士なるもの日に益々多し」「而して、紳士多くは是れ成金の徒」などと軽妙洒脱な語調のもと、在野からの反骨精神の横溢する時代離れした戯作表現になっており、弁護士の山崎今朝弥に「惚れた」と言わせるほど作者の奇才を示す傑作として知る人ぞ知る文章となる。これを記念するごとく大杉栄と土岐哀果の発起による「与太の会」が四月にメイゾン鴻の巣で開かれるだけでなく、貞雄は「高等幇間開業披露」なる広告文を『反響』九月号に載せ、彼らしく意気軒昂な姿勢を示した。

このころ貞雄が「中沢臨川氏を論ず」（『新潮』六月号）によって、臨川のいかにも自家の独創を気取った論説が実はアメリカの雑誌論文の単なる抄訳に過ぎないことを喝破すると、それを根に持った臨川が十月に開かれた片上伸のロシア遊学送別会の席上でいきなり貞雄に殴りかかるという椿事が出来し、大いに文壇を賑わせた。すなわちこの年は六・七月に『読売新聞』で岩野泡鳴を批判したのち、八月の『実業之世界』で新渡戸稲造、十月の『廿世紀』で稲毛詛風を標的にして次々に痛烈な批判を展開して行ったように、貞雄の鋭い批判精神が横溢して一躍目覚しいほどの偉観を呈することになった。

その年の秋に野依秀一の臨時の秘書になっていた貞雄は、翌五年（一九一六）の二月には野依に従って関西に行き、三月に一人になると大阪の國枝史郎の下宿にころがり込んでカフェ・タランテラに入りびたる。また東京にもどっては「誤訳鑑定所長」という肩書きのはいった名刺を作り、麻布市兵衛町の自宅に「原稿鑑定所」という看板を掲げるが、六月には四谷仲町に加島小夜子という大阪から来た女性と移り住む。これは生涯独身を通した貞雄には珍しい同棲生活となる。八月には唯一の著書となった前記『文壇與太話』が「生活と芸術叢書」の第八編として東雲堂書店から刊行される。前年来の貞雄の旺盛な批判精神はなお活発で、本間久雄が「民衆芸術の意義及び価値」（『早稲田文学』八月号）を発表すると、貞雄はすかさず『読売新聞』で「君は貴族か平民か」と題する攻撃を開始し連載は十月におよぶ。また同じく八月に赤木桁平が「「遊蕩文学」の撲滅」を『読売新聞』に発表するや、貞雄はただちに「「遊蕩文学」撲滅不可能論」（『新潮』九月号）を発表して、いわゆる諸家による遊蕩文学論争の口火を切り、東洋音楽学校での文芸講話会の席上で赤木と遊蕩文学論の講壇に立つということにもなった。

四

同じころ貞雄の一歳下の弟である安成二郎も雑誌の編集に従事しながら民衆の生活をうたう歌人として成長し、口語短歌集『貧乏と恋と』（大正五・一　実業之世界社）を出していた。そのなかには「豊葦原瑞穂の国に生れ来て米が喰へぬとは嘘のよな話」「言霊の幸ふ国に生れ来て物が言へぬとは嘘のよな話」という代表作二首も収められている。二郎はまた「文学村の与太的三奇人」（『世の中』大正五・一一）と題して、貞雄に坂本紅蓮洞と中村孤月を加えた三人を「与太的奇人」と総称して分かりやすく紹介している。

それによると、「彼は可なり度量がある。彼には余り敵が無い。彼を責めるものは借金取位である。彼は清濁併せ飲むことが出来るが、然し、賢愚併せ容れる事は出来ない。だから、彼は誤訳者が嫌ひである。彼は実に愚人を憎むこと人を越えてゐる。（誤訳者は例外なしに愚人である）彼の敵は借金取と誤訳者である」と言い、「彼の奇人的風貌は時候の変り目に躍動する。夏から秋に入り、秋から冬に入つて人が袷を着、綿入を着る時、彼はよれよれになつた垢ぢみた単衣を着て、恰もそのみじめな姿を弁護するが如く、一層の与太を飛ばす。冬から春に移り、春から夏に移つて人は春服を着け、夏衣を纏ふ時、彼は尻のあたりから綿のはみ出たむさくるしい綿入に未練を残して、蒙茸たる鬚髯を吹くそよ風に春の来るのを歎じてゐる。彼は実に貧乏である。彼は実に博識多能であるが、無類の惰けものであるが為に、いつも御覧の通りのみじめな風をしてゐるのである。彼の与太は、彼の怠惰と貧乏を弁護する道具である」と述べる。「奇人」と評しながらも敬愛する兄に対する人物評らしく情理そなわった人間像が形成されている。

また同じころの貞雄の日常については堺利彦が「安成貞雄論」（『新社会』大正六・六）と題し、ある日の記録として、典型的な二十四時間の生活ぶりを時刻を追いつつ小説風に描いている。それによれば、「午前一時。我が安成貞雄君は下宿の一室で、細い洋銀の棒に脱脂綿を巻きつけ、それをコカイン液に浸しては鼻の穴に押し込んでゐる。其の遣方《やりかた》が如何にもタンネンで、この深夜の寂寞を独り自ら楽むと云ふ趣きに見える。従つてそれに費す時間は随分長い」と始まる。

午前二時になると、「彼は机に向つて一生懸命に論文を書いてゐる。隣の室からは鼾の声が聞えてゐる。彼れの走らせるペンはカサ〳〵と音を立てゝゐる。忽然、彼れのペンが渋りだす。彼れの論歩が今行詰《ゆきづま》りの路次にはいつたのである。彼はペンを置いて筋書のノートを見つめる。小首を傾けて考へる。半ば天井に目を向けて、顎に両手を当てて考へる。フイと立つて二三冊の参考書を持つて来て読みだす。〔略〕彼は再びペンを取つて、消したり書いたり、書いたり消したりした。〔略〕午前三時。彼は再び洋銀の棒、脱脂綿、コカイン、鼻の穴の楽みに耽る。彼れの頭は此時最も明晰になる。〔略〕午前七時。彼は漸く論文を脱稿した。女中が朝飯を持つて来た。彼は飯を食うて直ぐに寝た」という具合である。

　午後一時ごろ起床すると下宿の昼食を済ませ、「黒い繻子の小袋の中に論文の原稿と、本一冊と、コカインの空き瓶とを入れたのを持つて、飄然として」出かける。電車のなかでは読書に励み、「午後三時。彼は或新聞社に論文を持つて来て原稿料と引替にせんことを要求して拒絶された。彼は頗る失望して悄然としてそこを出た。〔略〕午後四時。彼は或る懇意な雑誌社の一室で、気のない顔をして徒らに時間を過してゐる。蓋し会計係が不在なのである。午後五時。巧みに会計係を口説きおとし、結局金壱円をせしめてそこを出る。午後七時。彼は二人の紳士と銀座の或カフエでウヰスキーを飲んでゐる。其の紳士の一人は彼れの謂ゆる『旦那』で、彼は今正に自称『高等幇間』の任務に服してゐるのである。彼は午後半日の意気銷沈に似ず談論風発、諧謔百出、謂ゆる『学東西、識古今』を遺憾なく発揮して、伴食紳士をコツぴどく罵倒し旦那紳士を丁度好い加減に持上げ傍若無人、カフエ中の耳目を聳動させてゐる」となって、次のように続く。

「彼は意気昂然として今朝の論文の内容を説明しつゝ、某大家の愚論愚説をメチヤ〳〵に攻撃した。実は右の伴食紳士が某大家の崇拝者たる事を知つて、態と無邪気な毒舌を弄してゐるのである。彼は誇張した用語と興奮した哄笑とを以て、盛んに与太を飛ばしつゝ、猶ほ頻りに冷嘲熱罵を浴せかけるのであるが、其の少々もつれかゝつて来た舌先に係はらず、其の論理のキツサキの尖鋭で而も堅実であるが為、伴食紳士は遂に一矢を報いることも出来ず、内々無念の思をしながら徒らに苦笑してゐる。旦那紳士は固より只面白がつて聞いてゐる」となる。

午後九時になると、「実は存外押の弱い、ハニカミの気のある彼は、遂に旦那をカフエだけで逸して了ひ、別段御祝儀にも預からず、真赤な顔にドンヨリした眼をして電車に乗つてゐる」となり、眠り込んで乗り過ごしたのち四谷見附で降りて、灰吹屋でコカインを七十五銭ほど買い込み雪駄の音をさせながら下宿に帰るというのが、「我が安成貞雄君の日常生活の標本的記録」というわけである。陰影ある「高等幇間」の実状が伝わってくる。いかにも知己の観察と言うべきであろう。

六年（一九一七）の一月になると貞雄は、麴町三番町の下宿から毎日のごとく堺利彦の自宅である京橋区南鍋町の売文社に遊びに行き、四月に堺が衆議院選挙に立候補するとその応援演説をする。このころに貞雄の関心は、それまでよく読んでいたフロイトの精神分析から人類学や考古学へ移っていた。四月には本間久雄の言う伝統主義を肯定的にとらえた内藤濯に論争をしかけたりするが、ひところほどの辛辣さは見えなくなる。また八月に星製薬の創業者である星一からコカインの中止を勧告され、やめれば五百円やると言われるものの結局やめられずにいた。十月には内藤民治の始めた中外社にはいり、雑誌『中外』の編集に当たる。

五

コカインの常用をやめるため貞雄はいよいよ七年（一九一八）一月に順天堂病院に入院する。入院費は星一が負担してくれ、貞雄はただ病室に夜寝るためだけに帰るという身勝手な入院生活を送ったのち、二箇月ほどでコカインをやめるようになったということで退院する。この年の暮れには別府に行っていた妹を迎えに行くという名目で出かけるが、彼女の滞在が延びたというので京都の従弟の下宿に居続けてから、翌八年（一九一九）の二月再び別府に行き、妹と京都・奈良を経て四月に帰京する。同年四月に『中外』が廃刊になったので、貞雄はその再刊計画に尽力するものの、計画が頓挫して中外社を退社する。これ以後貞雄の文筆活動はようやく衰え、生活費を弟の三郎に面倒みてもらうようになる。九年（一九二〇）五月には野依秀一が出獄したので貞雄はまた実業之世界社にはいるが、十年（一九二一）の末に軽い脳溢血により鼻から出血し、翌十一年（一九二二）の二月には腎臓病が判明したこともあって伊豆の下田に転地療養する。

かつて父の亡きあと一家が世話になった叔父の中西周輔が十二年（一九二三）二月に故郷の山口県で死去したので、貞雄は二郎とともに長府に行き、亡父の遺産を処理して一人で別府方面にまわり、そこで発見した古墳について九州帝大の考古学教室に報告してから六月帰京する。九月になると関東大震災によって実業之世界社が罹災したため大阪で雑誌を出すことになり、貞雄は十月に大阪に行く。

大正十三年（一九二四）一月に貞雄は大阪からもどり、赤坂榎坂町の妹宅に移る。五月には総選挙に際して高橋是清を応援するため盛岡に行って来るということがあった。その後しばらくした七月二十二日の午後九時ごろ酔って帰った貞雄は、入浴後にコカインを使ってから横になったところ、午前十二時ごろ脳溢血に襲われて言語障害や手足の麻痺を生じ、翌二十三日午前八時五十五分に昏睡状態のまま絶命する。最期は妹のくらやその娘で貞雄の鍾愛した姪をはじめとする親族知人などに見守られながら、三十九年五箇月の人生を閉じるに至った。

翌日には在京の主要な新聞紙上に訃報が掲載され、ただちに若山牧水から長文の悔み状が寄せられた。軽井沢にいた芥川龍之介からは八月になって、驚きと弔意を示す丁重な書状が届いた。これは二郎の著書『白雲の宿』（昭和一八・九　越後屋書房）に収録され、のちに岩波書店版『芥川龍之介全集』第二十巻（一九九七・八）に初めて転載されたが、伊多波英夫『安成貞雄を祖先とす』（二〇〇五・七　無明舎出版）では口絵写真の一つとして掲載された。八月十二日には貞雄が生前行きつけであったカフェ・リオンで、泊鷗会による追悼会が開かれた。

『実業之世界』九月号は貞雄の追悼特集を組む。そこには「嗚呼安成貞雄氏」と題する口絵写真として故人の死顔と筆跡に遺族や告別式の祭壇を収め、別立ての三宅雪嶺と野依秀一のほか三段組の紙面に四十四名が追悼文を寄せている。これらの文章群は一つの奇観であり、その文字からは貞雄の人物像がおのずから彷彿としてくる。主なところを順にあげると、「私の知つて居た同君は、ズボラどころか、極めて忠実なそうして恪勤な人であつた」（福田徳三）、「彼の識見と、博学と、人情と、ユーモアとが、実に忘れがたい印象を私の上に残してゐる」（堺利彦）、「みんなが貞雄さんといつて好きな人にしてゐた。あるじは突然に私欲のない無邪気な人、正直な人といふやうなことを折々にいひ偲んでゐる」（三宅花圃）、「彼を親しく思ふことは一向に時にも場所にも関係なく、いつでも何処でも親しかつた」（若山牧水）、「安成君は良い頭脳と良い文筆とを持つた天才肌の人でありました」（星一）、「貞雄君はいゝ男だつた。惜しい男だつた。大いに為すあるべく人からは期待され、自らも信ずる所厚かつたにも拘らず、まだこれといふ仕事を完成しないうちに躓いて倒れたのは殊に惜しい」（島中雄三）、「彼れの学識は交友間に尊敬され、彼れの善良な心は誰からも誤解されなかつた」（生方敏郎）、「直截明晰で、性温で、玲瓏球の如しとも云ふべき彼れの性格は本当に得難いものであつた」（福永渙）、「三四十代の評論家の中で、僕が本当に敬意を評して居たのは彼だけである」（土田杏村）、「彼は、波浪漢で聖人を兼ねた男であつた」（前田河広一郎）、「学生時代の安成君は、詩を愛し、内外の文学を渉猟し、あらゆる種類の学問を尊敬する人であつたが、また不合理に虐げられる弱い者に同感の情を惜まないといふやうな人であつた」（佐藤緑葉）、「何もせずに始終新聞や、雑誌の噂に上つて居た。これは偉いと思つた」（白柳秀湖）等々である。これだけでも壮観というほかないが、荒畑寒村と青柳有美の文章はない。七月に上海に行っていた寒村はともかく、弔問者名簿に名のある有美については謎である。

七七日《なななぬか》の忌日である九月九日には、『何か大きな物忘れせし心かな思へば兄の死にたるなりけり』という安成二郎の追悼歌をそのまま書名とした追想集が編まれ、三五〇部だけ配られた。このなかでは句稿や年譜だけでなく、「高等幇間志願の辞」が四たび活字を組まれた。同書はのち『安成貞雄　その人と仕事』（二〇〇四・七　不二出版）に複写によって全容が再録された。命日はトマトという貞雄の愛称を以てトマト忌と称することになったが、これは貞雄が丸い赤ら顔に髭の剃り跡の青々としていたことから、管野スガが「トマトのようだ」と言ったことに由来するという。

『実業之世界』の追悼号で三宅雪嶺は「惰け者の価値」と題して、「読書をするのが、勉強ならば、安成氏は慥に勉強家であり、仕事のために、仕事をせぬこと、収入のために仕事をせぬことが、惰けを意味せば、氏は慥に惰け者である」と言っている。そのように読書好きだった貞雄は酒とコカインによって命を縮め四十に満たない生涯を終えながら、明治に生まれ育ち大正という古きよき時代を背景に活躍した文学者らしく、富貴に恵まれずとも自由な境涯に自足しつつ不羈奔放で感情豊かな文筆家としての人生を送るに至った。独身を通した貞雄はその替わりのごとく多大の人望に恵まれ、弟妹たちに慕われた。また貞雄による感化のためか弟や妹はいずれも文筆に才能を伸ばしている。二郎は短歌をはじめ小説や随筆、三郎と四郎は翻訳、妹のくらは少女小説を発表しており、この方面でも羨望すべき仲の良さを示した安成一家だったと言ってよいだろう。

安成貞雄の批判精神

一

かつて福田久賀男は、「大正文壇に異色の文芸評論家として知られた安成貞雄」と言い、「大正期の論壇に雄飛、奇才として恐れられた批評家」（『探書五十年』一九九九・三 不二出版）とも言って、安成の評論を高く評価した。奇しくも安成の死去した年に生まれた福田は早くから彼に私淑してその研究に志し、その評論集を編むことを生前の大きな目標としていた。しかし福田は様々な資料を集め貞雄の次弟である安成二郎に親炙しながら、そのどちらも成し得ぬまま逝ってしまった。結果的に安成研究は最も熱心な推進者を失ったことになる。

ここではその研究の端緒として安成における批評の源泉について考察しようとする。安成はいかにも「異色の文芸評論家」であり「奇才として恐れられた」が、彼の批判精神がどこから来たのかについてはこれまで言及されたことがない。福田自身も『国文学 解釈と鑑賞』別冊『現代文学研究 情報と資料』（一九八六・一一）に「安成貞雄」の項目を担当して研究の指針を示しながら、安成独自の批評方法や批判精神の源泉については触れなかった。

安成の批評について大まかに言われてきたのは、土田杏村の評価に基づく「プロレタリア文学運動の先駆的試み」

であり、「社会主義を貫き通したというよりも、むしろ社会主義を捨て切れなかったと表現した方が当るかも知れぬ――この点にこそ彼の真面目を見る思いがする」（前掲書）と福田は述べる。この評言は安成の批評活動の結果として確かにそのとおりであろう。それは秋田から上京して早稲田に入るや白柳秀湖らの社会主義的文学雑誌『火鞭』の編集同人として文学的出発をはかり、大杉栄と荒畑寒村の主宰する『近代思想』に加わったという安成の若き日の経歴を見れば首肯できる説である。しかしそれは経歴であり、結果でもある。本稿ではそこに至った安成の思考法や発想法が何を基に成立したのかという疑問を追究しようとする。

そのため安成の批判精神が最も生彩を見せていた大正初年の批評を主に対象としながら、それらの内容を子細に見てゆくと中学時代の師であった青柳有美にゆき着く。安成より十二歳年長の有美が明治女学校から秋田の大舘中学に赴任したのは、明治三十五年（一九〇二）の夏休み明けである。時に安成は三年生であった。有美は前年に『有美臭』（明治三四・一二 文明堂）を発行しており、前々年に発売禁止となった『恋愛文学』（明治三三・一二 春陽堂）の著者でもあるという異色の教師であった。

わずか一年足らずしか在任しなかったとは言え、貞雄少年は青年教師の有美から決定的な影響を受けたと言ってよい。後年「予は如何にして揚足取となりしか」（『生活と芸術』大正四・一〇）にも、「揚足取の弁解」をするとしてフロイトや中学時代の撃剣の話からつないで次のように述べている。

昔、平重盛は忠ならんと欲すれば孝ならず、孝ならんと欲すれば忠ならずと、嘆じました如く、奇抜ならんと欲すれば真面目ならず、真面目ならんと欲すれば、奇抜ならざるを免れません。此の矛盾を調和せんとする心理機制に暗示の油を注いで運転を滑かにしたのは、英語教師として大舘中学に来られた青柳有美先生で御座います。先生は其の奇抜なる学説を、新しい科学上の知識の上に立てゝ居られます。私は、其の暗示に従つて与太を飛ばして居るので御座います。

ここでは奇抜と真面目という彼らしい熟語の組み合わせのなかに巧みにくだいているが、「揚足取」と称する安成の批判精神の現れは異色の文明・文化批評で鳴らしていた青柳から受けついだものと言う。青柳の初期の著作を見る限り、それらはいかにも「奇抜なる学説」であることが一目瞭然であるゆえ、安成が「私は、其の暗示に従つて与太を飛ばして居る」と言うのはうなずける。ところが他方で安成には有美と正反対の思想や信条もあるので、単純に一方通行の影響関係とするわけにはいかない。以下いくつかの方面から検討してみよう。

二

まず言うべきは在野の立場からの反骨精神である。青柳有美は前記した最初の著書『恋愛文学』が発売禁止の憂き目を見ると、翌年には前掲の『有美臭』を刊行して巻頭に四千字からなる「「恋愛文学」発売禁止の辞」を掲げていた。そこでは、「「恋愛文学」は風俗壊乱の廉《かど》を以て其発売頒布を禁ぜられ、其印本二千五百部は一冊も余ますところなく悉く差し押さへられ、京橋警察署は大八車四台に山の如くこれを積んで運び去れり」と具体的な描写から始める。続いて有美はドイツにおける貴族権跋扈を話題にしたのち次のように言う。

是に至りて解し難きは、「風俗壊乱」の文字なり、殊に其意義なり。「風俗壊乱」とは、まさかに「風俗改善」との意味に非ざるべし。我れは「恋愛文学」の中に、人情を虐待する今日の風俗を否定してこれを改善すべきを言ひたるのみ。之を以て風俗壊乱と云はゞ、蓄妾と男尊女卑とが今日の風俗なる世に於て、之を改むべしと云ふ蓄妾廃止論も、将た福澤翁の女権論も、是れ風俗壊乱なり。〔略〕「恋愛文学」は恋愛と道徳とより皮層の錦襴を取り去りて、その醜き実相を暴露せり。之をしも風俗壊乱と云ふべくんば、医学上の人体解剖も亦これ風俗壊乱なり。蓋し美はしき人体の外層に刀を加へて、その汚醜見るに堪へざる内臓其他の鮮血淋漓たる部分を暴露すればなり。〔略〕「恋愛文学」に挿入せる裸体画二葉は、共に希臘古神の像にして仏国の有名なる画工の筆にかゝり、現にかの国博物館に陳列せらるゝもの、些かたりとも実感を惹き起こすが如き傾あることなし。〔略〕然れども、裸体と裸体画との区別を認識すること能はざる論告を法庭に出して、而してなほ得々たりし検察官を有する大日本帝国の政府は、恋愛と淫事とを区別すること能はざる図書検閲官を有するやまた知る可らず。嗚呼憐むべきは日本国民なる哉。

有美の憤懣やるかたなき思いはなお語を尽して続き、「我れは我が帝国政府が風俗壊乱の名に於て、我が「恋愛文学」の発売頒布を禁止したることを決して忘れざるべし」と強調する。さらに、「嗚呼我は寧ろ我が帝国政府が我を捕へて牢獄に投じ、我を絞罪に処せんことを望む」とまで言う。また文章の最後には小さな文字で、「「恋愛文学」にをさめありしものは一も取りて之を「有美臭」のうちにをさめず」と添えられていた。

安成は当時の有美の書物について書かず、中学在学時の有美にまつわることにも触れないが、この「発売禁止の辞」を収めた『有美臭』は手にしたに違いない。この書には皮肉にも「非裸体画」と題された妙齢の西洋美人の絵が口絵として掲載されている。また書名をしるした扉の次には長方形の枠のなかに八行の分かち書きの献辞がある。そこには、「「恋愛文学」を出版し／時の内務大臣文学博士末松謙澄閣下の為に／直に其発売頒布を禁止せられ／為に千幾百圓の損失を蒙り／而して遂に一の怨言を著者が前になさず／欣然「有美臭」の上梓を快諾せる／書肆春陽堂及び其支配人佐藤助吉君の／名誉のために　茲に謹んで此書を献ず」とあった。

さらにその裏には十行の分かち書きがあり、「青柳有美は善魔の子なり／蓋し悪魔と善神との混血児ならんか／

幸无くして家人に容れられず又日本政府に容れられず／或は遂に神に容れられざらんことを恐る」云々とある。これらは「人情を虐待する今日の風俗を否定して」やまない有美が、孤立を恐れず政治家や官僚に愛想を尽かしつつ人情家の面目躍如を示した観がある。このように有美の反骨精神の横溢する本書は中学生安成の柔い感受性に強くて大きな刻印をしるしたことであろう。早稲田に入学して社会主義に近づき、無政府主義者の大杉栄や荒畑寒村と親交を結ぶことになるという安成の思想傾向を方向づける一要因になったとも言ってよい。

安成が大正四年（一九一五）に「予は如何にして揚足取となりしか」で弁解したことは、結局みずからの批判精神の発動の正当化が結論となった。その二箇月後には「本間久雄君及び他の諸君を攻撃する理由」（『新潮』大正四・一二）で、安成は具体的に名を挙げながら批判する。そこでは「オーソリテーに反抗する精神」と言い「官僚的精神を憎む私」と言う立場から早稲田大学の官僚的な姿勢を痛烈に批判していた。これらに象徴的に現れている安成の在野精神や反骨精神の元をたどれば、中学生時代に出会った有美がその淵源であったと言えるだろう。

三

次に言うべきは安成における科学主義と呼ぶべき思考態度である。これについては前記「予は如何にして揚足取となりしか」にも、「先生は其の奇抜なる学説を、新しい科学上の知識の上に立て、居られます」とあった。また弟の安成二郎が「文学村の与太的三奇人」（『世の中』大正五・一二）で述べていた。そこでは、「彼は「科学」とい ふ宗教を信じて居る。「科学」の託宣なら何でも有り難がつて遵奉する。どんな嫌ひな食物でも、一旦「科学」が滋養分に富んでゐることを告げると、彼は一所懸命になつて食ひ出す」と、明快である。早稲田で同窓だった福永渙も安成の死後すぐに、「ロマンチストばかりの友人の間に於て、彼は唯一の科学信仰者であつた。彼の思想は社会主義的傾向を帯び、すべての物の観方がマテイリアリスチツクな彼独特のものであつた」（『万朝報』大正一三・七・

二九）と回想していたように、安成の批評は単に文学の領域にとどまるのではなく、科学的な広い視野を背景に持っていた。有美においては、『善魔哲学』（明治三六・六　文明堂）所収の「詩用科学」が示唆的である。

文学詩美の思想の科学者哲学者に必要なるを説て、チヤールス、ダルウヰン進化論の成功を、氏が文学思想の富瞻にして文字の豊かなりしに帰するものありと雖ども、人は科学思想の又詩美を歌ふ人と文芸思索の士とに欠くべからざるものあるを忘れたるが如し。〔略〕然りと雖ども之と共に忘るべからざるは、独逸のゲーテと英吉利のカーライル及亜米利加のエマルソンとが、文士として詩歌の士として一代に重きをなし、今に至りてなほ其熱実なる崇拝者を絶つことなき所以の多くは其豊富なる科学思想に基因するものたることなり。〔略〕人は、科学思想を以て文学詩歌を殺風景にし、哲学的思索を浅薄にするものなりとなせども、こは非常なる謬見にして、自然界人事界の詩歌的観察と哲学的思索とは、これに科学的精察を加へて、一層深酷鋭利精到のものとなるなり。凡て科学思想に乏しく科学智識を蓄へざる人は、何事に於ても其批評眼痴鈍にして、事物の実相に観すること少なく、徒らなる浅見を以て自ら足れりとするに至る。

このように文学においても科学思想の素養が必要であり、その知識が乏しいものは批評眼が痴鈍であると有美は言う。引用を省いた箇所にはショーペンハウエルもその思索の根底を科学知識の上に置いていたとする。次いで有美は「科学思想なきもの、詩歌は浅薄なり。科学思想なきもの、哲学は滅裂なり」と言ったのち最後は、「今や天下、無趣味なる理学家のために詩美の功徳を説くもの甚だ多し。何ぞ進んで浅薄なる詩人と思索家とのために、科学思想の福音を説かざる。我が日本の民よ、科学智識を入れて思想と品行と信仰と脳力とを正確にせよ」と締め括る。若い有美らしく科学の知見を重視する語調は明確で力強いものがあった。若いと言えば、まだ十代であった貞雄少年がこれを読んで大いに啓発されたであろうことは想像に余りある。安成が「青柳有美先生に寄せて『博士』を論ず」（『へちまの花』大正四・六）で、「先生は神の摂理と進化の理法とを一致させやうとする折衷学派に属するわけで御座いますが」と言うように、有美はキリスト教徒であっても人類の起源については旧約聖書を持ち出さず、ダーウィンの進化論を尊重していた。安成が当時において先駆的な精神分析に眼を開きフロイトの学説に関心を深めていたのも、有美が初期の書物のなかでしばしば心理学に言及していたことがきっかけとなっていただろう。

ただし有美については前記の文章で、「先生があれほど近代科学の知識を有して居られながら、其の論理が近代科学の論理と反対であるのを怪しまんとするので御座います」と安成は言わずにおれなかった。前に「奇抜」と安成が言っていたのも、有美における牽強付会の甚だしさを示唆していた。その点で安成は有美について「方法論的には最も多く演繹法」であることを見抜き、一面では彼を反面教師としたと分かる。安成が精神分析だけでなく、広く科学的知見を拡大し人類学や考古学にも認識を深めていったのも有美を批判的に摂取したからであろう。それゆえ加藤朝鳥がうっかり木村鷹太郎のいわゆる新史学を尊重する感想を書いたことに我慢がならず、安成は「愚問賢答——加藤朝鳥——」（『読売新聞』大正五・三・二～七）を書くに至る。ここでの厳しい語調は安成の科学尊重主義を示すと同時に、誤訳指摘とは違った方向から知識人としての覚悟や責任を如実に表す結果となっている。

四

もう一つ言うべきは安成の独身主義である。これについて安成は実際生活でそのまま示すだけでなく、「独身の使命」（『読売新聞』大正四・五・六～八）を書いている。これは久保田万太郎に対する書簡のかたちをとって、「ほんの思ひ付きの——それも自分と云ふものを見詰めたり何かするのではない——近頃の感想を申上げようと云ふのです」と断っているだけに、結婚後間もなかった生方敏郎などの逸話をつないで文字どおりの「感想」を述べたという観がある。ただしその最終部では次のように述べていた。

人の好い基督教徒に言はせると、家庭は此の世からなる天国ださうですが、僕は天国になつたり、地獄になつたりするものだらうと思ひます。実証哲学を奉ずる僕は、独身であるから、断言する資格はありませんが、どうも地獄である時間の方が長い様に思はれます。謫落した天女の様な婦人を妻君にして、精神的にも、肉体的にも、迚も優種学に貢献しさうにもない、長じて早稲田大学に学び、英文科を卒業して、大いに誤訳でもしさうな子供を粗製乱造して居る人を見ると、僕はトルストイが結婚を排斥したのも、もつともだと思ひます。

これは丁重な語調とも相まって極めて冷静な知識人らしい結婚観と言うべきであろう。ここに言う「人の好い基督教徒」が青柳有美を指すとも思われない。というのも女性の専門家を自認していた有美は結婚についても「愛妻亡国論」と題して特異なる自説を『有美道』（明治三九・一一　丸山舎書籍部）に述べていたからである。

夫婦相和するは誠に良し。和は天下の大本なり。然れども妻を愛すること余りに大なる男子は、常に妻によりて国際的圧迫に類似せる酷烈なる圧迫を受け、之が為に左右せられて、男子の最も貴重すべき出処進退を過ち、義を見て進み不義を見て退く能はざるに至るものなり。

世間の英才にして往々発展の前途を摧かれ、凡骨となり、更に枯骨となるものを見るに、是れ多くは妻の圧迫により困められて、人生の機微に触れ天然の微妙に接する能はざるに至れるものなり。されば、古より非凡の才能を発揮し、人類に貢献するところ多かりしものは概ね無妻なり。少なくとも妻を愛すること余りに大ならざりしものなり。

又妻を余りに愛するものは、怠惰に流れ易く、向上の精神を失ひ、常に家を離るゝを厭ふが故に、人に接すること少なく人事を解するに遅鈍なり。此の種の人々は概ね真理よりも、妻を以て尊むべきものなりとなすが如し。知らずや男子は家の為に在るものに非ず、又妻の為にあるものに非ずして、家と妻とは男子の為にあり、男子は真理の為にあり、義の為にあるものたることを。然るに世の妻を余りに愛するものを観るに、妻を以て真理よりも、義よりも重きものありとなすが如し。愚も又是に至りて甚しからずや。

これは今日からすると古色蒼然たる女性観かつ結婚観と言わねばならないが、有美にすれば大まじめの意見であった。有美自身は勿論独身ではなく妻帯して子女を養う身であったが、結婚に大きな価値を持たなかったことが分かる。『有美道』にはまた「女の馬鹿加減」を収め、別に「排自由結婚」や「細君操縦法」（ともに『有美臭』前掲）だけでなく、「妻に囚はる、勿れ」（『有美式』大正三・一一実業之世界社）という文章もあった。このような有美の結婚観とは異なる視点で安成は「世の妻帯者を嘲る」（『中外』大正六・一〇）を書いている。これはイプセンの「人形の家」を対象としながら有美のような男尊女卑ではなく、徹底的にノラの夫を批判し憐れむという態度が個性的である。安成は皮肉な語調をこめつつ次のように文章を締め括る。

ノラさんは、美にして賢、夫の病気を癒す為めに、借金をする事を敢てしました。この心労を顔に現はさず、『うちの雲雀』と云はれる程、快活に振舞ひました。ヘルマア君たるもの、正に果報焼けを感謝すべくして、なほ敢然名誉をどうすると亭主の権威を主張しました。若し奮然個人の権威を主張して、細君に自覚されたら、所謂御亭主なるものは、抑もどうするで御座いませう。三拝九拝、泣啼哀号細君の袂に縋つて嘆き訴へるに相違がありません。そして、銀行の頭取りにもなり得ず、成金にもならず、徒らに細君の侮蔑を忍ばなければならないので御座いましやう。ヘルマア君は哀れむ所の沙汰では御座いません。あゝ、哀れむべき者よ、汝の名は妻帯者なり！　私は、今以て独身者たる事を幸福と信じます。

このような安成の結婚観から見えるものは彼らしい女性観である。そこから同じく結婚に大きな価値を見いださない両者の女性観が対照的であったことに気づく。安成には「機会を与へられれば女も男同様偉くなる」（『女の世界』大正四・一二）という文章があり、そこではかつての恩師に反論すべく次のように始める。

青柳先生「数学者としての女」を拝読して、私は少々驚きました。私も実は、数学が現今の百科学の基礎学問であり、頗る高遠なものと考へて居つた一人で御座います。所が、先生は、数学は卑近の学問である。数の観念は野蛮人、小児も有する原始的なものである。『象の如き動物さへ猶ほ学び得る数学に上達したからとて、これが如何して女の誇になるか』と数学の価値を引き下げ、女に大数学者がある事を以て女の愚劣なる證とされました。僕は従来高遠な数学が出来ないのを恥かしいと思つて居りましたが、今度は、卑近な誰れでも出来る数学が出来ないのが恥かしいと云ふ事になりました。何れにしても恥かしいのは同じで御座いますが、どうも、高遠で、百人に一人位しか出来ないものとして置く方が、都合が宜しい様に思ひます。其所で、高遠になる様に理窟を捏ねて見ようと思ひましたが、結局百科の学問の基礎学問が出来ないと云ふ事実に変りが無いし、茲では女を弁護するのが目的ですから、私の名誉問題は止めに致しました。

引用によって分かるように、これは前々月の同誌に有美が発表した「数学者としての女＝是れ女の愚劣なる證＝」に対する反論として書かれた。もともと有美の叙述が彼一流の先入観と偏頗な理屈であったのを巧みに利用しながら、安成はまさに「揚足取」をするごとく面白おかしく有美に反論してみせる。すなわち有美の叙述の隙を衝いて、「頭脳の明晰と根気とを有するものは、数学を基礎とする科学に於いても、男子に劣らぬ学者となる事が出来る」と進め、「茲で私が、合理的想像を逞しう致しますと」として天文学・数学・化学・統計学に女子が成功するだろうとし、「若し根気と頭脳の明晰とを以て、一生懸命にやれば其の統計上の実績によつて、経済学、人類学、社会学等に、学術上の貢献するのみならず」と続けてさらに、「茲で、合理的想像を恣にすると、将来社会学、経済学上主要の地位を占むる閨秀マルサスが飛び出し相に思はれます」と言う。

次には、「先生が数学者としての女の優越を承認して、是れに譲歩されたが為めに、先生の女子劣等論の堤防に蟻蟻の穴位にしろ、兎に角穴が生じたわけで御座います」「論より証拠で、先生御自身が御挙げになつた事実の力の前には、女子劣等論が効力を失つたので御座います」と、皮肉にも有美の「女子劣等論」と繰り返しながら続ける。こうして安成は何のかのと言いつつ結局は「実例」という事実をあげることに努める。つまり物理化学者のキュリー夫人をはじめ、教育学者・女優・作家・詩人・美学者・考古学者・歴史学者・仏教学者・文学研究者・地理学者などとしてヨーロッパを中心に女性の名を総計二十八名あげて証拠とする。文章の末尾は次のようになる。

青柳先生。長々と陳べ立てましたが、女子の経済的、社会的、健康的条件が其の活動の自由をゆるせば女子は男子と同じ能力を発揮するものである。男女の能力には、先天的差異がないと云ふのが私の結論で御座います。

此の結論は更に、然らば如何にして其の経済的、社会的、健康的条件を作るべきかと云ふ問題を生じます。併し、先生、此の問題の考究は、私の結論に首肯する婦人が進んで自ら之れに当らん事を希望して、一先ず擱筆致します。

これは今日では至極当然の見解である。しかし大正四年当時においては先進的な見識であり、大方の男子にあってはまだ表立って言いにくい事がらであったと思われる。しかし『青鞜』創刊はわずかに四年前の明治四十四年（一九一一）である。それを勘案するなら安成の人間観は知識人らしくまっとうなものであった。それでも有美の言うように現実の日本帝国の社会は依然として旧来の男尊女卑の通念が常識であり、一般の人間観は伝統的因襲的な見方から脱出しておらず普通には結婚する人生が当然であった。そのような社会環境において安成は師とは反対に独身主義を実践した。ふたりはともに結婚に大した価値を認めぬまま女性蔑視と女性尊重、妻帯と独身という対照性を示したと分かる。安成は有美から受け継いだ批判精神を縦横に発揮して結婚と女性について考えを深め、師の女性観をも批判する結果に至っていたのである。

五

有美に対立する意見と言えば、安成には社会主義的な思想信条があった。というのも青柳有美は早くからのキリスト教徒でありつつ、県立中学の教員として修身科目も担当し教育勅語を尊重していたからである。特に財産や富については、前掲の『善魔哲学』に「排財産平等」という人眼を引く表題の文章が収録されていた。そこではまず単刀直入に、「富は資本となりて、生産の要素をなすのみならず、実は又一般社会の活動原基力となるものなり。是に於てか、これが分配の方法に就て、識者の考案を煩はし、社会の物議を醸すこと甚だ多し。輓近の所謂社会問題なるものが、多く此の富の分配法に関するものたるはいふまでもなきことなり」と始めて、次のように続ける。

世には、民主（デモクラシー）主義と称へ、或は又虚無主義と称して、盛んに広言し切りに声揚して、富の均一分配と財産の平等とを説くものあり。若し此の如き極端の議論に至らざるまでも、この精神に風化せられ居るもの甚だ多く、蓋し一代の思潮をなすものありといふ。必ずしも過言に非ざらんか。されど、こは未だ十九世紀が仏国革命謳歌の迷夢より醒めざりしの致す所にして、二十世紀の新思想界を支配し得るものに非るべし。

これは明快な主張であるものの、現在より見ると非常識と言わざるを得ない。有美の同書には「仏蘭西革命の無意義」という表題の文章もあるように、彼にはフランス革命やアメリカ南北戦争の世界史上での意味を正しく理解していない節があった。引用部分の論旨はさらに、一国内の富を国民に均一に分けると各人の所得は甚だ些少となり、何ほどの資本にもならないと続く。それから有美は「富とは恰も社会と称する大機関を運転する蒸気力の如きものなり」という比喩を構え、蒸気力を機関のあちこちに分配すれば円滑なる運転はむずかしく「こは甚だ損失多きことなり」として次のように述べる。

富により社会が活動するに当りても、その理又た同じ。故に、社会の富は之を富者或は貴族の許に集中せしめて、これにより社会全般の民に職業を与へ、社会の活動を是れ計るべきなり。かの財産の平等と富の均一配布との如きは、是れ富をして其利用力を減ぜしめ、社会の混乱と之れが活動の遅滞とを招く所因に外ならざるなり。

ここには企業の経済活動における資本と個人の所得とを分けて考えるという視点が見られない。つまり有美は知識人らしく社会主義などの新思想について一応は知りながら、社会経済の問題となると旧弊にとらわれていたことが分かる。前述した有美の科学尊重の自説も多くは自然科学についてであって、世界史的な歴史認識だけでなく経済学や社会学といった社会科学の方面では遅れていた観がある。安成が早稲田に学ぶや『火鞭』の同人となり、社会主義の思想になじんだのは恩師であった有美の思想傾向とは正反対である。このように十代において有美より様々な感化を受けながらも、安成は彼の旧弊で固陋な一面に限っては受容するところがなかった。その原因理由についてはもとよりここで論証すべき材料も能力もない。しかし最後に有美自身が「自讃之辞」と題して前掲の『有美式』の巻頭に掲げた文章の冒頭部分を引用してみよう。


青柳有美とは何者耶《か》。

学位令にも無い『例の』といふ難有い称号を世間様から頂戴した妙な男である。奇抜な議論や突飛な主張に、好んで世間様を騒がす男である。

朝から晩まで、女と色欲とにのみ没頭し、眼中他に天地あるを知らざる色魔の如く見せかけ乍ら、其実、存外に志操が堅固で、百般の学術に深い興味を持ち、研究心に富んだ処のあるのが、是れ即ち青柳有美である。

憚り乍ら青柳有美は、欧羅巴や亜米利加あたりに在る学者の糟粕《かす》を嘗《な》め、他人の智恵や知識を我が物顔に振り廻す卑劣未練の男ぢやア無い。天上天下、唯畏る丶処のものは之を外にして一人のシヨウペンハウエルと、之を内にして一人の三宅雄二郎とのあるのみだ。万事に独創の見を立つる奇抜にして突飛な学者が、是れ即ち青柳有美である。


これはまことに盛んなる自己顕示の発露というべきであろう。このように臆面もなく放って見せた気概は本書『有美式』にとどまらず、これ以前のいずれの著書にも様々なかたちをとって横溢している。安成はまた後年「自首自賛」（『へちまの花』大正三・二）という似たような題の文章を書く。それはとにかく、安成が繰り返し「学東西に亘り、識古今を貫く」と言って憚らない精神の源泉はここにあったと言えるであろう。ここに見える限りのことばで言えば、「独創」や「奇抜」に通じる有美の個性的で男性的な気概を安成はそのまま受け継いだ。師の有美に特有の批判精神を受け継いだ安成はそれを自分なりに有効に発揮しつつ、師の人間観や世界観についても採るべきところを批判的に摂取したと言える。めでたくも両者における批判精神の生きた継承が成立したわけである。

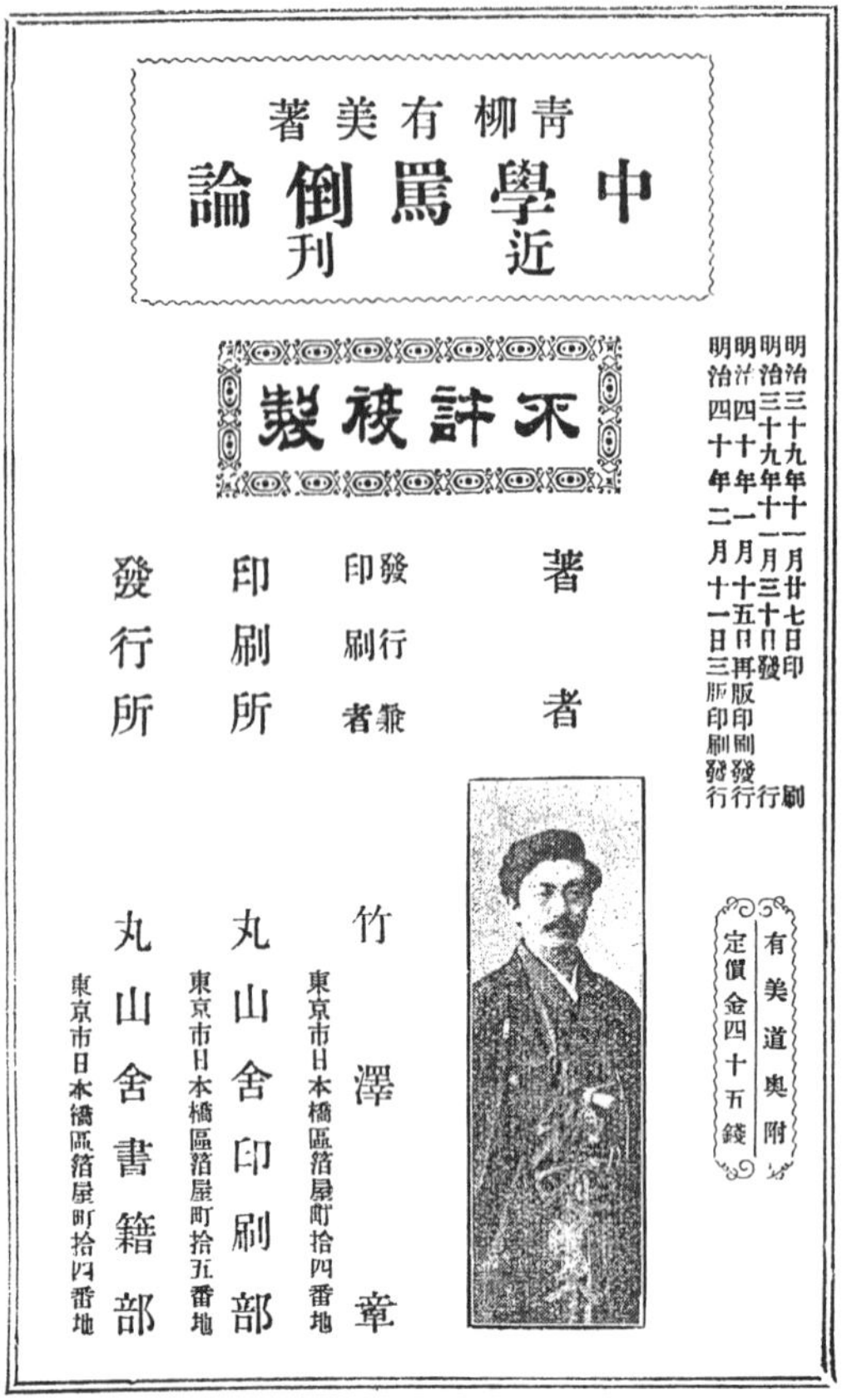
青柳有美著
中學罵倒論
近刊

不許複製

明治三十九年十一月廿七日印刷
明治三十九年十一月三十日發行
明治四十年一月十五日再版印刷發行
明治四十年二月十一日三版印刷發行

有美道奥附
定價金四十五錢

著者 竹澤章
發行兼印刷者
東京市日本橋區箔屋町拾四番地

印刷所 丸山舍印刷部
東京市日本橋區箔屋町拾五番地

發行所 丸山舍書籍部
東京市日本橋區箔屋町拾四番地

『有美道』奥付

秋声対白鳥と広津和郎

昭和十八年（一九三三）十一月に徳田秋声が亡くなったとき葬儀委員長をつとめたのは正宗白鳥であった。そのとき白鳥は友人総代として読みあげた五百字に満たない弔辞の最後を、「我等、君と交はりを結び数十年に渡る長き間、反目軋轢の悪記憶を留めざりしは、淡々たる君の君子人たる態度に依るならんか。ここに永遠不可思議の世界に旅立たる、君を我等静かに凝視せんとす」と締め括った。

これはいかにも弔辞にふさわしい結びの形であると大方には納得できるかもしれない。ともに自然主義の代表的な作家とみなされていた二人に「反目軋轢の悪記憶」と言うほどの険悪な対立があるはずもないが、多少の行き違いは避けられなかったと言ってよいだろう。というのも、よく知られているように白鳥は秋声の「春来る」（『中央公論』昭和二・四）と「一茎の花」（『文藝春秋』昭和九・七）を対象に二度も批判していたからである。これらの作品は女主人公のモデルこそ違え、ともに男女の情痴を素材にしていることで共通している。特に「春来る」に対して白鳥は「徳田秋声論」（『中央公論』昭和二・六）で、「長い間馴染の深かつた秋声氏の作とは、まるで様子が違つてゐるのに驚かされた。驚くと云つても、作に惹き入れられる種類の驚きではなくつて、我慢にも読み切れなかつた」と言い、「読むべからざるものを読み、見るべからざるものを見たやうな感じがした」とまで言って、その愛欲情痴の描写を非難していた。ところが秋声はこれを黙殺しながら、次の「作品と批評」（『読売新聞』昭和九・七）に対しては、ただちに「文芸雑感——正宗氏へお願ひ」（『新潮』昭和九・八）を書いて真向から反論した。これは「淡々たる君の君子人たる態度」という語句に似つかわしくない激烈な感情に促されており、白鳥にとっては予想外の結果ではなかっただろうか。というのも今回の白鳥の文章は分量も少なく、内容的にも「『一茎の花』は一般の小説読者に喜ばれる種類のものではない」や、「『一茎の花』だけを一つ離して見て、私はさしたる傑作とは思はない」といった程度の言い方で、七年前の「春来る」への厳しい批判に比べればはるかに微温的だったからである。

この件については若干の後日談がある。すなわち秋声の反論を掲載した雑誌の発行直後に偶然白鳥の家を訪ねた博文館の編集者に夫人が、「長いおつきあいの徳田さんと、あんなことになって……」と言うや、白鳥が「つ、つまらんことをいうな」と応じて思わず落涙したので、驚いた編集者がその足で秋声のもとへ行きこれを告げると、今度は秋声が泣いたというものである（後藤亮『正宗白鳥　文学と生涯』昭和四四・一思潮社）。その後秋声が亡くなるまで両者の間に新たな波風が立ったとは思われないから、白鳥の弔辞もあながち強弁や誇張と言えないということになるだろうか。

このような秋声と白鳥の双方に親近感を抱いていたのが広津和郎であった。広津はみずからの文学的な出発を白鳥の短編「妖怪画」（『趣味』明治四〇・七）のニヒリズムに共感して以来と述べており、彼の最初のまとまった著作と言うべき翻訳書『女の一生』（大正二・一〇　植竹書院）の序文を白鳥に依頼していた。一方秋声に関する批評・研究史において広津による「徳田秋声論」（『八雲』昭和一九・七）の卓抜さは既に定評がある。

秋声の没後約半年にしてなった広津の「徳田秋声論」は、質と量においてそれまで彼が書いてきた秋声に関する評論の集大成といった観を示している。それだけに表現の上では過去の評論と重複するところが多く、広津自身による過去の文章の引用も目立つ。しかしこれまでと違って今回見られる新しい特色には、前述した秋声による白鳥への反駁の文章を大きく紹介していることがあげられる。

そもそも「文芸雑感」と題して秋声が『新潮』に発表した文章は全五ページにわたるが、広津はほぼこの六割を引用しているのである。広津は他にも秋声の作品を幾つか引用しているものの、この比率は断然他を圧している。一方秋声の反感を招くもとになった白鳥の批評を広津は読んでいないと断っているので、広津がいかに大きく秋声に肩入れしているかが分かる。これは一体どうしてだろうか。

ここでいかにも広津らしいのは、秋声の反論を大きく引用して彼に同調しながらも、広津が決して白鳥をけなしたりしないことであろう。秋声の文章によっておのずから白鳥の言い分も分かるしくみであるが、「主観的な文学者であるところの正宗氏」や「正宗氏の非人間的な主観」もしくは「正宗氏自身の苦しい厭世哲学」という言い方を紹介することで、実生活において決して破綻を見せない白鳥の作家態度に秋声が反発していたことが分かる。要するに白鳥とは正反対の、みずからを常に裸のままで示すような秋声の無飾の作家姿勢に広津は深く共感したのである。

白鳥への秋声の反論を広津がとりあげる場合には、「一見常識的ないひ方のやうに見えて、その実、概念や観念にとらはれず、自由に、しかも公平に物の急所を衝いてゐる彼の考へ方は注目に値する」と抑制した言い方を保ちながら、他のところではっきりと秋声に共感して見せる。特に秋声が妻を失って以後いわゆる「順子もの」と言われる作品を書いていたころの「愛欲の葛藤時代」について、「五十代の半ばに達した分別はもとより度々首をもたげるし、世間の思惑や非難も始終気になるし、それでゐて青年のやうな情熱の嵐のまにまに押流されて行くのであるから、それだけにその愛欲生活が複雑になり、苛立たしいものになり、血みどろになつて行つたわけなのである」と言うだけでなく、その作品については、「此処に見のがしてならないのは、抑へる事の出来ない激情、痴態、嫉妬、疑惑、懊悩の渦巻の間にも、流石に自己を見る彼の眼が濁らずに光つてゐた事であつた。正直に、赤裸々に弁解めいたところがなく（かうした作物には大概の場合弁解がつきものになり勝であるが）、その眼で彼は自己の姿を客観的に摑んでゐた」と言う。更には「順子もの」の総決算とも言うべき「仮想人物」（『経済往来』昭和一〇・七〜一三・八）について種々欠点を指摘しつつ、「その代りに、そのいづれの時代にもなかつたやうな形の崩れた野放図な情熱があり、何か青年のやうな若々しさがある」と評価する。

ここに「青年のやうな情熱」や「青年のやうな若々しさ」ということばがあるように、この秋声論では彼の若さへの言及がひとつの特徴をなしている。秋声の言った、「恋愛に生命がけといふのも大袈裟だが、一ト向きであつた事は、自慢にもならないが、そんなに慚愧すべき事だとも考へられない」という語句を広津が二度も引用しているのもその現れである。つまり広津は秋声の若さを認め、彼の「愛欲の葛藤時代」をそのまま肯定しているのである。このように白鳥にできなかった広津による秋声その人への理解が、その「徳田秋声論」の卓抜さを支えていたということが分かる。

なぜ広津は秋声という愛欲に苦しむ人間をそのまま理解し得たのか。それは広津自身が秋声以上に恋愛や女性の問題に悩み苦しんできたからであろう。広津の初期作品から分かるように、彼は神山ふくとの愛のない結婚に直面しつつ敢えてそこから逃げなかった。そればかりでなく以後の広津の女性遍歴は常人の域を越えている。広津自身が『続年月のあしおと』（昭和四二・六　講談社）に詳しく語っているX子（間宮茂輔によれば秋月伊里子）の動静には驚かされるが、彼の女性関係は多角的で複雑であった。ふくと別居してM子（近藤富枝によれば元子）と六年間同棲し、続いて事実上の妻とした松沢はまと暮らす間にも白石都里やN子といった女性との交渉があったばかりか、大正十四年（一九二五）八月には『東京日日新聞』に女性問題も絡めた失踪事件として書かれた広津は、ジャーナリズムに騒がれたという点でも秋声の先蹤をなしてもいた。女性関係の苦労という点では、広津のほうが二十歳上の秋声よりはるかに先輩だったというわけである。

これに対し、若くしてキリスト教に親しみ作家として自立してから裕福な商家の令嬢と見合結婚をしたのが白鳥である。秋声や広津とは対照的に、白鳥は子供のない夫婦水入らずの平穏な結婚生活を継続している。後に白鳥が秋声のことを「身体が弱々しく、精神力も強いやうには見えなかつたが、氏はよく生活苦に堪へて、作品にも衰退を見せなかつたと、私は不思議に思つてゐる」（「秋声について」『藝林閒歩』昭和二二・一一）、と述べているのは実感と言ってよい。

広津はその秋声論の掉尾において白鳥を意識しながらも、中絶した最後の長編「縮図」（『都新聞』昭和一六・六～九）を「素晴らしい傑作」と感嘆する。さらに、「一口に云ふと、花柳の巷を彷徨する若い女たちの生活を取扱つた愛欲の絵巻に過ぎない。併し強烈な色彩やナマの色彩は一切使はず、淡彩でほのぼのと描いて行つたその効果は、ちよいと類がない、高雅な美しさである」とし、「この絵巻に現れた男女の生活や愛欲の悲喜こもごもの姿の上に行き亘つてゐる作者の心の温さが、この作の味を生んでゐるのである。それは一種の慈悲心と云へる」と言うのはいかにも広津らしい。広津は続けて、「作者はどの人物をもとがめてはゐない。実際女を捨てる男、男を捨てる女さへとがめてはゐない。超然として上から見下ろすやうな立場からではなく、彼達、彼女達に即して蹤いて行きながら、この世に生きる人間のいろいろな姿にうなづいてゐるのである。それは思想の範疇や固定の道徳や、あらゆる観念、概念を捨てて、人間生活の諸相を長い間ぢかに見て来た事の帰結である。それは一切衆生の肯定であり、人間生活をそのまま救ひに高めんとする慈悲である」とまで言う。まさにこれこそが広津という個性がとらえ得た秋声文学の真髄であろう。

このような広津の「徳田秋声論」の本質にきちんと着目したのが、ある種謎の文芸評論家と言うべき松原新一による『怠惰の逆説　広津和郎の人生と文学』（一九九八・二　講談社）である。その最終章では、「女性関係における幾つもの過誤をふくめて、自分の辿って来た人生と自分自身がどう和解すればいいのか。私は、その点で『徳田秋声論』を重視したい。これは徳田秋声の人と文学とを論じて最良の作家論の一つになりえているといっていいと思うが、そこには徳田秋声という客観的な対象に託した広津和郎自身の、自己救済の祈念のモティーフがにじみ出ている」と述べられている。控えめな言い方だが、けだし至言と言うべきであろう。このような深い理解を得て初めて、秋声と広津の双方がようやく救われるであろう。

Ⅱ

『田園の憂鬱』の構成

一

佐藤春夫の『田園の憂鬱』（大正八・六　新潮社）は常に二様の題名を持つ作品である。単行本を想定するなら、書名すなわち表紙や扉に掲げられている表向きの表題が「田園の憂鬱」ということになる。他方本書に特有と言うべき二枚目の扉もしくは本文の直前には、「田園の憂鬱或は「病める薔薇」」がしるされる。言い換えれば、前者は小説の題名にふさわしい簡潔な言い回しの公的な表示であり、後者は佐藤個人の動機に執した私的な呼称と見ることができる。作者の意向を汲むなら、本題「田園の憂鬱」、副題「病める薔薇」と整理することもできるが、前者が主人公の心情を表し、後者がその象徴を示すという解釈が成り立つであろう。また前者が主として全体的な基調を示しているのに対し、後者が最終章にのみ現れるブレイクの詩句「おお、薔薇、汝病めり！」に直接由来していることも明らかである。

ブレイクの詩句を含む最終章が佐藤にとってこれほど重要であったにもかかわらず、この章に対する評価はまだ定まっていないかのごとくである。そもそもは同時代評の一つである広津和郎の批評に発している。初めて「田園の憂鬱」という題の作品が大正七年（一九一八）九月の『中外』（第二巻第一〇号）に発表されたとき、広津はいちはやく注目して賛辞を呈した少数の一人として有名であるが、その結末に限っては強い不満を隠さなかった。広津は、「此作の最後に於て持出してゐる病める薔薇の象徴が、恐らく此作を彼に企てしめた意識的の動機であるであらう」と洞察しながらも、「ところが、此意識的の目標は、此作全体の象徴としては、余りに小さく、余りに狭く、そして余りにお粗末である」と言うだけでなく、「近代的な鋭敏な感覚と神経と感情との奏でる茫漠とした、大きな、一種云ふに云はれぬ憂欝《ママ》の世界の魅力にひたつてゐる読者の頭が、『おゝ、薔薇、汝病めり』まで来ると、『何の事つたい』と云つたやうなつまらなさを感ずる」と、「失敗」を痛烈に断罪していた。[1]

それだけでなく、のちに佐藤が最大の知己および文学上の理解者と許した島田謹二も、彼の死後に同様の不満を示している。「ただ第四章、第五章からヒントを与え、第二十章で結ばれる『病める薔薇』のテーマは、どう考えても、どう味わっても、おのずから、うまく結びついているとは思えない」「あの結末などは、どうみても不自然である」と批判する。[2]

果たしてそうであろうか。「おお、薔薇、汝病めり！」の句は最終の二十章[3]の基調を決定するだけではない。事実上の副題として生かされているように、「憂鬱」の語と表裏をなして主人公の心情を象徴しつつ作品全体を貫くものであろう。「定本」となった新潮社版の最終章は初出との異同が最も少ない部分であり、特に総計十度におよぶ同句の現れる箇所は初出以後まったく改変されていない。「短篇集」と銘うたれた天佑社版『病める薔薇』（大正七・一二）に「未定稿」という断り書きで収められた「病める薔薇」はもとより、『中外』における初出以来、最終章の内容と表現は佐藤にとって不動のものであった。最終章を正しく理解しないで、本作の全的な理解はあり得ないと言うべきであろう。

本稿では改稿過程の検討によって、最終章に至る小説全体の相貌を明らかにすることを目標とする。吉田精一によって、「梗概は書きようがないし、書いてもしかたがない作品である」[4]と言われるほど、単に散文詩風の作品とみなされて来た側面も、その結果おのずから見直されるであろう。

二

『田園の憂鬱』は複雑な形成過程を持っている。それらの詳細については後注[5]にゆずるが、ここでは直接の形成過程の前提となっている三作について点検しておきたい。まず「習作第一——花の形をした果実——」(『スバル』明治四三・一二 以下副題を省略)がある。次に、「薔薇　ベルギイにゐる堀口へ」(『我等』大正三・六　同)があり、そして「田園雑記」(『文芸雑誌』大正五・一二)が三番目である。これらは作品の前史と言うべき、直接の形成過程の前提をなしている。

最初の「習作第一」ではまだ薔薇が出現していない。副題としてあった「花の形をした果実」とは「枯れたあざみ」であり、これが主人公に「傷ましく印象されて」「渠みづからの象徴」として明確に意識されることが一編の主題となっている。これは『田園の憂鬱』の五章で「彼」が廃園のなかに薔薇を発見する場面を想起させる。しかし後者では薔薇を眼前にした「彼」の直接の感動が示されるの対して、前者では「昨日の昼」の記憶であることが大きな相違となっている。

次の「薔薇」文にはいくつかの要素が萌芽として見られる。まず薔薇の発見がある。「何げなく私は」畑の片隅のすかんぽを引く。「と見れば今引いたすかんぽの葉に隠れて一本の薔薇があつたのである。柔かさうな新しい葉の傍に、赤い莟みを五つ六つもつけて」いる。だから「花を見出し、『薔薇なら花開くべし』とゲエテの詩句を思ひ出して私はどれだけよろこんだか」となり、さらに「喜びが私に鋏を持つて来させた」となる。のみならず薔薇は「古い葉がところどころひどく蝕んで居た」のであるが、決して病める状態ではない。薔薇によって触発された

「私」の心情も喜びに満たされたままである。「蝕んで居た」のはあくまでも葉の部分であって、つぼみや花は無事である。ゆえにこれら「古い葉」は他の「用のないやうに私の考へでは考へられた枝」と同類にみなされ、簡単に切り払われてしまう。のちに『田園の憂鬱』で開花する種々の要素が静的に混在していると言える。

三番目の「田園雑記」になると、薔薇はもはや静止していない。同作中の「二　日かげの薔薇」においては、「蔓草のやうに細つて居」たものが「私」の意志的な操作によって生き返り、二十日ほど経つと「二つの花が咲いた」という展開を見せる。それゆえ、「『田園の憂鬱』は『田園雑記』のなかの『日かげの薔薇』をそのまま拡大したような小説(6)」と言いたくなるのは無理もない。しかし同じ文の作者が、「ただ筋として違うのは『日かげの薔薇』には、『田園の憂鬱』の最後の、虫に冒された薔薇の場面がなく、小さいけれど美しい薔薇の花の咲いたよろこびを記すことでおわっている(7)」と注記しているとおり、単純な拡大や縮小が両者の相違ではない。「田園雑記」の特徴は「随筆的断片(8)」の集合にあって、わずかに「日かげの薔薇」の章に「私」の観察と行為とが示されて物語的性格の一面を形成するにとどまっているのである。

以上のように見てくれれば、三作が「田園の憂鬱」における小説の要素を断片的にしか持ち合わせていないのは明らかである。物的象徴としての薔薇と心象としての憂鬱とが有機的に結びつくには至っていない。何より大きな相違は、「病める薔薇」の心象風景がまだ誕生していないことである。ゆえに早くも「習作第一」に「病める薔薇」のテーマが原型として見られるとか、「おお、薔薇、汝病めり！」は同作に現れた心理を拡大したものであるという中村光夫の意見(9)は訂正されねばならない。三作を前史と呼ぶゆえんである。

三

前史以後の『田園の憂鬱』形成過程において基本となる作品は、大正六年（一九一七）六月の『黒潮』（第二巻第六号）に発表された「病める薔薇」と、翌七年九月の『中外』に発表された「田園の憂鬱」との二作である。佐藤が前者を指して、「この部分は同年十二月に全く改作した[10]」と言うように、同じく天佑社版の創作集に収録されているものの、両者は初出形態として必ずしも対等ではない。

しかし『黒潮』に発表時の表題「病める薔薇」が作品全体の完成を期した総称としての意味をになっていたことは確認されるべきだろう。これは雑誌本文に目を通す限り自明と言えるが、前記引用文に続いて佐藤が、「別に同年九月の作である『続病める薔薇』約五十枚がある[11]」と言っていることでも分かる。また新潮社版の「定本」以降副題として定着するものが、天佑社版の「未定稿」では「病める薔薇或は「田園の憂鬱」」と主題の位置にあったことも想起されてよい。

ここで注意すべきことは、『黒潮』掲載分はその表題にもかかわらず「病める薔薇」の部分を持たないことである。広津和郎の言によるまでもなく、『中外』発表分の最終章にのみ「病める薔薇」は現れる。これも既に自明のことであり重複を恐れずに言うと、『黒潮』に描かれているのは、「日かげの薔薇」に過ぎない。「枯枝のやうな薔薇」とも書かれているが、小説の構成を支える薔薇の木の骨格と言うべきものがここに端を発している。骨格のもう一端が「病める薔薇」であるのは言うまでもない。

『黒潮』掲載分の最終部分は、「あの薔薇がどう変つて来るか」と「彼」が「日かげの薔薇」のために周辺の余計な枝を切り払ったことの結果を期待する場面で締めくくられていた。これに続くはずの前記「続病める薔薇」は佐藤の回想によると、「雑誌「黒潮」の編輯者から、それの採録を拒絶された。その原稿を自分は遺棄してしまつた[12]」とある。しかし改めて書かれた『中外』所載の「田園の憂鬱」は『黒潮』での「彼」の期待を十分に受けついでいる。言い換えると、『中外』においても薔薇の木の骨格は遺憾なく伸長されているわけである。『中外』発表分には後述するごとく、一週間ほどでほの紅い芽が見られ始め、その後ついに花が咲くという場面がある。かつての「枯枝のやうな薔薇」は見事に再生した。薔薇を発見したときに引かれたゲーテの詩句「薔薇ならば花開かん」(『黒潮』では「薔薇ならば花開くべし」)が再び引用される。この同じ薔薇が最終章に至るや、「蝕んで居る」と大きく変化する。今度はブレイクの詩句「おお、薔薇、汝病めり!」が用いられねばならない。こうした変化の過程を簡単にまとめてみると、瀕死の薔薇 ― 再生した薔薇 ― 病める薔薇という経過になる。薔薇の木は大きく三態の変化を見せつつ小説の展開を支える骨格になっている。佐藤による『田園の憂鬱』の構想は前史である三作を書いたのちに把持され、「病める薔薇」と題して『黒潮』に一部分を発表したときに初めて作品構成の一端として明確に示されたのである。

四

薔薇の木の変容は特徴的な形態をともなうだけに分かりやすい指標となっている。さらにそれが前述のような三個の節目であることは、まったく別の視点からも証明できる。それは少し変わった資料による。

中外社は当時『中外』と同じ版型のわずかに八ページの冊子である『文濤』を宣伝用に制作していた。その第三号(大正七・九・一〇)には、雑誌や単行本の広告にまじって「秋の薔薇」と題された佐藤春夫の名による文章が掲載されている。わずかに一ページ四段の分量であるが、「何日か、彼自身で手入れしてやつた日かげの薔薇の木は、それに覆ひかぶさつた木木の枝葉を彼が刈り去つてその上には日の光が浴びられるやうになつた後、一週間ばかり経つと、今では日かげの薔薇ではないその枝には、始めて、ほの紅い芽がところどころに見えだした」と始まり、「さうして、その秋の雨自らも、遠くへ行く淋しい旅人のやうに、この村の上を通り過ぎて行くのであつた」の文で終わっている。すなわち『中外』九月号の二三五ページ四行目から二三六ページ最終行までの部分がそっくり抜粋されているのである。新潮社版の「定本」では、八章の後半部と九章の初めから第四文までに該当する。中外社

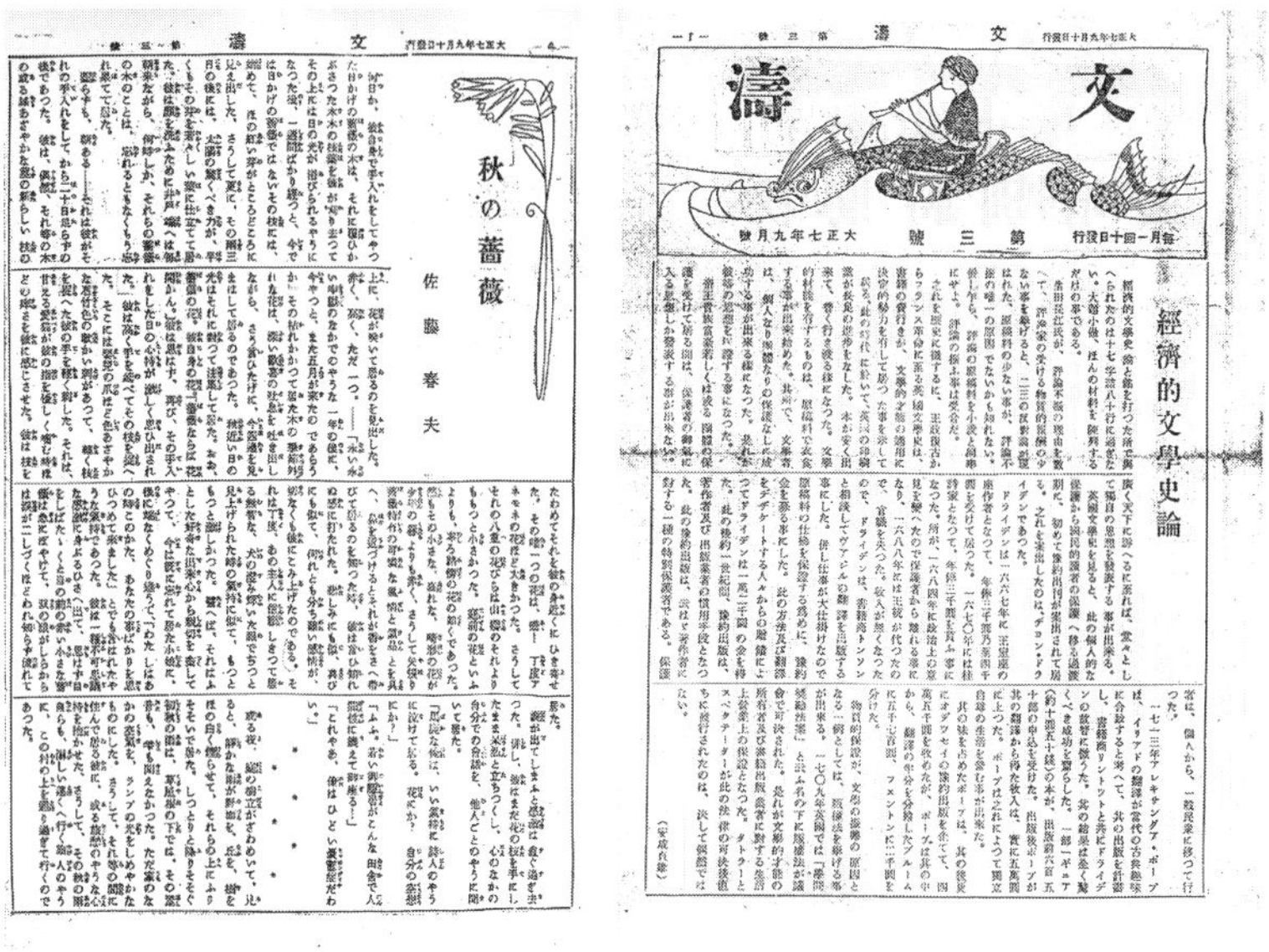

秋の薔薇

佐藤春夫

文濤

經濟的文學史論

の宣伝用冊子において、「田園の憂鬱」からなぜこの部分が選ばれたのか。それはここに薔薇の再生の場面があるからであろう。それは次のように描かれていた。

図らずも、ある朝――それは彼がそれの手入れをしてやつてから二十日足らずの後である。彼は、偶然、それ等の木の或る緑鮮やかな茎の新らしい枝の上に、花が咲いて居るのを見出した。赤く、高く、ただ一つ。「永い永い牢獄のなかでのやうな一年の後に、今やつと、また五月が来たのであらうか！」その枯れかかつて居た木の季節外れな花は、歓喜の深い吐息を吐き出しながら、さう言ひたげに、今四辺を見まはして居るのであつた。秋近い日の光はそれに向つて集注して居た。おお、薔薇の花。彼自身の花。「薔薇ならば花開かん」彼は思はず再び、その手入れをした日の心持が激しく思ひ出された。（八章）

一輪だけ花開いた薔薇を見つけた「彼」の感激はなお続く。次には棘に刺される感触を述べてから枝を引き寄せ、

「而もその小さな、哀れな、畸形の花が、少年の唇よりも赤く、さうして矢張り薔薇特有の可憐な風情と気品とを具へ、鼻を近づけるとそれが香さへ帯びて居るのを知つた時彼は言ひ知れぬ感に打たれた。悲しみにも似、喜びにも似て何れとも分ち難い感情が、切なく彼にこみ上げたのである」とまで詳述する。

それからさらに、「あの主人に信頼しきつて居る無智な、犬の澄み輝いた眼でぢつと見上げられた時の気持」や、「田園雑記」にも見られた、「ふとした好奇な出来心から親切を尽してやつて、今は既に忘れて居た小娘」の比喩が再び用いられ、「彼は一種不可思議な感激に身ぶるひさへ出て、思はず目をしばた、くと、目の前の赤い小さな薔薇は急にぼやけて、双の眼がしらからは涙がわれ知らず滲み出て居た」となる。これは作品中で「彼」が見せた唯一の涙である。

薔薇の再生はこのように凝縮されて描かれており、この部分が「田園の憂鬱」から特に抜粋された意味は深い。『中外』の本文において薔薇の木の骨格は二個の節目を持つが、分量が大きくて抄録に不適当な最終章を除くと、もう一つの結節点はここ以外にない。ただ一つだけ可憐に咲いていた花をみつけた「彼」の「歓喜」の描写は同時に薔薇の再生を示して、小説の構成上重要な指標を形成している。片々たる宣伝用冊子が偶然にも「田園の憂鬱」を紹介して、作品構成の一面を示したと言えるであろう。

五

薔薇の再生にともなって「彼」の歓喜の情が描かれていたように、「彼」の心情は薔薇の木の節目に沿って表されている。それを図式的に示すなら、期待 ― 願望 ― 歓喜 ― 恐怖という四段階の流れで捕捉することが可能であろう。これはまた作者による改稿過程を検討することによって一段と明瞭になる。

最初にあげた期待とは希望と言ってもよいが、「彼」が瀕死の薔薇を発見する以前の心情を指す。これは既に『黒潮』に初出の段階でも顕著であった。たとえば、「いい家のやうな予覚がある」「ええ、私もさう思ふの」と、「彼と彼の妻と」が「瞳と瞳とで黙つて会話をした」という部分は巻頭で最初の鮮やかな心情表現である。一章は「定本」と比べて加筆の余地の多い箇所であるが、それは主に「彼」の期待や希望の拡大に向けて施されている。一例をあげると初出には、「「帰れる放蕩息子」に自分自身をたとへた彼は、息苦しい都会の真中にあつて、柔かい優しい、それ故に平凡な自然のなかに溶け込んで仕舞ひたい切願を持つやうになつた」という、それだけでも十分「彼」の田園に対する憧憬や期待を表す部分があって、若干の字句の修正を経つつも内容はそのままで「未定稿」「定本」へ接続していた。ところが天佑社版「未定稿」以降この直後に、「おお、そこにはクラシツクのやうな平静な幸福と喜びとが、人を待つて居るに違ひない」という一文が加わる。まさしく「おお、薔薇、汝病めり！」とは正反対の方向への高揚である。こうした「彼」の心情が物の象徴に託されて表現されたものに蜻蛉の現れる場面がある。次に初出と新潮社版「定本」とを並置してみよう。

蜻蛉《とんぼ》が流に逆行して軽く滑走して居た。さうしてその蜻蛉は大てい微風に逆うて、彼等と同じ方向へ飛んで居た。……この流れがその家の前を流れて居るであらうことを考へることが、彼には楽しみであつた。（『黒潮』）

快活な蜻蛉は流れと微風とに逆行して、水の面とすれすれに身軽く滑走し、時々その尾を水にひたして卵を其処に産みつけて居た。その蜻蛉は微風に乗つて、しばらくの間は彼等と同じ方向へ彼等と同じほどの速さで、一行を追ふやうに従うて居たが、何かの拍子についと空ざまに高く舞ひ上つた。彼は水を見、また空を見た。その蜻蛉を呼びかけて祝福したいやうな子供らしい気軽さが、自分の心に湧き出るのを彼は知つた。さうしてこの楽しい流れが、あの家の前を流れて居るであらうことを想ふのが、彼にはうれしかつた。（新潮社版）

改稿で描写がより細密になるに従い、これから始まる田園生活への期待や希望がいかに拡大増幅されているかは一目瞭然であろう。五章において「彼」が廃園に瀕死の薔薇を発見したのち、その再生を願うようになるのも、一章における心情の延長上にある。この章では増補があまりに大規模なので、例を一つに絞ってみよう。初出で五章に相当する部分の最後は『黒潮』発表分の最後でもあるが、わずかに一文であった。

それよりもあの薔薇が、どう変つて来るか、それを少しばかり楽みにするのであつた。（『黒潮』）

それにしても、あの薔薇は、どう変つて来るであらうか。花は咲くか知ら？　それを待ち楽む心から、彼は立上つて歩いて行つた。薔薇を見るためにである。其上にはたゞ太陽が明るく頼もしげに照してゐるほか、別に未だ何の変りもないのは、今朝もよく見て知つて居る筈だつたのに。
かうして幾日かはすぎた。薔薇のことは忘れられた。さうしてまた幾日かはすぎた。（天佑社版）

今度は小説的構成を補強すべく末尾に短文が添えられているが、薔薇の再生を待ち望む心情が具体的な行動をとおしてより一層詳しく描かれている。この次に薔薇の再生と「彼」の歓喜が来ることは前述した。以後「彼」は次第に恐怖にとらえられ、最終章に至って「病める薔薇」に逢着するや、恐怖の感情は急速に頂点に達する。

六

四段階の変化を持つ「彼」の心情において、恐怖は憂鬱と最も密接な結びつきを見せている。換言すると、「彼」のいだく恐怖の感情はあたかも憂鬱の根本原因が明示されない代償のごとく克明に描かれている。それが死の恐怖というかたちをとって最高頂となるのが最終章である。「俺は、仕舞ひには彼処で首を縊りはしないか？　彼処では、何かが俺を招いてゐる」や、「陰気にお果てなさらねばいいが」という文句を引くまでもないであろう。蝕まれた花や莟が既に象徴として死を意味していた。このように最悪の結末を示す「彼」の恐怖はしかし、憂鬱の階梯にともなって早くから用意されていた。

最初の出現は四章においてである。「真夏の廃園は茂るがままであつた」の一行で始まる本章で、「彼」は犇き合う自然の意志の恐るべき強さを感じるだけではない。「併し、凄く恐ろしい感じを彼に与へたものは、自然の持つて居るこの暴力的な意志ではなかつた。反つて、この混乱のなかに絶え絶えになつて残つてゐる人工の一縷の典雅であつた」となる。引用例は新潮社版「定本」であるが、同様の表現は『黒潮』にもあった。ところが「定本」では直後に、「それは或る意志の幽霊である」という一文が加わっている。「彼」の恐怖の性格は明確に特徴づけられていたのである。それは四章での恐怖の描写が以上にとどまらないことでも分かる。「この家の新しい主人は、木の影〔蔭〕に佇んで、この廃園の夏を〔に〕見入つた」（〔　〕は「定本」）という初出以来不動の文に接続する部分を、初出と「定本」とを対照させて引用してみよう。

さて何かに怯かされてゐるのを感じて、ふとある動物的な恐怖が瞬間的に彼の衷を過ぎたやうに思うた。(『黒潮』)

さて何かに怯かされて居るのを感じた。瞬間的な或る恐怖がふと彼の裡に過ぎたやうに思ふ。さてそれが何であつたかは彼自身でも知らない。それを捉へる間もないほどそれは速かに閃き過ぎたからである。けれどもそれが不思議にも、精神的といふよりも寧ろ官能的な、動物の抱くであらうやうな恐怖であつたと思へた。(新潮社版)

もともと「彼」の恐怖が対象も不明な本能的で原初的な性格のものであることが、新潮社版「定本」ではよりことばを尽して強調されている。これよりのち恐怖はこのような神秘性に支えられて増幅拡大してゆく。九章では、「彼」の心情が反映して二匹の犬が怯えた状態となり、犬嫌いの酔漢が現れる次の十章では、妄想が妻にも感染して「彼は呪はれてゐる者のやうに戦戦兢兢として居た」となる。十三章は妻が上京して家をあけた晩で、天佑社版「未定稿」にもなかった部分だが、見失ったランプを発見すると、「彼は全く恐怖に近い或る感じがした」「さうして怖る怖る身のまはりが振り返つて見られる」や、「恐怖が彼を立上らせた」という事態になる。十四章になると今度は、「俺は、若しや離魂病にかかつて居るのではなからうか」という疑惑から、「翌日の朝になつて、彼は昨夜の出来事を彼の妻に初めて話した。彼はその夜のうちには、それを人に話すだけの余裕もないほど怖しかつたからである」となる。次の十五章では蛾に悩まされ、「……この小さな飛ぶ虫のなかには何か悪霊が居るのである。彼はさう考へずには居られなくなつた。さう思へ出すと、もう一度自分でそれを取圧へることは、彼には怖ろしくて出来なくなつた」となる。

十六章は、「彼は眠ることが出来なくなつた」との一行で始まり、恐怖が幻聴幻影幻感の続出を招くようになる。風の強い日である十八章になると、「特別な天候からくる苛立たしい不安な心持」となって、幼年期の恐ろしい記憶に引き戻されるだけでなく、「死を前にした病人の心持に相違ない」と思い、「自分自身の死といふ空想から逃れたいために」「訳本のファウスト」（森鷗外訳）を手に取ると、メフィストのせりふに直面してしまう。期待 ― 願望 ― 歓喜の次に到来する恐怖の感情は、このように周到に準備された末、最終章で「病める薔薇」の象徴とともに廃滅の気分を一気に形成することになる。

七

なぜ「彼」はこれほど執拗にさいなまれねばならないのか。それを解く鍵は最終章で死を暗示する「陰気にお果てなさらねばいいが」の詩句である。ただし前記したように、この句の初出は十八章である。同章で「彼」は偶然「ファウスト」の「森と洞」の章を眼にする。「現世以上の快楽ですね」に始まる八行分については大して問題がなかった。「この言葉の意味は、彼にははつきりと解つた」という自覚は、「これこそ彼が初めてこの田舎に来たその当座の心持ではなかつたか」という確かな記憶に基づいていたからである。「その当座の心持」とは、四段階の心情の最初に位置する田園生活への期待や希望に当てはまるであろう。

ところが、「さうして今読んだ句からもつと遡つて、洞の中のファウストの独白から読み初めた」ときに現れた七行が重大となる。「手短かに申せば、折折は自ら欺く快さを／お味ひなさるも妨げなしです。／だが長くは我慢が出来ますまいよ。／もう大ぶお疲れが見えてゐる。／これがもつと続くと、陽気にお気が狂ふか、／陰気に臆病になつてお果てになる。／もう沢山だ……」という詩句に対して、「彼」は次のように反応する。

アンダアラインをするのに気をとられて、句の意味はもう一度読みかへした時に、始めてはつと解つた。メフイストは、今、この本のなかから俺にものを言ひかけて居るのだ。おお、悪い予言だ！　陰気に臆病になつてお果てになる。それは本当か、これほど今の彼にとつて適切な言葉が、たとひどれほど浩瀚な書物の一行一行を片つぱしから、一生懸命に捜して見ても、決してもう二度とここへは啓示されさうもない。それほどこの言葉は彼の今の生活の批評として適切だ。（十八章）

上品かつ皮肉な句である「陰気に臆病になつてお果てになる」は、最終章まで読み進んだとき、なるほど「悪い予言だ」ったと納得されよう。しかし七行のうち、この一行だけに眼を奪われてはならない。なぜならここには、「彼の今の生活の批評として適切」だからである。「自ら欺く快さ」とは言い得て妙であり、いかにも皮肉な語句であるが、「彼」には「生活の批評」と言われて想到する事実が確かにあった。それは五章である。廃園で薔薇を発見したときの「彼」の心理状態はこう書かれていた。すなわち、「彼はこれ等の木を見て居るうち、衝動的に一つの考へを持つた。どうかしてこの日かげの薔薇の木、忍辱の薔薇の木の上に日光の恩恵を浴びせてやりたい。花もつけさせたい。かう言ふのが彼のその瞬間に起つた願ひであつた」と。これだけであれば問題は生じないが、独白は次のように続いていた。

併し、この願ひのなかには、わざとらしい、遊戯的な所謂詩的といふやうな、又そんな事をするのが今の彼自身に適はしいといふ風な「態度」に充ちた心が、その大部分を占めて居たのである。彼自身でもそれに気附かずには居られなかつたほど。（この心が常に、如何なる場合でも彼の誠実を多少づつ裏切るやうな事が多かつた）さて、彼はこの花の木で自分をトうて見たいやうな気持があつた――「薔薇ならば花開かん」！（五章）

つまり「彼」の願望は決して薔薇に対する純粋な動機に発したものではなかった。「わざとらしい、遊戯的な」「態度」に充ちた心」というのは、もうほとんど偽善と言ってよい。それゆえ薔薇の再生にともなう歓喜の次に恐怖が待っていたのは小説の構成上必然だったということになる。

右の引用部分は天佑社版「未定稿」以降に定着したものである。『黒潮』初出の該当箇所は、「併し、彼のこの願ひのなかには、伝統的な詩を喜ぶ故意《わざ》とらしい遊戯的な心だつたのである。然も彼自身ではそれを知らないで居た」という表現であった。字数の多少を除くと、「彼自身ではそれを知らないで居た」と、「彼自身でもそれに気附かずには居られなかつた」との対照が際立つ。自身の作為的な動機について無自覚であるのと、自覚しながら改めないのとでは、いずれが罪深いか自明であろう。改稿によって十八章、二十章へ向けての伏線が強化されたわけである。芸術家気取りの自己欺瞞とも言える動機から「この花の木で自分をトうて見たいやうな気持」が生じたのである限り、のちに「フアウスト」の詩句によって批判され、続いて「病める薔薇」によって決定的に追い詰められるのは当然の成り行きと言うことができる。「彼」の恐怖は小説の構成のうちに緊密に組みこまれていたのである。

八

最終章で「おお、薔薇、汝病めり！」の句が繰り返し用いられて強調されるのは、この章が単に薔薇の木の骨格の最後尾に位置するためだけではない。この句の現れ方には作者による周到な配慮が窺われる。ここで肝腎なことは「言葉」の問題である。たとえば、「やあ、沢山とつて来たのだなあ」「ええ、ありつたけよ。皆だわ！」「さう答へた妻は得意げであつた。それが彼にはいまいましかつた。言葉の意味の通じないのが」や、「さう手軽に謝つて貰はずともいい。それより俺の言ふことが解つて貰ひ度い」というやりとりが同句の出現に先だって置かれている。すなわち「彼」のいらだちはことばが自分の意のままにならないことによるが、繰り返されるブレイクの詩句もこの構成の延長上にある。

ふと、その時彼の耳が聞いた。それは彼自身の口から出たのだ。併しそれは彼の耳には、誰か自分以外の声に聞えた。彼自身ではない何かが、彼の口に言はせたとしか思へなかつた。（二十章）

「おお、薔薇、汝病めり！」

これは詩句について初回の状況だが、「彼自身ではない何か」の存在が重要である。「彼」は朝から夕方までこの句に追われ悩まされ続ける。七回目の句の直後には、「言葉がいつまでも彼を追つかける。それは彼の口で言ふのだが、彼の声ではない。その誰かの声を彼が聞く」となる。そして最後の十回目に続いては、「その声は一体どこから来るのだらう。天啓であらうか。予言であらうか。ともかくも言葉が彼を追つかける。何処までも何処までも……」となって作品全体が締め括られる。「彼」は出所不明の声が発する「言葉」に苦しめられ続け、ついに救われることがない。これは元をただすと、瀕死の薔薇に対する作為的な心が「彼の誠実を」「裏切る」ことになった結果と言えるだろう。

このような「言葉」の問題は早くから前の章で準備されていた。六章での、「言葉と言葉とが集団して一つの有機物になつて居る文章といふものを、彼の疲れた心身は読むことが出来なくなつて居たけれども、その代りには、一つ一つの言葉に就てはいろいろな空想を喚び起すことが出来た。それの霊を、所謂言霊をありありと見るやうにさへ思ふこともあつた」という部分は、『中外』での初出以来ほぼ変わらない。天佑社版「未定稿」でも加筆はなされなかったが、新潮社版「定本」になると、「その時、言葉といふものが彼には言ひ知れない不思議なものに思へた」以下全部で三六四字の増補が行われる。そのうちには、「それ（言葉——引用者注）には深い神的な性質があることを感じた」や、「或る一つの心持を、仲間の他の者にはつきりと伝へたいと云ふ人間の不可思議な、霊妙な欲望と作用」という表現がある。「言葉」の持つ神秘的な側面が一段と強調されたわけであるが、六章にはまた、次のような三様の改稿過程が見出される。

それ等の器物の形のなかには、人類の思想や、生活や、空想などが充ち満ちて居るのを感じた——（『中外』）

それ等の器物の形や言葉の言霊のなかには、人類の思想や、生活や、空想などが充ち満ちて居るのを感じた——（天佑社版）

それ等の器物などの些細な形や、動物や植物などのなかにはさまざまな暗示があった。就中、人間自身が工夫したさまざまなもののなかには言葉の言霊のなかにあるものと全く同じやうに、人類の思想や、生活や、空想などが充ち満ちて居るのを感じた——（新潮社版）

改稿を重ねるごとに霊的なものが拡大強化されている。六章には続いて驚くべき出来事が描かれる。深夜詩を書くとそのときは「非常に優秀な詩句である」と信じられたのが、翌朝になってみると「全く無意味な」文字の羅列に過ぎなかったという体験である。このことに関する叙述は初出以来若干の字句の改変を含みつつも内容は不変のまま存続したのち、新潮社版「定本」では続いて次のような加筆がなされる。

それは寧ろ、先づ愕くべきことであつた。――ふと、いい考へが彼のつい身のまはりまで来て居たのであつたのに、さうして、それを捉へようとした時、もうそこには何物も無かつたのである。捉へ得たと思つた時、それはただ空間であつた。ちやうど夢のなかで恋人を抱くひとのやうに、そのもどかしさと一緒に、彼はふと自分の名が呼びかけられたと思つて振り返つた時、そこに言葉の主が誰もなかつた時に似た不安をも、その度毎に味うた。（六章）

以前にはなかった「彼」の驚愕の様が新たに提出されている。ここでは「言葉」の持つ特異性から一歩進んで、そこに生じる無効性の強調が著しい。四章の「それは或る意志の幽霊である」が「定本」での加筆であることは前述したが、このような「言葉」の特性が他の霊的なものの表現と通底していることは明白であろう。十六章における初出以来不変の、「この空間に犇き合つて居るといふ不可見世界のスピリツト」を経て、十八章では「ファウスト」の詩句の後に、もう一つ重要な場面が描かれていた。

皿を壊した妻に対して「彼は囈言のやうに言ひつづけた」のであるが、初出「未定稿」では続いて、「しかしいくら言はうとしても彼の言はうとして居ることは一言も言へなかつた」という一文が、「定本」になると次のように大幅に改稿される。

それは、その日ごろの全く沈黙勝ちな彼としては、珍らしい長談義であつた。彼はあとからあとから言葉を次ぎ足してしやべりつづけた。さうしてゐるうちに妻に言ふつもりであつた言葉が、いつか自分に向つての言葉に方向を変へて居た。さうしてそれは平常、彼が考へても居ないやうな思ひがけない考への片鱗であるのに、喋りながら気がついた。そこに、彼にとつて新しい思想がありさうにも思つた時、彼が言はうと思つて居る処へは、もう言葉がとどかなくなつて居た。ただ思想の上つらを言葉がぎくしやくと滑つて居るだけであつた。「日常生活の神聖、日常生活の神秘」彼は、人間の言葉では言へない事を言はうとしてゐるのだ、と自分で思つた。さうして遂に口を噤んだ。（十八章）

このように自分の発した「言葉」が空転し意のままにならないのであれば、最終の二十章で、「言葉が彼を追つかける。何処までも何処までも……」となるのは当然の帰結と言えよう。十九章で「犬の幽霊」に続く最終部が「未定稿」「定本」と逐次増補されてきたのも、最終章の効果をより高めるためであった。初出にも「未定稿」にもなかった、「俺の今生きてゐるところは、ここはもう生の世界のうちでも無く、さうかと言つて死の世界でもなく、その二つの間にある或る幽冥の世界ではないか」「少くとも、俺が今立つてゐる処は、死後をそれの底にしてその方へ著しく傾斜して居る坂道である……」の独白が、いよいよ最終章へ導く。「おお、薔薇、汝病めり！」の句が十回も繰り返される結果、本来「彼」の発声以外の何物でもないものが、あたかも幻聴のような現象を生むという倒錯した状況が造形され、廃滅の気分が一面に隈なく満ちることになる。薔薇の木の骨格、死の恐怖、ことばの無効性という要素がすべて最終章へ収斂されることによって、「彼」はみずから見ごとに処罰されてしまう。『田園の憂鬱』は十二分に構成的な小説だった。

九

「病める薔薇」を『黒潮』に発表したとき、佐藤は三上於菟吉にあてた二十二行におよぶ献辞を付し、そのなかで「これ等の一章一章の各を、各一枚の絵と見てくれ」と述べている。しかしながら「彼」の心情が決して一章ずつ分離独立したものではないことが、これまでの検証によって明らかになったであろう。もちろん一枚の絵と見ることのできる章があることも事実である。「定本」で始めて加えられた十七章、すなわち王禅寺の糸とり娘について描かれた部分はその典型的な例と言える。しかし作品全体が物語性の濃い小説構成によって支えられていたことは改稿過程の詳細が説明している。ブレイクの詩句の繰り返しで成立する最終章の結末は、小説の冒頭より着々と準備されていたのである。

広津和郎の批判はよって正鵠を射ていなかったことになる。ではなぜ広津はあのように厳しく断罪したのか。考えられることは、恐らく広津が『中外』発表の「田園の憂鬱」一編を読んだに過ぎなかったということである。広津はそれを一個の独立した作品として扱ったのであって、前年の『黒潮』所載「病める薔薇」の存在に気づかなかったものと思われる。広津の批評は佐藤の他の作品について述べながら、肝腎の『黒潮』発表分に関する言及が一切なく、両者が統合されて一作品を形成するという視点が見られない。これでは片手落ちの批評とならざるを得ないであろう。それゆえ後代の評家が安易に広津に同調し、結末の部分が「さんたんたる混乱」[13]を引き起こしているなどと言うことはできない。

佐藤春夫自身が広津の錯誤に気づいていたか否かについては、言明が見あたらないので不明である。しかし改稿は小説の構成をより堅固に緊密にするという方向を示している。そして構成の基本が佐藤の文学的特性の一つと見られた批評家の資質であることは確認されなければならない。『田園の憂鬱』の舞台に移り住む前年、大杉栄の家で居合わせた加藤朝鳥に向かい、「普通、青年の心といふものは外面には向かないで、自己解剖に忙しいのが原則ではないか。青年が社会意識を持つても要するにたゞ詩で、小説的に社会批評を能くするといふわけにはいくまい。自己批評ならば青年も亦之をよくする。要するに私は今のところ寧ろ内面的な自己批評の心理小説を我国の小説に求めるので」[14]云々と述べた持論を、佐藤が実行してみせたことになる。

再び作品内にもどれば、最終章において果てもない「言葉」による追跡で「彼」の処罰が全うされているのは、語り手を兼ねる主人公が「言葉」を操る芸術家の卵を自覚していたことに基づく。本来「彼」が作者自身を投影されているだけに、佐藤による「内面的な自己批評」が小説構想の根幹をなしていることは明らかである。また「彼」が終始「妻」という他者によって批判される結果、次第に内省を深めていたことは既に言うまでもないだろう。

ところが中村光夫は、『小説永井荷風伝』（昭和三五・五　新潮社）をめぐる佐藤との論争後に発表した『佐藤春夫論』[15]で、「作者の作者自身に対する甘え」を強調している。これは前に中村自身が最初の佐藤春夫論で、本作を「作者自身の批判精神のもっとも美しい現われ[16]」とした洞察と矛盾するものである。以前の見解が忘れられ、以後この点を追究した批評や研究が行われなかったのは、作者と作品にとって不幸なことであった。

注

（1）「『田園の憂欝《ママ》』の作者」（『雄弁』大正七・一一）。引用は『廣津和郎初期文芸評論』（昭和四〇・八　講談社）による。

（2）「『田園の憂鬱』考」（『講座比較文学』第二巻『日本文学における近代』一九七三・七　東京大学出版会）

（3）本作品に章立ての数字はないが、＊印によって区分されたまとまりを、『佐藤春夫全集』第二巻（昭和四一・五　講談社）所収の牛山百合子「校註」にならい、便宜的に全二十章と解釈した。

（4）「田園の憂鬱」（『近代文学名作事典』昭和四二・二　學燈社）

（5）直接的には次の五点である。

①「病める薔薇」（『黒潮』大正六・六　⑤の一～五章に当たる）

②「田園の憂鬱」（『中外』大正七・九　⑤の六～二十章〔十三・十四章を除く〕に当たる）

③「病める薔薇　或は「田園の憂鬱」」（『短篇集』『病める薔薇』大正七・一一　天佑社）に所収。作品本文の直前の扉の裏に（　）を付けて、（一九一七年五月作同年十二月改作。続篇「田園の憂鬱」一九一八年二月作をも含む。未定稿。）とあり、本稿でも「未定稿」の呼称を踏襲した。

④「或る晩に」(『雄弁』大正八・六) 巻末に「『田園の憂鬱』の未だ発表されない部分」とあり、⑤では十三章として収録された。
⑤『田園の憂鬱』(大正八・六　新潮社) の表紙と奥付には「田園の憂鬱」、二枚の扉には「改作田園の憂鬱」、本文直前の扉には「田園の憂鬱／或は　病める薔薇」とあり、末尾に置かれた「改作田園の憂鬱の後に」と題された文章には『「病める薔薇」或は「田園の憂鬱」』や『「田園の憂鬱」或は「病める薔薇」』という言い方があるほか、「とにもかくにも、作者は以後、本書をもつて定本としやうとする!」とあるので、本稿でも「定本」の呼称を踏襲したが、引用は注(3)にあげた全集第二巻による。
(6)(7)(8) 大久保典夫「『田園の憂鬱』について」(『日本文学』一九七三・四)
(9)『佐藤春夫論』(昭和三七・一　文藝春秋新社) に、「「病める薔薇」のテーマは原型としては氏の散文の最初の試みである「花の形をした果実」に見られます」「「田園の憂鬱」のモチイフである「おお、薔薇、汝病めり!」は、この「心理」を拡大したものです」とある。
(10)(11)(12)「改作田園の憂鬱の後に」(注(5)の⑤参照)
(13) 中里弘子「『田園の憂鬱』の成立」(『言語と文芸』八巻三号　昭和四一・五)
(14)「吾が回想する大杉栄」(『中央公論』大正一二・一一)
(15) 注(9)に同じ。
(16)「解説」(「現代日本小説体系」第三四巻『佐藤春夫・室生犀星・滝井孝作集』昭和二五・一一　河出書房) に、「やや逆説めく云ひ方ですが、『田園の憂鬱』は芸術家が芸術家の生態をこれほど深く正確に把んだ点で、作者の批評精神のもっとも美しい現われと僕は考えます」とある。

＊『文濤』について佐々木靖章氏より資料の提供を受けた。ご厚意に対して感謝申しあげる。

『都会の憂鬱』論
——日かげ者の真意——

一

「都会の憂鬱」は「田園の憂鬱」以上に面白い、と言ったのは正宗白鳥である。白鳥は続いて、「文学志望の青年がまだ志を遂げざる間のさま〳〵な悩みを書いた小説は多い。名を成した後に無名時代不遇時代を回顧して一篇の小説に作り上げるのは、作家として快心《ママ》の事で、そこは、筆の立つ有難さで、政治家や実業家や軍人や俳優などの過去の追憶談、立身の物語と違つて、自由に、思ふ存分に自己を発揮し得られるのである」[1]と、その道の先達らしい見解を述べている。一方、佐藤春夫の『都会の憂鬱』（大正一二・一新潮社）は何より主人公の憂鬱な心情を主題としているだけに、下積みの作家生活を小説に仕立てたことが即「作家として快心の事」であったかどうかは疑わしいという声が出るかもしれない。それに答えるかのように、白鳥は作風について次のように述べていた。

> 「都会の憂鬱」は、憂鬱な青年期を脱した後に書かれたものらしいが、他の或種の文壇成功者の回顧小説に見られるやうに、「幸福の地位に立つて不遇なりし昔を思ひ出すほど喜ばしきことはなし」と云つた得意な調子

は見られない。青年期の憂鬱がそのまゝに現はされてゐる。しかし、自然主義時代の憂鬱小説のやうに薄汚なくはない。プロ派の描く貧乏小説のやうに理窟つぽくも薄汚なくもない。芸術味横溢して、ユーモラスで、憂鬱のうちに一抹ののどかさがある。

こういう見方は大方の賛同を得るに違いない。磯田光一(2)も作品の特質を巧みにとらえた批評として解説に引いている。白鳥の感想から想起される表現には、たとえば「日かげ者」ということばがあげられる。これは連載の初回(3)において、主人公である「彼」が「日の当らない家」に住む自分自身を省みて思い至ったものである。

「日かげ者か！」

彼はふとそんな有り触れた言葉を思ひついて、それを口に出して呟いた。日かげ者。世外の人。世の中から恥を与へられてゐる人。彼はさう考へて見たが、この「日かげ者」といふ言葉が普通に持つてゐる意味は、彼にはそれほど力強い響がなかつた。却つてその文字通りの意味、「日光の射さないところに住まなければならない人」といふ事の方が怖ろしく思へた。（第一回）

初めはいかにも自嘲的に「日かげ者」とつぶやきながら、やがて語意の中心からそれたところへ「彼」の思いが転じてゆく様子にはとぼけた味がかもされており、「憂鬱のうちに一抹ののどかさがある」という評言が当てはまるだろう。そもそも「彼」の想念において、「俺には、事実、あらゆる先輩や友人が精一杯の好意の末でもう見放してしまつてゐるとほり何の才能もないのであらう」（第一回）という絶望的な結論の果てに生じた認識が、「日かげ者」という自己規定だったはずである。にもかかわらず、そのことばが「普通に持つてゐる意味は、彼にはそれほど力強い響がなかつた」となる点が読者を惑わせる。この場面では続いて実際に「日の当らない家」の談義に移り、「彼」の自己認識は一向に深刻にならない。このような「彼」の心理は一体何に基づくものであろうか。「日かげ者」という自己規定は「彼」の真意ではなく、一種の逆説として理解してよいのであろうか。こうした疑問の起こるところに、小論を企図する余地がありそうである。

のちに佐藤は本作について、「自分の作品のなかでは、最も自然主義的（青年時代に感化を受けた）な作風で、また最も自叙伝的、自画像的要素の直接に露骨なものである。当年の生活が生々しくほとんど無遠慮にぶちまけられてゐる。その六七年前の実生活を追想しつつありのままに書いてみたものであつた」「幾分かおぼめかした部分や精細に記述した部分など、そのアクセントに多少の創作的な意図があるほかはノン・フィクションの半記録である」(4)と回想している。

そこで作者自身断っている「創作的な意図」に注意してみると、主人公は大きく分けて二つの属性を備えていることが分かる。一つは生活者として、もう一つは芸術家としてである。さらにこの二様の属性はそれぞれ二つの側面を持ち、それらが互いに対称形をなすという特徴を示している。すなわち生活者としての属性は対妻の関係と生活上の営為と呼ぶべきものとの両面を持ち、片や芸術家としての属性は対江森渚山の関係と創作生活との両面を持っている。

また「彼」が生活者や芸術家として妻や渚山とかかわって行くことが小説のプロットを形成し、それがさらにストーリーを推し進めてゆく原動力となっている。つまり「彼」は常に二様の属性を生きると同時に、そこに付随する四種の側面において憂鬱の心情にとらわれており、それがそのまま小説の主題となっているわけである。「日かげ者」という自己規定に「彼」が想到するのは、このような属性や側面に由来すると言える。換言すれば「日かげ者」とは「彼」における属性や側面を包括する概念だということになる。しかし「彼」がみずから「日かげ者」ととなえながらも、そのことばが本来持っている深刻な意味に共鳴できないとすれば、今度は「彼」の属性や側面について検討することが要請されるであろう。小説の構造的なしくみもその結果おのずから明らかになるはずである。

二

生活者としての「彼」と妻との関係を小説の筋という視点から見ると、本作は都会で再開された二人の結婚生活が破綻する物語と言うことができる。「彼」と妻とは一対の若い夫婦でありながら、二人が睦まじく親和した場面は一度も描かれない。小説内での時間の推移にともない両者の懸隔や齟齬が次第にあらわになってゆき、最後には破局を迎えるという筋が物語の展開を支えている。「彼」の憂鬱は妻とのそうした関係に深く根ざしていた。

連載の初回では、田園から都会へ移って住み始めた家に日の当たらないことがまず述べられる。そこで「彼」が思い出すのは田園の家の庭にあった日かげの薔薇である。それは「彼」にとって象徴的である故に美しいものであったと考えたのち、次のように思い至る。

しかし、今日の彼には何一つ彼の夢を託するものはなかつた。そこは灰色の都会であり、この家は日のあたらない家であり、季節はすべての物の音まで消え入りさうな冬であり、彼自身は何の才能も素養もない文学青年――いや、或る場末の劇場に出てゐる下つ端の女優の夫であつた。（第一回）

ここには「文学青年」という「彼」の芸術家としての属性につながる語も見えるが、それ以上に明確に提示されているのは「女優の夫」という言い方である。すなわち「彼」の生活者としての属性は、芸術家としての属性である「何の才能も素養もない文学青年」に見合った「或る場末の劇場に出てゐる下つ端の女優の夫」という語句で表現されている。両者は背中合わせであると同時に密接に絡み合った複雑な関係にあり、これら両様の属性を一身に体現している「彼」のことがここでは初回らしくいかにもさり気なく提出されている。しかし以後回を重ねるごとに「彼」はこの認識を深めつつ妻を淵源とする憂鬱の情を募らせてゆく。そのはっきりとした最初の意識は第二回の最後で語られる。

いかにも、彼は何を不興がるといふ理由もなかつた。しかし彼自身にも当分は解釈出来なかつたやうな或る奇妙な鬱憂があつた。それは夜更けになつてかうして帰つて来た後の元気のいい妻に対する時や、また朝々、彼の女がこつそりと身支度をしてなるべく夫の目を覚さないやうに心がけながらいそ〳〵と出かけて行くのを、その少しのもの音にも目を覚す彼が寝呆けた目でぼんやりと見る時や、或はまた不眠な夜毎にその傍で心地よささうにぐつすりと寝入つてゐる妻を見る時などは、屢々ふとその気分に襲はれるのであつた。（第二回）

このように、「彼自身にも当分は解釈出来なかつたやうな或る奇妙な鬱憂」の生じる状況が具体的に詳述される。これは何より女優を職業としている妻との関係において自覚されるものである。引用文の直前には、夜遅く下駄を鳴らして帰って来た妻が寒いとも言わず甲斐甲斐しく家事をこなすにつけても、いたわりのことば一つ吐かない「彼」の内面が述べられていた。妻に由来する憂鬱の存在について「彼」が自覚的であったことが分かるが、続いて、「それは彼が今までに味つたことのあるさまざまな感情のなかでは最も嫉妬の感情に近かつた」「それはすべき仕事乃至職業を持つてゐる人間、その人間が楽しげにその仕事に熱中してゐるのを見る時に、その傍にある何もすることのない人間、何をしていいか解らない人間、何も出来さうにない人間の抱く嫉み――言ひ換へれば生活をしてゐる人間に対する生活のない人間の嫉みではなからうか」と分析される。このように「嫉妬の感情」と明瞭に意識されながらも、ここでの妻に対する「彼」の憂鬱はまだ漠然たるものである。というのは、「生活をしてゐる人間に対する生活のない人間」といった一般的な概念に「彼」と妻との関係を抽象化するだけの余裕が見られるからである。

またみずからを「生活のない人間」と認めるところに、「彼」のもう一つの属性が露頭している。「彼」の想念がさらに進展した結果、第二回の末尾で、「――一日の職業によつて疲れて、それ故に深く眠ることの出来る嫉ましい妻の傍にあつて生きても居なければ死んでもゐない又目を覚してもゐなければ眠つてもゐないければ眠つてもゐない彼、譬へば「重量と容積のある影」そのもののやうな彼は、とりとめのない考へで鈍い自己反省をするのであった」となるのは、今や両者が完全に別個の存在であることを示しており、壊れつつある同棲の現況を写すことにより来たるべき破綻を示唆している。

以後「彼」と妻との仲は次第に変調をきたしてゆく。その決定的な第一段階は、連載の中央に位置する第六回の「みだれた足音」の件である。「彼」が久しぶりに起こった芸術的な高揚のあとでぼんやりしていると、いつも妻の足音を聞きつける飼い犬が叫び声をあげる。必ず犬の声に合わせて妻が吹く口笛がその晩にかぎってなく、近づいて来る足音が変なのである。家の近くに来て下駄は急に低くなり、「その忍び足の下駄と一緒にポタポタと音を立てるゴム草履のやうな音が聞えて、そのふそろひに二通りにみだれた足音が彼の家の前を過ぎ去つた」となる。その後十分と経たないで妻は普段とは反対の方角から帰って来る。「訝しさが彼を不快にしたから、彼は妻には一言も声をかけなかつた」と終わる場面は臨場感豊かな描写によって詳細になされているが、「彼」にとってはそれだけ衝撃的な事件だったということになる。

「彼」の不快感は翌日となる第七回での「ひどくいきな着物」の件につながってゆく。これが変調の第二段階をもたらす。すなわち妻の実家から来たはがきにこたえて「彼」が出向くと、妻の母が縫っていた袷を見せられる。「その袷は赤と黒との市松格子になつた柄の荒い銘仙」であったが、「彼」が思わず「ひどくいきな着物だな。誰のです、一たい？」と尋ねると、「私はどうもこんな柄はいやだね。第一、品がわるいぢやないか」と妻の母も応じるようなしろものであった。そこから、「彼はそれが弓子――彼自身の妻のものであつたと分かると心の深いところから不快が湧き出してくるのを感じた」となる。というのも、「弓子は今まで自分で給金をもらつては居ても、たとひ銘仙でも着物ほどのものを自分勝手でこしらへるといふやうなことはなかつたし、たとひ何を買ふにしてもその柄なり好みなりに就ては何一つ彼に相談しないことのない弓子であつた」からである。

さらに続いて妻の意向だという夫婦別居の提案を妻の母から初めて聞かされるにつけて、「彼は妻に対する大きな不快のなかにまた新しいデテイルを加へたことを感じた」という心境になり、帰宅の途中に土手にのぼっては妻に対する不貞の疑惑について思いに耽る。「彼」は「一番いい心の贈物である貞操」という考えに思いおよびながらも、「彼の心中にもやはり嫉妬が萌え出してゐることに気がついた」と、以前とは異なる「嫉妬」の感情をはっきりと確認することになる。

次の第八回になると、妻が夜のうちに帰らないという重大な事態が生じる。「彼は朝になつてやつと帰つて来た妻に対して、何と吐鳴つていいのだかその言葉がわからなかつた」ということから、次のように考える。

彼の言葉に対してかの女がやはり何か激しく言ひ返すとか、或はめそめそ泣き出すとか、で結局は喧嘩をしなければならないことになる――つい半年も以前にはそんな激しい喧嘩をよくした彼は、いつの間にかもうそんなことをするだけの情熱も無くなつてゐるのか、今日では妻と喧嘩することを彼は大変に恐れてゐた。彼には彼等が喧嘩をおつ初めた時の妻のいろいろの表情が何とも言へず不愉快だからであつた。かの女の言葉は皆それぞれに舞台の上の白のやうだし、その表情もどうしても心の真剣が顔や体に出て来たものと思へないやうなたまらない身振りであつた。彼はそんな折のかの女の様子をひよつくり目の前に思ひ浮べて「女優の夫」と

いふ言葉を自分の心のなかではつきりと意識した。（第八回、傍点は原文のまま）

ここでの「女優の夫」はこれまで以上に深い意味で使われている。この点「日かげ者」の用法と似ているが、この語が「彼」自身の対象化を促し、結果的に妻との距離を明確にする働きをしていることでは変わらない。この後も「彼」は決して怒鳴らないものの妻との会話は齟齬してゆくばかりである。「激しい喧嘩」にならないだけに、出口のない「彼」の不機嫌はより増大してゆかざるを得ない。

続く第九回ではいよいよ別居が実行される。独り下宿に移った「彼」は「妻がありながら独身者のさびしさを覚え」るだけでなく、突然訪れた弟を前にして、「彼の妻に対する不信と危惧とが」「殆んど病的なものにまでなつてゐた自分に気がつく」のである。

次の第十回は「彼」が妻に対面する場面を持つ最後の回である。下宿へ来た妻が犬のフラテを「彼」に無断で人にやったと報告したことから、「彼」は妻と口論する。「彼」は妻の不実をなじって不当を論じ、怒鳴る寸前にまで感情を高ぶらせる。が、妻の目に涙が宿っているのを認めるや急速に怒鳴る気を失い、次のように語る。

「いいよ」と不意に割合に優しくしかしひとり言のやうに彼は言ひ出した。「俺はこれからどういふ風に転々とした生活をするかわからないのだ。犬だつてあゝ可愛くなつて見れば足手まといだからね。何れやるものなら早くやつた方がいゝ。――そのうち一度、その深川とやらへフラテを見に行つて来てもいいな」

かう優しく言つた言葉の自分自身に及ぼす作用からであつたかも知れない。彼の心のなかには珍らしくも柔和な気持が滾々と湧いて来た。（第十回）

これは早くも訪れた調和的な心境である。この場面が「彼」の妻と対面する最後の箇所になることを考えるなら、いかにも予言に満ちた象徴的な意味を表わしていることに気づかされるだろう。二人は互いに納得しあって和解するわけではない。「彼」が一方的に優しくなるだけである。これによって「彼」が妻との関係をもはや断念していることが示されている。既に別居という現実がある以上、次の段階として想定されるのは離縁にほかならない。そうなれば「彼」は妻との結婚生活を清算することにより、そこに生じていた憂鬱からようやく逃れられるわけである。

この動きは同じ回の後半で一気に加速される。それは友人の久能と共進会へ出かけた「彼」が人ごみのなかに他の男と連れそっていた妻の姿を見かけたことが発端となる。確認のため独りで芝居小屋へ行ったところ奇人で知られたゴドさんに呼びとめられ、誘われるままに酒をつきあうと思いがけなく「女優の夫」が問題にされる。すなわち「おらあ第一お前が気に入らねえ。苟も尾澤峯雄とある者が、な、女房に女優をさせて自分がのらりくらりしてゐる了見が判らない。――女髪結ひの亭主ぢやあるまい。おらあお前に逢つたら忠告してやらうと思つてゐたんだ。女房に女優をさせるなんてこたあよせやい」と言われてしまう。「彼」は、「ゴドさんの彼に忠告したかつた事は「女房に女優をよさせる事」ぢやなくつて「あんな女房はよせ」と云ふ事であつたかも知れない」と考える。そこから最終回となる次の第十一回で、「僕はひよつとして、多分、近いうちに、と言つていつだか判りませんが、女房を離縁しようかとも思ふのです」と渚山へ告げるまでは一直線である。「彼」の対妻の関係が終了するのと小説の結末とが見事に一致することになる。

このように生活者である「彼」の憂鬱は自身が「女優の夫」であるという意識に始まり、妻との関係が次第に変調をきたした結果、「女優の夫」という「彼」の一つの属性が解消する経緯をそのまま小説の筋としていたことが分かる。そこで次に検討すべきは「彼」の生活者としての側面であり、生活上の営為と呼んでいたことについてである。

三

「彼」が現実の生活の上で思い煩いつつ行動しなければならないという事情の発端は、第二回で語られていた。端的に言えば、それは父との関係に由来している。「彼」はこれまで父の期待を裏切り続けて来たことを振り返り、父の訓戒の弁について思いを巡らす。いなかの町で開業医をしている父は、「お前は自分で自分の才能に信頼して自分の道を選んで貧乏などは平気な筈ぢやないか」をはじめ、父親として当然のことを言っていた。そのうちでも「彼」にとって特に重要なことは次の点である。

「二十五までは、学校に通つてゐてもそれぐらゐの年まではかかるのだから、二十五までは、お前が学校へ行つてゐるものと見做して、私も今までどほり月月の金は送らう。しかしその以後は決して私を手頼つて貰つては困る。私もお前には一切手頼りはしない。……私はお前の薄志弱行が歯痒いのだ。〔略〕大勇猛心といふものが欲しいものだね」さういふふうに彼の父が言つた。（第二回）

このような父の提言と訓戒に対して「彼」は反論する自信も根拠も持たない。引用文にすぐ続いて、「その彼の二十五はこの正月が来てもう暮れてしまつたのである」というように否定しえない現実を確認するばかりである。二十五歳という期限を厳粛に受けとめる「彼」にとって、それは行動を促す動機の核となる。さらに「彼」は、「父が彼の才能に何かまだ信頼のやうなものを置いてゐる間こそ彼は父を自分の芸術上の保護者とも思つて甘えることも出来るけれども、既に彼の父は才能を見放してしまひ、それ以上の事には彼自身が早くももう自分自身の才能を信じられさうにも無くなつてゐる今日、詐欺師でない以上誰がそんな不渡手形を切出して金を要求出来るものではない」という内省もする。ここでも「彼」の生活者としての属性は「何の才能も素養もない文学青年」という自覚に基づく芸術家としての属性と通底する形で現れている。それゆえ今や「彼」は行動を起こさねばならない。先に言えば、二つの求職活動と一つの金策である。

第三回の劈頭でいきなり、「……さういふわけで、僕はこのごろつくづく職業が欲しくなつて来てゐるのです」と「彼」が渚山に語りかけているのは、第二回での叙述を受けている。「彼」は、「何でもいいから職業を見つけて、自分の生活をその職業に順応するやうに改造したい」と言い、「その結果もう小説を書かうなどと考へることなどが莫迦々々しい空想に思へてならなくなつてしまつたとしたら、その時はそれでも結構だ。つまり僕はさういふ飾にかかつて芸術家といふものから、落伍した事になるだけです」とまで言う。そのように「彼」は渚山にみずからの求職意欲について語ることを発条にしたのち、妻の所属する新劇座の背景描きを志願するため座長の大川秋帆に会いに出かける。ところが「彼」は秋帆によって、「古い顔馴染としていくらかは心安だてに話が出来るだらう」という予想を完全に覆されてしまう。「久闊をでも叙することか、さも迷惑さうなさうして幾分きよとんとした表情を」向けられた「彼」は大いに当惑した挙句しばしみずからを省みる。その結果、「そこで彼はもう一度考へ直して見た時、秋帆が自分の輩下であるけちな女優の夫が秋帆自身と同輩ででもあるやうな顔つきをしてこの部屋へ這入つて来たその事で不愉快に思つてゐるのかも知れないと思つた」となる。ここでも「女優の夫」という意識が否定的な自己認識として強く「彼」をとらえていたことが分かる。

次なる生活上の要件は金策である。はがきで呼ばれた「彼」が妻の実家へ出向いたことは前述したが、妻の母が言う「その所謂相談事」とは、これまで妻の実家で負担していた「彼」と妻の借金を解消するため「住むと言つて買つた田舎の地所」を抵当にしてはどうかと提案であった。別居の件と一緒になされたこの話に対して「彼」が、

「然う、僕はどうでもいいのですよ」と答えると、「たよりない男だね、お前は」と言われてしまう。後日独りで下宿に移った「彼」は四月の陽光があふれる、前とは正反対の環境になじめず、一種虚無的な状態に陥る。

——これもやはり神経衰弱中の一兆候であらう。それにしても気候とか住んでゐる部屋とかいふものがこれほどまでに人間の精神状態を変へるか知らと疑はれた。しかし淀んだ水の底にはやはり依然として不安の流れはあつた。〔略〕彼を悩ますその小さい方の一つはあの田舎の土地を担保にして金を借りる事——その事のために彼自身がそんな事務的なことを自分でしなければならないといふだけのことであつた。ただそれだけの事であるが実務に就ては何の才能も経験もない彼がそんな用事で見ず知らずの人間と対談しなければならない——さうして何時であるかは知らないが、その時期がだんだん切迫して来てゐるのだと考へたそれだけでも彼はもういい加減に狼狽もしたし、うんざりもした。（第九回）

「依然として不安の流れはあつた」という言い方には、「不安のなかの大きな重い方のものは言ふまでもなく彼の妻のことであつた」という意味が含まれていた。「彼」を憂鬱に導く二種の「不安」がその生活者としての属性をよく表わしている。そうしたもの思いは、また新たな求職活動を「彼」に思いおこさせる。

それを思ひ出す度に彼は空元気を出して自分自身に言つた——「先方で採用さへしてくれればこれから新聞記者にならうといふ人間ぢやないか。それくらゐのことがてきぱきとやつてのけられないで如何する⁉」そこで彼はこの間、偶然にも久能と逢つてその時久能から話し出された事を思ひ出して、彼の考へはしばらくそこで停滞した。（第九回）

このように生活上必要な求職と金策とは、「彼」の想念において一続きのものとして浮上して来る。二度目の求職活動については、次の第十回で久能から「或る大新聞社」の秦龍太郎にあてた紹介状を受け取った「彼」が第十一回で新聞社を訪ね、いかにも「まづい求職者」を演じて終わる。その帰り道で、「少くともこの十日ぐらゐの間には田舎の地所で金を借りる運動にどうしても着手しなければならない」と思い煩うとともに、病院に渚山を見舞うことを思いつく。渚山に向かって妻との離縁を予告したように、「金は入りませんか、尤も今あるわけぢやない——近いうちに田舎の地所を抵当に借りようと思ふのですがね。必要ならば持つて来ます」と言い添える。こういう生活者としての「彼」が示していた二種の側面は、ともに渚山に対して「彼」自身に関する二つの予告をもたらしたことになる。これらの予告を待って初めて小説が収束に向かうところに、「彼」における生活者としての属性の重要性が窺われるだろう。

四

生活者としての「彼」に対妻の関係があったように、芸術家としての「彼」には対渚山の関係がある。これが「彼」の属性の要因をなすと同時に小説のストーリー（筋）やプロットを形成しているのは、対妻の場合と同様である。しかし妻との関係が時間の進行につれて破綻して行ったのに対し、渚山に対する「彼」の感情は逆に好転してゆく。それゆえ二つの関係は対称形をなすとともに、また極めて対照的でもある。

「彼」の渚山に対する気持は、初め軽蔑の情として提示される。渚山について最初に語られるのは、「あなたの家へ来て見ると急に左前になつた相場師の家を見るやうですね」云々という軽妙な比喩を「彼」が思い出すことに端を発している。「その表現のいかにも渚山らしいのが彼には面白かつた」のだが、「しかし一度この言葉から、この言葉を云つた人江森渚山を思ひ出すと、彼の苦笑はもつと苦いさうして重々しい心持に変つて行つた」となり、さらには次のように詳述される。

江森渚山こそ何の誇張もなしに敗残者だと彼は思つた。――さうしてさう思つたすぐ後には、渚山をそんな風に考へて自分よりももつと下がある、自分は未だあれ程ではないと思ふことに依つて、無意識にでも自ら慰め或は自ら誇つてゐるのではないか、それならば限りなく野卑なことであると彼は自分を反省して見るのであつたが――、彼ばかりではない渚山を知つてゐる限りの人々は、この年長の友を皆それぞれに軽んじてゐるのであつた。（第一回）

ここで「彼は自分を反省して」もいるが、基本的に渚山を「軽んじてゐる」ことでは動かない。「彼」の反省はみずから語るほど切実ではない。ところが渚山の方では、こうした「彼」の心情を理解していない。「さうして今は何の物質的な好意をも予期せずに渚山は彼のところへ繁々と遊びに来るのであつた。実に純粋な友情である！――と彼は考へた。さうしてそれが彼にとつて怖ろしいほど悲しく重々しい心持を感じさせた」となるのは皮肉以外の何ものでもないが、「彼」と渚山とはこのように心情的な懸隔が出発点になっている。「彼」が渚山に対して繰り返し感じる「重々しい心持」についてはまた、「芸術に対して本能的な愛情を抱いてゐる彼はたとひ渚山なりこの古本屋の小僧なりをいかに軽蔑しながらも、その道の話題になるとやはり熱中した態度になつて何かしらその場かぎりの考へでも、やはり述べずには居られなかつた。さうして彼等が帰つて行つた後では、意味もなく彼の自尊心が傷けられたのを感じてさびしいうつろな心を感じた」と言い直される。

このように自尊心の毀損をともなう憂鬱は「彼」に特有の芸術家意識に原因するであろう。これについては後述しなければならないが、元来「彼」は渚山を「古本屋の小僧」と等しなみに見ていたのである。これ以後も「彼」は「この気の利かない男」と言いながらも、初めに根強く感じていた軽蔑の情を徐々に変化させてゆく。その最初の現れは、第四回で泥細工の鳩笛を携えて来た渚山が彼自身の「生活上のエピソオド」を語り終えたときである。「彼」は「渚山が事もなげに言ふその出来事の奥底には渚山の不幸や孤独がこの短い話のなかに具体的に現はされてゐるのに気がつかないでは居られなかつた」となり、思わず「なるほど、これや面白い。これはたしかに書けますね」と言ったあとの展開が注目される。

彼の言葉を聞いた渚山は、口の端に人のいい笑ひを浮べてゐた。しかし彼が渚山と目を見交さうとした時渚山の目は一瞬時慍《おこ》つてゐるやうに見做《な》された。さうして口角の笑と眼中の慍とは次ぎの瞬間にうまく混和されて渚山の顔一面は渋いやうな苦笑に変つてゐた。渚山は然しいつものやうに、「面白いですか。ほう、ではその材料は差上げてもいいのです」とは言はなかつた。ただその渋い苦笑をしばらく顔に漂はしたきり、何も答へなかつた。その顔を見た時に彼は、始めて気の毒なことを言つてしまつたことに気がついた。（第四回）

ここに至って文字どおり初めて「彼」は渚山に対して「気の毒」という気持を意識する。以後最後まで渚山に対する「彼」の心情の基底はこの語によって語られる。同じ回で「彼」の家へ渚山の訪問が頻繁になっていることについて、「彼」はかつて「訪問病」と名づけた友人間の群集心理を思いだし、「しかも渚山だけはやつぱり二年ほど全く同じやうに訪問病時代を低徊してゐるらしい。しかも一層気の毒なことには今日ではもう渚山によつて訪問病を感染させられる仲間は一人もないらしい」と、渚山に対して「一層気の毒」だと思う。だからと言って「彼」は渚山に対して同情するには至らない。困窮した渚山が下宿に居づらいことをこぼして「彼」の家に同居したそうな様子を察したときでさえ、「しかし、彼の暮しの方から言つてそれが全く不可能なことは暫く措いて、たとひ渚山が自分だけの事をするとしたところで、渚山と一緒に生活するといふそれだけの事実は、想像して見ただけでも、今の彼としてはあまりにもの悲しすぎた」「渚山は彼にとつてあまりに現実的にみじめすぎて同情の心を動かす余地もない」と考えるにとどまる。

が、渚山に対する気持を「彼」が明確に反省するのは、次の第五回においてである。二匹の犬を連れて九段の広場から帰った「彼」は犬のことで酒屋の小僧を叱りつけた行為を振り返り、「実際俺は見え坊だ——と彼は思ひつゞけた。——渚山にだつてさうだ。——渚山がただみじめな生涯の人であるといふ理由で、おれは渚山と親密であることを自分ながらに恥ぢてゐるではないか。さうして渚山と親友であることを恥づる理由が一体どこにあるだらうか……」（傍点は原文）と反省を始めて、「今まではてんで頭のなかに、たゞ軽んずべき以外の何者でもなかつたその人物の事」について、しみじみと考えに耽る。

一たい渚山のどこが友として恥づべき人物であらうか。人として間が抜けてゐるからであらうか。それならば渚山のどこがをかしく間が抜けてゐるであらうか。〔略〕しかし今仮りに——と彼は渚山のことを考へつづけた——仮りに渚山が、今のままの渚山であつて唯世に時めいてゐる一人の作家であつたとして見たらば……？　渚山はどの後輩にでも親切で丁寧で、謙遜で、常識に富んで、おだやかな性格で、しかも自分自身の芸術に対しては実に熱中的で、それの為めにはすべてを賭した人と言へないであらうか。然うだ。渚山が若し、唯、唯（！）成功者でさへあつたとしたならば、今日をかしい渚山のすべてが、一つとして渚山の長所として数へられさへするであらう。（第五回）

渚山に対する態度を「彼」が決定的に反省する場面は、このように劇的かつ詳細に描かれる。さらに「彼」の思いは様々な連想に発展した末、渚山が自信ある作と言っていた作品におよび、「さうだ。雑誌『殉教』は手もとに貰つてゐる筈ではないか。俺はどうして今までに渚山の『およね』を読んで見ようとはしなかつたのか。そればかりならまだしもいい。何一つ満足に読みもしないで、渚山の才能を最初から見縊つてゐたのではないか……」とあらためて深く反省する。当の雑誌はすぐに見つからず偶然出てくる場面は次の第六回になる。八、九十枚はある「およね」を通読したのち、「彼は少しも渚山を軽んずべき理由を発見しなかつた」「しかしそれに就てもう一度それを考へ直した時に、容易に物に満足しない批評家としての彼は考へながら、不満であつた。さうしてその不満はだんだんとつひには同情に変つて行くやうに感ぜられた」（第六回）となる。ここに来て「彼」はようやく渚山に対して「同情」を感じ始め、「気の毒な渚山は名を成さないで作家でありながら、既に老大家のやうな作品をものしてゐたのである。あゝ、最も微細な老大家！　人としてをかしい渚山が作者として何一つをかしくない」と感じ入る。「気の毒な渚山」に勇気づけられた「彼」はみずからの創作に向かい、翌日になっても書き続けた果てに結局みずからの才能について自信喪失の思いを味わう。そこから今度は「芸術に対する夢想と自信」について考えを巡らせ、渚山について次のように思い至る。

人の一生といふものはどうにかかうにか、どんな人間にでも過ごせるやうには出来てゐるであらう。しかしどうにかかうにかして過ぎるやうな生涯は考へただけでも怖ろしい。それでも才能のない人間にはそれより外に何も与へられてゐないのである。さうして人生の希望といふものは何時も、自分の力を信じて明日を夢みてゐるといふことである。――さう言へば、今に何かすると信じながらさまざまなことを考へ、さまざまなことを生活し、また当もなく創作をしたりしながら二十年以上の生活を送つて来た渚山、外側から見て何の幸福を

も持たずに送つて来た渚山は、ただその事だけでも尊敬していいのではなからうか。（第六回）

この場面ではついに「尊敬」ということばが「彼」の口より発せられる。「軽蔑」から「同情」へと階梯を踏んできた経緯を振り返るなら、「彼」の渚山に対する感情がここでは最高の段階に達していることが分かる。「彼」の妻に対する展開が多く小説の後半部で扱われていたのとは対照的に、対渚山の関係はこの第六回までにほぼ尽くされている。なお次の第七回で、妻の実家に行った「彼」が妻の母から渚山は謡がうまいことを聞きおよび、「今日までそんな吹聴を一つもしなかつたといふことが、彼にとつては渚山の性格に或る好もしい陰影を添へるやうに思へるのであつた」となるのは、一方で「ひどくいきな着物」と別居の提案によって「彼」が妻に対する不快感を深めたところであるだけに一種象徴的な意味を示している。こうして「彼」と渚山との直接の交渉は途切れたまま最終回を迎えることになる。

最終回で「小説のやうに気の毒」と言った古本屋の小僧のことばを思い出した「彼」が渚山を見舞い、その別際に離縁と田舎の地所の件を予告した様子は、「二人は小声で短くささやき合つてしばらく沈黙した。その沈黙の間で彼は一瞬間、はじめて渚山の心にぴつたりと触れるのを感じた」（第十一回）と描かれる。まさしく最初で最後の実感によって「彼」の渚山に対する感情は完成を見ることになった。「彼」の対渚山の関係が終了するのは、このように小説の幕切れにふさわしく印象深い場面を以てあざやかになされる。

「彼」の対渚山の関係が対妻の関係と対照的であることは既に触れたが、両者に共通することが一つある。それは「彼」が妻にも渚山にも別れてしまうことである。厳密に言うと小説完結後の話になるものの、妻とは離縁により渚山とは死別の予感によって、ともに人間関係が切れてしまうことがあらかじめ決定している。この点を確認することにより、「彼」における妻や渚山との関係が小説の筋や展開を構成していることがより明瞭になるであろう。

さらに言えば、一方は崩壊してゆき他方は構築されてゆきながら最終的にはともに関係の消滅が予期されるという動的な構造もおのずから見えてくる。

五

芸術家たる「彼」の側面である創作上の営為については、求職活動と同様に実らないことが特徴である。「彼」の創作意欲の現れは全部で四度まで数えられるが、そのうち実際に創作を試みるのは半数の二度にとどまる。他は「書いてみようか」「確かに書ける」といった想念として示されるに過ぎない。ともかくそれらすべてを点検してみると、また新たな意味が見出されるに違いない。

最初は第二回で「彼」が父の訓戒の弁を思い出した後に、「かうして精神の衰弱してゐる彼は、いつも自分の精神状態の自脈を取つてゐるのである」としながらも、「それでゐて、気まぐれに、俺にだつて何の才能もないとは限らない、何か短いものでも書いて見ようかと、そんな事を考へてゐると、すると、現実生活とは些かのかかはりもないやうな荒唐無稽なこと」「そんな全く意味のないことを二三枚書いては、こんなものが何だと自分を叱りながらその書きかけを裂いて丸めてしまつた」となる。これは「精神の衰弱してゐる」様を如実に示したものと言える。

次は第五回から第六回にかけてである。渚山の小説が載っている雑誌を「彼」が捜しても見つからないときの様子は次のように展開する。

ものを捜す手をやすめて、いつしか彼は自分自身の事に思ひ耽つてゐたが、その時ふと思ひ出されたことは、あの田園の日かげの薔薇の花のこと、さうしてそれを考へてゐるとさまざまに思ひ浮んで来るあの田園の憂鬱な彼自身の生活である。――今まで、それとは気がつかなかつたけれども、これはどうやら何か書いて見るだけの値打があるかも知れない。或は俺にだつて書けるかも知れない。（第五回）

これは珍しくも高揚した創作意欲であるが、ここでは「彼」がこれまで渚山に対する軽蔑の情を反省した直後らしく、「今度、渚山が来たならば、一つこれを渚山に話して聞いて貰はう」という発想が生じる。「彼」はさらに渚山に対する反省を深めたのち、「今日やつと気がついたあの田舎に於ての自分の生活、彼が観るともなく見て来たあの自然と自分の心持との交感の物語――それを話して聞かせたならば、渚山は果して、それを彼自身が思つてゐるやうな微妙な物語だと認めてくれるだらうか。またさう認めて、それをいつものやうに、早く書き上げるやうに自分を勇気づけてくれるであらうか」「しかし、しかし、たとひそれが書かれたところで、一たい誰がそれを活字にしてくれるだらうか。――それよりも、一たいその立派（？）な、何かしら心持だけはつきりあるがさてとりとめのありさうもないその話がほんとうに自分の手で書けるだらうか」（第六回）という懐疑的な心情に陥る。しかしながら、「それでも彼の芸術的昂奮は、ともかくもそれの荒筋の項目だけでも何かに書きつけて見ようと思ひ立つた程であつた」（同）のである。そのとき偶然捜していた雑誌が見つかり、渚山の作品を読んだ「彼」はそれに勇気づけられる思いで書き始める。

題は『花咲かぬ薔薇の話』……未だ誰も試みたことのない物語だ！

彼は筆をとつて書き初めた。書きつづけた。眠らずに書いた。その翌日も彼は、はがきで呼ばれてゐることなどは殆んど思ひ出さずに書きつづけた。（第六回）

このように極めて濃密な時間が流れたにもかかわらず、すぐ続いては、「――さうしてその夕方、遅筆な彼が珍らしく十七八枚も書いて、それを読み返した時、その反故紙の裏に書かれた文字は、彼をただ絶望させただけであつた」（同）となってしまう。「彼」は「駄目だ！」と大きな声を出してから長い間机の前にすわり続けるという結果に終わる。

次は第八回において、「彼」の妻が翌朝になって帰って来たときである。予期される妻との喧嘩で生じる不愉快について考えていたことは前述したので繰り返さないが、それは「彼」の創作意欲を呼び起こしてもいた。「彼」が妻との喧嘩について思いをめぐらし、彼女のことばや身振りから自分が「女優の夫」であることをはっきりと意識した直後の場面は、「さうしてこれは確に書ける――とそんなことを思ひながら、もうすつかり灰になつてしまつてゐる吸殻を灰皿のなかへ捨てた」となっている。ここでも「彼」の意欲はただ「書ける」と意識するにとどまるが、その主題は次のそして作中では最後の創作行為へとつながってゆく。

「彼」は自分に無断で深川にやられた犬のフラテが一途にもどって来て疲労困憊している様子を見るや、急に創作の感興を催す。

彼はその晩、幾十日ぶりかでものを書いて見る気になつた。それは「犬」といふ題のスケッチで――

（或る厭世家が言つた。

私は無論別れた妻のことも思ひ出さないではないが、しかしかの女に今逢つて見たいと思つたことは一度もない。たゞその女と一緒に飼つたことのある一疋の犬が今どうしてゐるか、どんな風になつてゐるか、それが無性に見たくて仕方のないことがよくあるのです……）

彼はそれだけを一度に書いてあとはもう書けなかつた。「私は無論別れた妻のことを思ひ出さないではないが」とさう空想的に書き放した文字に誇張がないだらうか。自分として真実でなくはないだらうか。そんな彼自身まだ経験したことも無い心持を考へ初めると、その文句にさまざまなこだはりが出て来てこのスケッチはこれ以上もう書きつづけられなかつた。（第十回）

ここでは「犬」という題をつけながらも、夫婦の関係を扱っていることでは前と同じである。ただし「女優の夫」という主題から離れて、妻と別れた後のことが先取りされていることが新しい。しかしそれもまだ未経験のことだからという理由で結局その先を書き続けることは放棄されてしまった。これによって「彼」は作中における創作の意欲を何ひとつ実現しないことが最終的に明示されたわけである。

「彼」の創作上の営為が求職活動と等しく実らないことのほかにも、以上の点検によって分かることがある。まず繰り返し現れる創作意欲や試みの主題が決して一定しないということがあげられる。すなわち「彼」には必ず表現しなければならない強固な主題がないかのごとくである。見方を変えれば「彼」の創作生活は、おおむね対渚山および対妻の関係を映し出す反射鏡の役目を果たすに過ぎないゆえに、生活者をも兼ねた総体としての「彼」の重要な一側面にはなりえていないのである。

もう一つ注目すべきことは、創作行為の成就しないことが「彼」にそれほど深刻な憂鬱をもたらしていない点である。「彼」は荒唐無稽なことを二、三枚書いては、「そんなことを面白いと感じた自分が恥しくなつた」のち一度だけ、「自分にはどうして貧乏だとか情愛だとかその外さまざまな世相なり人情なり乃至は思想なりが、他の人々のやうに力強く響いて来ないのであらう。それは生活そのものが悪いからだ、どういふふうに悪いのか、……だがこれよりはどうも仕方がないから、……大勇猛心がないから」（第二回）と考えるだけである。以後これに類する煩悶の情は語られることがない。

「彼」のこうした特性が作品全体に独特の余裕を漂わせるゆえんであろう。しかし肝腎なところで「彼」が深刻な憂鬱に陥らないのはどうしてであろうか。いよいよこれまで触れなかった「彼」の芸術家意識について考える段階に来たようである。

六

「彼」の創作行為が決して成就しないことの代償のように見られるものは、芸術家意識の存在である。それは、「何の才能も素養もない文学青年」という謙遜した自称を裏切るほど時に強く暗示されている。たとえば、「芸術というものは実に不思議なものである」の一文で始まる第二回の冒頭部分は、その代表的な例である。そこでは芸術の魅力が恋愛の熱情と比較されたのち、次のように述べられる。

　それは既に信仰帰依の一種である。而も「神は与へ神は奪り給ふ」と叫んだヨブ程の信仰だとも言へるかも知れない。宗教の場合には余程深い信徒でなくては決してかうはあり得ないであらうと思へるところのものを、芸術の場合ではその仕事に携らうと志した者の殆んどすべてが、彼等自ら何の努めるところなしにこの心持をひとりでに抱くものである。勿論、彼らとても芸術をつまらないと考へることはある。しかしその時間は彼にあつてはすべての人生そのものがつまらないのである。芸術を捨ててどこに行かうにも、人生のうちには彼の行くところは全くない。それは一時、神を疑つて悪魔にひれ伏さうかと思ひ悩むかも知れない信仰者のものとは少し趣が違つてゐる。——これ等のことはこの正体の知れない憑き物たる芸術に魅せられた人、芸術家の本能を持つて生れて来た人以外の者にはいかに説明しようとも結局不可解なことである。（第二回）

巧みな比喩が用いられてはいるものの、要するにこれは芸術家であるという選良意識の宣言にほかならない。「彼」における この意識こそみずから認める「自尊心」や「見え」の源泉となっているわけであるが、これほどあからさまな形でなくとも、こうした意識は抑えきれぬまま異なった表現をとっておのずから湧出している。すなわち、「すべき仕事乃至職を持つてゐる人間」に対する「何もすることのない人間、何をしていいか解らない人間、何も出来さうにない人間」という自嘲がその一例であるが、続いて「彼」は次のように考えていた。

「俺はかうしてゐるのが楽しくつてのらくらしてゐるのぢやない。俺にはすることがないのだ。〔略〕俺は今までにも幾度か会社員にでも新聞記者にでもその他の何にでもならうと思つたではないか……」事実、彼は時々知り合ひの先輩や友人などにその事を相談して見たことがあつたけれど、誰一人として彼のその相談を真に受ける人はなかつた。いや、真に受けたにしても正直な人は「駄目だよ。君に何が務まるものか」と言つた。さう言はれて見ると、彼はなるほど自分には駄目だらうと思つた。露骨にさう言はなかつた人は「君はやはり生れながらの芸術家だから……」と、さう言つてとり合はなかつた。すると、彼はなるほど俺は生れながらの芸術家だから、と思はないでもなかつた。(第二回)

ここで「彼」の自嘲はいつしか芸術家としての自己確認へ変容を遂げている。このように抑えても抑えきれないものが「彼」の芸術家意識である。それゆえいかに控えめなもの言いになっていようとも、その裏には牢乎として抜きがたい選良意識が存在する。

そこから「彼」は芸術家である自分が世間一般の人に理解されないであろうことも冷静に予想する。新劇座の背景描きをしようと秋帆を訪ねる際、「彼」は妻の驚くことを想像して、「かの女は了解しなかつたであらう。いや、おそらくは外の何人もやはり了解しないであらう。さうしてすべての人は彼の妻とともにそれを、せいぜい彼の物好きな気まぐれぐらゐに思ふかも知れない」（第三回）と思ったのち、次のように考える。

さう言へば、確に物好きの気まぐれも半分ぐらゐはあつた。然し彼自身はどこまでも真面目なつもりであつた。彼のやうな人物にとつては気まぐれと真面目とがいつも互に解き放し難いほど複雑にもつれ合つてゐるものである——それが所謂ロマンテイケルといふものの通有性格ではなからうか。さうしてロマンテイケルは彼自身いつも自分の真面目な方面ばかり信ずるし、しかし世間はいつも彼の気まぐれの方ばかり見てゐる。（第三回）

ここでは新しく「ロマンテイケル」ということばを用いて「彼」は巧みに芸術家としての自分自身を正当化している。「彼」はもはや自嘲的でもなく、「彼のやうな人物」の存在が世間に理解されなくても一向に痛痒を感じないかのごとくである。こうした芸術家意識の正当化が行き着く果ては何であろうか。恐らく芸術家でない者に対する優越意識の表出ということになるだろう。作中では「彼」が反省を繰り返し、何かにつけて自己批評を信条としていることをほのめかしているにもかかわらず、時に優越意識が透けて見える。「ロマンテイケル」云々にもそれは現れているが、「彼」が妻の話し方について思いをめぐらした次の箇所はより顕著な発現の例と言える。

一たい一般の人間といふものは直ぐ目の前で自分のことと全く同じことが他人によつて行はれてゐても、自分の場合のことはその間全く忘れてしまつてでもゐるかのやうにごく平気で、聽ては自分自身への批判であるべき言葉を自分とは何の関はりもなささうに喋りちらしてゐるものである――平俗な人間と多少でも教養のある人間との相違の重大な点の一つとして、これは数へられることである。（第八回）

もとの文脈に即して言えば、「彼」はここで妻を「一般の人間」としてとらえている。さらに「平俗な人間と多少でも教養のある人間」という言い方で人間を分類し、妻を前者に属するものとみなしている。そこから浮上するのは「彼」自身の立場であろう。人間をそのように二分する基準は「自分自身への批判」の視点があるか否かというわけであり、作中でたびたび「彼」が自己を省みていることからすれば、「彼」は当然「一般の人間」でも「平俗な人間」でもないということになる。佐藤春夫が談話筆記において、ある種の人々を「芸術家」と呼び、その他の人々を「俗人」と呼んでいたことを持ち出すまでもないであろう。(5)

結局「彼」はみずから築いた芸術家の砦に拠って、そうではない妻と離別しようとし、そうである渚山と心を触れ合わせようとする。対妻の関係で生じた憂鬱はそもそもこういう根本的な相違点に根差していたことが分かる。一方対渚山の場合は同じ芸術家同士の関係であるから、妻の場合とはいささか事情が異なる。もはや贅言を要するまでもないであろうが、「彼」が渚山を軽蔑する基盤にもその芸術家としての自覚があったと言える。芸術家である「彼」はまた別様の芸術家であった渚山を軽蔑した。そこには芸術観の相違や才能の有無といった理由のあることが推量されるが、最終的に「彼」が渚山と心を触れ合わせた原因は同じ芸術家における本質の一致ということになる。これによって「彼」は「幸福の地位に立つて不遇なりし昔を思ひ出すほど喜ばしきことはなし」という一人よがりから免れているのである。

しかしそれには辛うじてという修飾語が必要ではないだろうか。というのも既に検証してきたように、「彼」には芸術家としての選良意識があったからである。小説の構成上では、渚山を見舞ったあとの「彼」の最後の言動が問題となるであろう。すなわち病院からの帰途、「彼」があやうく自動車をよけながら、「は！　気をつけなけれや。こんな時に人間は轢き殺されるのだ」とつぶやくのは、いかにも興醒めなことである。ここには芸術家らしくない「一般の人間」「平俗な人間」の本質が露呈している。「彼」が渚山を軽蔑する限り免れない選良意識の現れである。晩年の佐藤に厳しかった中村光夫(6)がこれを見逃さなかったのはさすがである。また作者は事実として「文壇成功者」でもあった。佐藤が「彼」をいかに「才能も素養もない文学青年」に擬しても、そこにはおのずから限界があったということになる。さらに別の言い方をすれば、佐藤が作家として「自由に、思ふ存分に自己を発揮し得」たのも、既にそうした選良としての芸術家意識が確立されていたからである。そこに生じた余裕が、正宗白鳥をして「芸術味横溢して、ユーモラスで、憂鬱のうちに一抹ののどかさがある」と言わせることになった。というわけであれば、「日かげ者」という「彼」の自己規定が逆説であるかどうかといったことはもはや問うまでもない。逆説などではないかもしれないが、「日かげ者」とは「彼」にとって決して本意ではなく、その意味は早くから空洞化していたと言う方が適切であろう。

注

（1）「谷崎潤一郎と佐藤春夫」（『中央公論』昭和七・六）
（2）『都会の憂鬱』（一九八三・五　福武書店）
（3）「都会の憂鬱」は『婦人公論』に十一回連載された（大正一一・一〜八、一〇〜一二）。単行本の紙面に回数の明示はないが、本稿では初出に照らして連載回数を表記した。ただし引用は講談社版『佐藤春夫全集』第二巻（昭和四一・五）による。
（4）「文庫版『都会の憂鬱』あとがき」（岩波文庫『都会の憂鬱』昭和三〇・三）
（5）「『詩』といふこと」（『文章倶楽部』大正八・一二）には、「一体私は人間といふものに、人生といふものに、耐へざる不満と寂しさを有つてゐる。〔略〕尤も現世的な生活の忙しさに紛れて、それを感ずることなく一生或は一生の大部分を過ごして了ふ人々があるであらう。いや、人間の大部分は、人生の大部分をさういふ風に無造作に過ごして何のなやみもなく、悔もなく、寂しさもないかも知れない。私はさういふ人を仮に『俗人』と称ぶのである。しかし『俗人』とてもその大きな正体のわからぬ寂しさにぶつかる一瞬間があるに相違ない。これは、この大きな寂しさを感ずるといふことは、私の考では人間の本能の一種であると思ふ。その本能を多分に有つてゐて、随つて大きな正体のない寂しさを感ずる瞬間の多い、或は長い人を仮に『芸術家』と呼ぶ」（傍点は原文）という一節がある。

（6）『佐藤春夫論』（昭和三七・一　文藝春秋新社）には、「渚山は芸術の車に芸もなく轢き殺されてしまつた。自分はそんな間抜けではない、都会の往来と同じやうに、危険な陥穽に満ちた芸術の道を、歩きおほせる『本能』をさづかつてゐる、と『彼』は、信じてゐたに違ひないし、その信念にもとづいて行動した筈です」という指摘がある。

不遇な芸術家の面影
――「都会の憂鬱」の動機と方法――

一

佐藤春夫は「都会の憂鬱」を書きあげたのち、「この作を『田園の憂鬱』に比べて見て或る人は似ても似つかない姉妹篇だと言ふかとも思ふ。又一方、或る人はやはり血すぢは争はれないところを発見するかも知れないとも思ふ」(1)と述べている。舞台こそ違え、『田園』と同じく主人公「彼」の憂鬱なる心情を主題にしている『都会』を「姉妹篇」と呼ぶのは当然としても、それに「似ても似つかない」という修飾語のつくことを予期するのはどうしてであろうか。

数年前『田園の憂鬱』を刊行した時に、「この書が、近く新に稿を起さうと用意してゐる『都会の憂鬱』が、或は作者自身満足出来る程度に書かれるやうなことがあつた場合、その時に、それの微かな伴奏としてそれほど邪魔することもない姉妹篇としてでも、せめては役だつてくれればいいと自分は願ふ」(2)と、佐藤が述べていたことはよく知られている。そこから当初『田園』と『都会』が「姉妹篇」をなすという予感を佐藤が抱いていたにもかかわらず、最終的には結果が予想を裏切ったという事情が窺われる。また前者の引用文には、「五年前の腹案は、白状するが筆をとつて見ると殆んど役に立たなかつた。〔略〕さうして私はその腹案を打壊すことに苦しみながらいつも手さぐりで書いたのである。やけに書いたのである」とあるように、全体として穏やかならざる気分が色濃く現れているだけでなく、「この小説のなかで、私は或る相当に重大な点に殆んど触れずにしまつた」というような気がかりな一節も見受けられる。

そうした疑問に促されながら『田園』の「姉妹篇」らしくない『都会』の側面を見て行くと、『都会』には『田園』にあった薔薇がなく、替わりに江森渚山という人物の存在が展開の中軸になっていることが明らかである。佐藤はのちに、「あの作中人物江森渚山といふのは、実名を江連沙村といつて那須の塩原近くに生れた人であつたが、さういふ一時代の典型的存在であつた。僕は彼のうちに前車の覆轍を看、形影相弔ふの情があつた。僕をして都会の憂鬱を書かせたものは彼、江連沙村の不遇な生涯にその時代を見ようとしたからであつた[3]」と回顧していた。あるいはまた、「この作が最初に単行本になつた当時、生田春月は、僕が篇中で共通の亡友を軽侮したのは怪しからんとかげ口を利いたと伝聞して、春月のかげ口など問題ではないが、亡友を傷けたと云はれるのは心外であつた。僕としては文学に生涯を捧げながら終に世に出る機会をもたなかつた不遇な友人の面影をせめては正確に世に伝へて置きたいといふ意嚮から、春月流の感傷の涙を注ぐかはりに敢へて冷静に本当の事を記すのは憚らなかつたが決して侮辱を与へたおぼえはない[4]」という回想もあった。後者においても「篇中の江森渚山（実は江連沙村）」という言い方が見られ、渚山の形象にあたって沙村を基にしたことを佐藤は隠そうとしない。もちろん比較的幸運な文学的出発を果たした佐藤が沙村を「不遇」と見ていたということも事実としてある。それゆえ沙村の存在を抜きにして『都会の憂鬱』の創作はあり得なかったと言ってよいであろう。

それほど重要らしい人物である江森渚山を視点に据えた考察はこれまでなされなかった。そこで本稿では試みに渚山および沙村に焦点を絞って佐藤の動機の一端に迫ろうとするものである。そこからさらに「春月流の感傷の涙を注ぐかはりに」とられた佐藤独自の方法も見えて来るだろう。

二

実在の江連沙村に対する佐藤春夫と同じく、作中の語り手「彼」も江森渚山を不遇だと思っている。のみならず「彼」の渚山に対する心情は時間の経過につれて微妙に変化してゆく。すなわち渚山に対する「彼」の気持は最初に軽蔑の情として表されて以後徐々に改まり、最後は病院で対面した渚山の心に初めて「ぴつたりと触れるのを感じた」として締め括られる。換言すれば、自分は渚山とは違うという当初の硬直した優越意識が次第にやわらぎ最終的に親愛の情を実感するという過程に、小説の展開は大きく支えられている。

まず渚山について語られる最初は、「あなたの家へ来て見ると急に左前になつた相場師の家をみるやうですね」云々という軽妙な比喩について、「その表現のいかにも渚山らしいのが彼には面白かつた」と「彼」が考える場面である。ところがそれだけでは済まず、「しかし一度この言葉からこの言葉を言つた人江森渚山を思ひ出すと、彼の苦笑はもつと苦いさうして重々しい心持に変つて行つた」となる。こうした「彼」の複雑な心境は次のように説明される。

江森渚山こそ何の誇張もなしに敗残者だと彼は思つた。――さうしてさう思つたすぐ後には、渚山をそんな風に考へて自分よりももつと下がある、自分は未だあれ程ではないと思ふことに依つて、無意識にでも自ら慰め或は自ら誇つてゐるのではないか、それならば限りなく野卑なことであると彼は自分を反省して見るのであつたが――、彼ばかりではない渚山を知つてゐる限りの人々は、この年長の友を皆それぞれに軽んじてゐるのであつた。

「限りなく野卑なことである」と反省しながらも、やはり渚山を軽んぜずにはいられないのが「彼」の偽らざる気持である。一方渚山がこのような「彼」の心情について思いおよぶことばない。そこから、「さうして今は何の物質的な好意をも予期せずに渚山は彼のところへそれほど繁々と遊びに来るのであつた。実に純粋な友情である！――と彼は考へた。さうしてそれが彼にとつて怖ろしいほど悲しく重々しい心持を感じさせた」という言い方で、「彼」は憂鬱なる心情を集約することになる。次いで「彼」は、「この気の利かない男」と侮蔑的な言辞を漏らしながらも、折に触れ渚山に対する認識を深めてゆく。

決定的な転機は鳩笛を携えて来た渚山が彼の「生活上のエピソオド」を語り終わったときに訪れる。「渚山が事もなげに言ふその出来事の奥底には渚山の不幸や孤独がこの短い話のなかに具体的に現はされてゐるのに気がつかないでは居られなかつた」と「彼」が敏感に察しつつ、「なるほど、これや面白い。これはたしかに書けますね」と何気なく言った後の渚山の態度がいつもとは違うのである。「彼の言葉を聞いた渚山は、口の両端に人のいゝ笑ひを浮べてゐた。しかし彼が渚山と目を見交さうとした時渚山の目は一瞬慍《おこ》つてゐるやうに見做《な》された。さうして口角の笑と眼中の慍とは次ぎの瞬間にうまく混和されて渚山の顔一面は渋いやうな苦笑に変つてゐた」となるだけでなく、これまでのように「面白いですか。ほう、ではその材料は差上げてい、のです」とは言わない。「彼」の予想し得なかった次の展開は、「ただその渋い苦笑をしばらく顔に漂はしたきり、何も答へなかつた。その顔を見た時に彼は、始めて気の毒なことを言つてしまつたことに気がついた」となる。文字どおり初めて「彼」が渚山に対して「気の毒」に思ったことが劇的に語られているのである。

渚山の頻繁な来訪についても、「彼」はかつて「訪問病」と名づけた友人間の群集心理を思い起こして、渚山がいまだに「訪問病時代を低徊してゐるらしい」と考え、「しかも一層気の毒なことには今日ではもう渚山によつて訪問病を感染させられる仲間は一人もないらしい」と、渚山を「一層気の毒」だと思う。だからと言って「彼」が易々と渚山に対して同情するわけではなく、渚山が困窮のあまり下宿に居づらいことをこぼして「彼」の家に同居させてほしそうな素振りを見せたときでさえ、「渚山と一緒に生活するといふそれだけの事実は、想像して見ただけでも、今の彼としてはあまりにもの悲しすぎた」「渚山は彼にとつてあまりに現実的にみじめすぎて同情の心を動かす余地もない」と思うにとどまる。

「彼」が渚山に対する姿勢をより深く反省するには全然別の出来事が必要であった。それは「彼」が二匹の犬を連れて九段の広場へ行ったときのことである。「彼」は自分の犬のことで酒屋の小僧を叱りつけたことを振り返り、「俺の見えから出た事だ」と反省のことばを発する。家に帰ってからも内省は続き、「実際俺は見え坊だ——彼は思ひつゞけた。——渚山に対してだつてさうだ。——渚山がただみじめな生涯の人であるといふ理由で、おれは渚山と親密であることを自分ながらに恥ぢてゐるではないか」（傍点は原文）と焦点は渚山に転じて、「今まではてんで頭のなかに、たゞ軽んずべき以外の何者でなかつたその人物の事」についてしみじみと思いに浸る。

然うだ。渚山が若し、唯、唯、（！）成功者でさへあつたとしたならば、今日をかしい渚山のすべてが、一つとして渚山の長所として数へられさへするであらう。〔略〕さうして渚山の才能はと言へば、然う、それは実際あまりに豊富ではないかも知れないが——いや、今は豊富ではないかも知れない、しかしながら昔、渚山が年若くて輝いてゐる日を見放つて前途に対した時に、渚山は今と全く同じやうに才能がなかつたとは言へないであらう。渚山の才能はその不遇のうちにだんだん今のやうに消磨してしまつたのであるかも解らない。何故かといふのに不遇は通例として、人の才能を養ふものでは決してないではないか。あの田園の家の庭にあつた日のあたらない薔薇のことを考へて見てもわかるではないか。「薔薇ならば花開かむ」さうして！　その薔薇がしかし生涯日かげにあつたならば、花開く前に枯れ果ててしまはないとは誰が知らう。

ここで肝腎なことは、「彼」が渚山について根本的な見直しを図っていることである。実際には決して才能があるように思えない「今」の渚山から「昔」の彼へと眼を転じることによって、「渚山は今と全く同じやうに才能がなかつたとは言へないであらう」となる意識の変革を「彼」は敢えて試みている。それだけではなく、「彼」は渚山における「不遇」という語の連想から、「あの田園の家の庭にあつた日のあたらない薔薇のこと」に思いを馳せる。ここで想起されるのは前出の「姉妹篇」という熟語であろう。この「日のあたらない薔薇」が「不遇な人」に重ねられることによって『田園』と『都会』の両憂鬱篇は確かに「姉妹篇」をなすからである。(5)「薔薇ならば花開かむ」というゲーテの詩句は、それゆえここでも十分に効果的な道具立てとなっている。そこから「彼」の意識的な思考操作は続いて、次のような段階へと進む。

——彼の考へはここまで来て何時の間にかもう決して渚山を対象にしたものではなかつた。しかし彼はわざと渚山をばかり考へた。何故かといふのにこの場合に自分自身のことを思ふことは、もう彼には怖ろしかつた。それ故に、「渚山は……」と考へつづけた。さうしてこの場合この「渚山」はもう現実的人物ではなく、一つの象徴的人物であつた——

ここに至り、「彼」にとって重要なものがもはや渚山という「現実的人物」ではないことが示される。渚山の存在を「一つの象徴的人物」ととらえ直すことにより、「彼」はようやく「渚山と親友であることを恥づる理由」を解消することができたわけである。このことによって「彼」はよく渚山に対する認識を深めることに成功した。視点を変えるなら、これは作者による素材からの離脱の成果と言える。佐藤は単に沙村の名を変更するだけでなく、渚山の人格にある象徴性を付与するという操作を「彼」に果させたのである。そうした佐藤の方法は、次に「彼」が渚山の自信作を読む場面において、さらに進展したものとなっている。

三

渚山が「彼」に読んでくれるようにと言っていた小説は雑誌『殉教』所載の「およね」である。これについては素材の指摘が既になされ、『反響』（大正四・三）所載の「おはま」があげられている。[6] 雑誌名と作品名双方の類似から言って、この指摘は妥当なものであろう。

そこで江連沙村の署名になる実際の「おはま」と「彼」によって紹介されている「およね」の内容とを比べてみると、両者は肝腎な点で一致しないことが分かる。もっとも「彼」の言うように、「『およね』は、ぱら〳〵と頁を繰つて見ると相当に長い短篇であつた。八九十枚はあるだらうと思へる」という外観だけは「おはま」に重なると言ってよい。ところが、「それは題に示されてある名の女を主人公にしたもので、邦吉といふ青年がおそらく渚山自身ではあるまいか」という内容の説明になると、相似以上に相違の方が顕著になる。すなわち架空の小説「およね」の梗概は、「彼」によって次のように語られていた。

――それは浅草のいかがはしい女とその相手客とを泊める極く下等な安待合の娘と、そこへ出入りをする客の一人たる邦吉とが、何時しか或る関係になつて、男はたうとう女の家に起居するやうになる。女はまだ十七かそこらで、その母親といふのはまだ四十に足らない寡婦である。この作の主題はその娘と娘の母親とそれから邦吉との間に構成された事件と、それから生ずる邦吉一人の内面的な葛藤である。形は可憐ではあるが早くから周囲の事物によつて心の頽廃してゐる娘は半年と経たないうちに邦吉を捨てゝ新しい情人の方へ行く。邦吉は嫉妬の為めにその娘の家から出ようとする。しかし嫉妬よりも未練の方が力強くつて、邦吉は未だその家を立去り兼ねてゐる。邦吉に対する娘の母親の同情から、邦吉はその家から逐ひ出されずにゐたのである。娘はその母親が邦吉を同情することに就て、この親子の間にはいつも口争ひが絶えなかつた。邦吉は心に限りのない未練を残してゐる娘のその母親の誘惑に堕ちて、しかしその次の朝にこの怖ろしいしかもそこにゐれば生活だけは保証されるその家から、何の光明も目当もなく逃れ出して来る……といふのがその小説の筋であつた。

これはいかにもそれらしくできた「小説の筋」である。背景が浅草であり、およねという若い女主人公の名前がおはまに該当するといった枠組みの基本は両者に共通している。しかしそれ以外の多くの点で、この梗概は沙村の小説から離れている、たとえば「おはま」の舞台が「待合」というよりむしろ私娼窟・淫売宿であることをはじめ、「おはま」に邦吉という名などなく終始「男」であることや、娘の母親が同じく「寡婦」であっても「四十に足らない」ではなく「老婆」であること、したがって男が「母親の誘惑に堕ちて」云々ということも当然「おはま」にないことが明白である。

要するに渚山の「およね」は沙村の「おはま」そのままではなく、「筋」が佐藤春夫好みに変更されているのである。変更後の骨子は、母と娘の双方からの情にほだされた男が同居していた待合を出て行くところにある。もともと「おはま」は男と娘との関係が中心であり、娘の母親は単なる脇役にすぎない。同居という設定もまったくない。それゆえ「およね」について、「『おはま』の後半部と同様の構図・主題が認められる(7)」と単純に言い切ることはできないであろう。ただし男の「内面的な葛藤」や「形は可憐ではあるが、早くから周囲の事物によつて心の頽廃してゐる娘」という表現は「おはま」にも当てはまる。結局「およね」の「筋」は「おはま」の小説的な雰囲気を生かしながら、中枢部において大きな改変が図られているのである。

佐藤はどうしてこのような改変を施したのだろうか。『反響』は数年前の部数も少ない雑誌であって、江連沙村は無名の作家に過ぎない。「おはま」のあらすじをそのまま生かしたとしても、一般の読者にはほとんど気づかれなかったはずである。そうした方法を佐藤が採らなかった理由について作家の資質という視点から考えるなら、彼に特有の批評精神に帰せられるであろう。佐藤は沙村の持ち味とも言うべき小説の背景や雰囲気にはある程度同調できても、人物の動かし方には決して満足できなかったのである。すなわち「おはま」には、ひょんなことから処女の肉体を奪うことになった男の心情が描かれている。そうした情痴の主題を佐藤が忌避したために、男をめぐる娘と母という人間関係に重心の移った主題が考案されたという推測が成り立つ。作家佐藤の特性が遺憾なく発揮されたわけであるが、次に問題となるのは「彼」による渚山評であろう。というのも「およね」の梗概を「おはま」そのままにはしなかった以上、「彼」の渚山に対する批評は決して佐藤による沙村評を表すものではないからである。それは創作である限り当然だというものの、前述した佐藤による回想の真意を考える上でも「彼」の渚山評を見過ごすことはできない。その中核部分は次のように書かれていた。

渚山は頭から馬鹿にした作者ではなかつた。その筆は老練であつたし、又いたづらに狼狽したりたやすく感激したりしないやうな枯れた心境を覗はせるやうな言葉もところどころにあつた。〔略〕取入れることの出来るものは残らず取入れてあつた。さうしてその代りとしてあらゆる未熟が失はれてゐた。しかも未熟と一緒に生気までが無くなつてゐるのはどうした事であらう。さういふ浅ましい事を書きながら気品のやうなものがあるのは、たゞ情熱がうすれてゐる結果として、そのやうに思へるのでないとは限らない。気の毒な渚山は名を成さない作家でありながら、既に老大家のやうな作品をものしてゐるのである。〔略〕それよりも最も気の毒なことには、「小さなゾラ」のやうな構図のなかに、「小さなトルストイ」のやうな意見のあることであつた。

これは実体のない架空の小説を対象にしたとも思えない、巧みな批評ではないだろうか。批評の主旨は一貫して批判となっていながら、基調としてはあたう限りの温かい眼差しが作者に向けられている。それは「老練」な筆遣いや「枯れた心境」を讃えつつも、「未熟と一緒に生気までが無くなつてゐる」と明言するところに端的に現れている。「老大家のやうな作品」と言ったり、ゾラやトルストイの名を持ち出したりする手法もまたそうである。実は引用のなかで省略した部分には、「一とほり彼はそれを読み通して、しかしそれに就てもう一度それを考へ直したときに、容易に物に満足しない批評家としての彼は考へながら、不満であつた。さうしてその不満はだんだんとつひには同情に変つて行くやうに感ぜられた」という一節があった。

つまり「およね」の読後感を述べるにあたって作者に対し繰り返し「気の毒」と言っているのも、「彼」が当初感じた「不満」をよく「同情」へと変化させた結果だったのである。これはもと渚山に対して抱いていた「軽蔑」の情を反省するようになった経緯とも見合っている。「彼」が「現実的人物」の渚山から離れて「象徴的人物」に想到したことと、佐藤が沙村の「おはま」に示唆を得て、「およね」の「筋」を案出したことは、ともに「彼」が「およね」を読む地点に収斂している。ここにおいて佐藤は「彼」と重なるような形で現実の作者や作品から完全に離脱しえたわけである。佐藤は「批評家としての」自身の資質を明確に自覚しつつ、それをさらに創作へ生かすという方法に成功していると言ってよい。

四

ところで江連沙村を素材にした人物が現れる作品と言えば、生田春月の『相ひ寄る魂』を逸するわけにはいかない。この小説は前・中・後編と三冊に分けて書きおろされたものであり、中編刊行（大正一〇・一二）の際に佐藤が春月へあてて絶交状を送ったことが知られている。佐藤を素材にした作中人物の描き方について彼が激怒したためであるが、丁度同じころ発売された『婦人公論』の一月号から『都会の憂鬱』は連載が始まっていた。

佐藤の絶交状についてはともかく、沙村を連想させる人物は『相ひ寄る魂』の中編より三箇月前に刊行されていた前編（同年・九）に既に登場している。そこではまず、「誰よりも早く純一に親しさうにして、最初に純一の下宿に訪ねて来てくれたのは江添忠治であつた。彼はもうかなりの年配であつた。彼自身は二十九だと言つてゐたが、実際は三十四五、いや、もつと行つてゐるかも知れなかつた。西尾宏はいつも江添大人といふ尊称的綽名をもつて呼んでゐた」と、雅号の江連沙村ではなく江連重次(8)という本名に通う名前で紹介される。また春月自身を思わせる龍田純一や佐藤春夫を思わせる西尾宏とともにその名が現れるのは、沙村が春月や佐藤の共通の友人であったことを反映している。

江添忠治の登場は前編の後半部分からであり、『都会の憂鬱』の江森渚山に重なる部分も多い。たとえば江添が亡き母の遺産である二千円なにがしの金を元手に文学修業をしたという経歴をはじめ、「彼は友人に逢ふと自分の材料の特異と抱負とをいつも誇つて」「何なら一つ分けて上げませう、僕は沢山あります」というところなどは、渚山の「その材料なら差上げてもいいのです。――私には、もつと書きたい材料が幾つもありますから」という言い方にそのままつながる。が、ここで注目すべきはむしろ佐藤の方法とは異なる春月一流の描き方である。文学者としての江添を純一は次のようにとらえていた。

「君も作家になるのなら体験が必要ですよ、材料が平凡だとどうしたつて読み応へがありませんからな」と彼は純一に説法した。
「さうですね」と純一はそんな時いつも軽く受け流してしまつた。彼は気の毒で西尾宏のやうに江添をからかふ気にはなれなかつたが、その尤もらしく独りで頷いてゐるのを見ると焦々してくる事もあつた。それで一二度は体験といふ事は江添の言ふやうな表面的の経験といふ意味ではなからうと注意した事もあつたが、江添が一向受け付けないので、それからは彼を相手に物言ふ気にはなれなかつた。そして自然主義の犠牲者として彼を憫れむと共に、彼が文壇に出られないのにも相当の理由はあると思つた。

ここでの江添の発言は『都会の憂鬱』における、「――渚山は、経験を重んずる自然主義の信条を、その文学的生涯の第一歩から固く信じて来た」という一節に照応する。江添にも時代遅れの文学者であった江連沙村の一面が写されて貴重であるが、春月に特有のとらえ方は明らかに現れている。それはまず西尾宏の名が見えることである。「西尾宏のやうに江添をからかふ気にはなれなかつた」とあるのが若干分かりにくいものの、作中で純一が何かと西尾宏に対抗意識を燃やす傾向はここにも顕現している。次には江添に対する純一の態度があげられる。ここでは佐藤における「彼」を想起させる「気の毒」という言葉だけでなく「自然主義の犠牲者として彼を憫れむ」という語句があると言っても、純一の江添に対する態度はあくまでも傍観者的と言わざるを得ない。それは「江添が一向受け付けないので、それからは彼を相手に物言ふ気にはなれなかつた」や「彼が文壇に出られないのにも相当の理由はあると思つた」という言い回しによく現れている。すなわち江添は純一にとって単なる路傍の人に過ぎず、小説の展開を支える主要な登場人物になり得ていないのである。こうした春月一流の方法は、中編における江添の病院入院に関する記述にも見られる。

江添を病院に入れるに就いて、石山の発起で、義金を集める事になつて、純一のところにも深澤が来た。その時深澤は、

「今、西尾宏のところへ行つて来たがね、西尾の奴、江添のやうなものは早く死んぢまつた方がいいんだ、全体貧乏人の癖に文学なんか遣るのが間違つてゐる、そんな間違つた事を遣つて苦しんでゐるからつて、同情はない、俺はそんな金なんか出すのは嫌やだと膠もなく撥ね附けたよ。俺もその言ひ草がグッと癪にさはつたが、そこは苦労人さ、万事御尤も御尤もで、たうとう人並の金を出させて来た」とさも西尾宏に金を出させたのが、一かどの手柄のやうに話して笑つた。

「貧乏人の癖に文学なんか遣るのが間違つてゐる……」

この西尾宏が言つたと云ふ言葉を考へる時、純一は苦い微笑が口角に上るのを覚えた。それは西尾宏のいつも振廻してゐる言ひ草であるが、此の場合、それは純一に取つて一層苦い味をもつてゐた。

西尾宏が「貧乏人の癖に」云々と言ったというのはいかにも露悪的な言い方であるが、事実に照らして途方もない誇張とは言えない。実のところ春月や沙村に比して佐藤が経済的に恵まれていたことは動かないからである。問題はそういう事がらをどうしても「苦い微笑」「苦い味」と、自身に引きつけて書かずにいられない春月の姿勢であり、方法である。江添について書きながら必ず西尾宏に言及し、自身の気持を純一に託して語らずにおれないのが春月であった。

より決定的な箇所は、純一が養老院に江添を見舞う場面である。渚山の場合は病院のあと養育院へ移されることが予想されており、見舞いという設定では両者に共通する。江添は純一に向かって、「みんなどんな様子です？文壇では今何が問題になつてゐます？」と尋ねてから、「西尾宏君の文壇的地位は大したものらしいですナ、此間西尾君が訪ねてくれましてね……」と欣然として語り始め、さらに次のように続ける。

「いや、驚きましたよ。あの男がこんなところへ訪ねて来てくれるなんて、全く思ひもかけませんですからナ。用向はつまり、私のノオトの材料を、自分が書きたいから、ゆづつてくれと云ふ事でした。何でも方方からやいやいと頼まれるので、今ぢや先生材料欠乏だつて言ふんです。〔中略〕然し、私もあんなに苦心して集めた、あの温泉地や十二階下の材料が、西尾君によつて、日の目を見るやうになると思ふと、愉快でなりません。あれで西尾君が素敵な傑作を書いてくれると思ふと、全く愉快ですよ。僕は材料なんか、ちつとも惜しまないです。ただそれによつて、一つでも、日本文壇に真にいい作品が提供されれば、満足して瞑しますよ。つまり、私は自分の一身よりも芸術そのものを愛するんです。私心なく芸術を愛するんです。どんなにみじめな境涯になつても、芸術の事を思ふと、私の心は慰められるのです。〔後略〕」

またも西尾宏である。今度は江添の口を借りているが、さすがに人のよい江添には決定的な罵倒をさせない。替わりに純一が江添の会話の前半部を引き取り、「誰からも――とりわけ西尾宏からは、あんなに無視され、侮蔑されてゐた彼が、こんな廃頽と困憊とに陥つてゐるこの男が、こんな高い心境に達してゐると云ふ事が、抑も何を意味するか？　そして、華かな出版祝賀会に極度の栄誉を恣まにした西尾宏が、この不幸な癈人を訪ねて来て、そんな不真面目な事を頼んだといふ事が、抑も何を意味するか？」と憤慨することによって、作者の言わんとするところは表されている。引用における江添の口調が前半と後半とでは統一を欠くような印象を与える点に、春月の作意が透けて見えるということになるであろう。要するに春月が佐藤の文壇的な成功を快からず思っていることが分かる。佐藤は「西尾宏の如く少女を弄びしこと曾てなし」(9)と言って絶交したわけであるが、それ以外でもこのように悪し様に書かれていたのである。

しかし先に注目すべきは中略に続く「然し」以下の後半部であった。江連沙村が事実このとおりに言ったかどうかを抜きにしても、彼の芸術に対する姿勢は実際このとおりだったのではないだろうか。それは佐藤における渚山にも生かされていると言うばかりではない。春月による純一においてもなお、「この江添忠治も、富と教養とのよろしきを得たならば、決してこんな風にみじめな事にはならなかつたであらう。こんな気の毒な失敗者とはならなかつたであらう。然し、名利を超越したものにとつて、この世の成敗が抑も何であらう?〔略〕彼は一切の名利名聞を棄てて、安心立命を得てゐるやうに見える」という率直な感嘆の声があったからである。春月による悪しき西尾宏像も、そうした同情すべき文学者の形象に対する反動によると言えなくもない。それはともかく、江添忠治や江森渚山における芸術へのひたむきな姿勢は江連沙村の美質の反映だったわけであり、この点に関する限り『相ひ寄る魂』と『都会の憂鬱』は合わせ鏡のようになって、不遇な芸術家の面影を再現していると言ってよい。

五

春月の方法を点検したのち再び『都会の憂鬱』にもどると、「彼」尾澤峯雄の渚山に対する心情の変化がいかに劇的であるか改めて知られる。「彼」が渚山に対して抱いていた「軽蔑」から「同情」へという心情の変化については前述したが、それがそのまま最後の心の触れ合いに向かうのではない。「彼」は渚山の小説を読んだ結果みずからの創作意欲を刺激されて意気込んで書き続けたあげく、絶望のあまり「駄目だ!」と大きな声を出すや深く自信喪失の思いを味わう。それから才能について思いを巡らしつつ自己批判のうちに考察を進めて、「――芸術に志した人々のうちに、どれだけ沢山の人々がこのやうにして、芸術に対する夢想と自信とをその青春と一緒に消滅し尽くしたか知れない」ということに思いおよび、次のように考える。

人の一生といふものはどうにかかうにか、どんな人間にでも過ごせるやうには出来てゐるであらう。しかしどうにかかうにかして過ぎるやうな生涯は考へただけでも怖ろしい。〔略〕――さう言へば、今に何かすると信じながらさまざまなことを考へ、さまざまなことを生活し、また当もなく創作をしたりしながら、二十年以上の生活を送つて来た渚山、外側から見て何の幸福をも持たずに送つて来た渚山は、ただその事だけでも尊敬していいのではなからうか。

「芸術に対する夢想と自信」を考え続けた「彼」は、芸術家以外の人生は「考へただけでも怖ろしい」という思念を経由することにより、渚山に対して「尊敬」の念を抱くような地点へ到達したのである。こうした観念的な経験だけではない。渚山の近況をもたらした古本屋の小僧が、「……さう、さう、あの人は夏目漱石さんの手紙を持つてゐますね。先生いつか夏目さんのところへ原稿を持ち込んだ事があるらしいのですね」と告げるや、「彼は渚山がそんなものをこの小僧にまで見せびらかしたのかと思ふと痛ましさと腹立たしさとが自分の胸のなかに奇妙にこんぐらがつて、人ごととは思ひ難い気持を感ずると」「むかしだらう。知つてるよ、そんな事は」と、思わずどなってしまう。ここまで来て初めて「彼」の精神の劇は完結へ向かうのである。

このような「彼」における渚山を純一における江添に比べてみると、違いは明瞭であろう。江添が終始点景人物にとどまっているのに対し、渚山は「彼」にとって欠くべからざる相手役となっている。渚山を前にして曲折した心情の変化を経験した末に最後は同じ芸術家として心を触れ合わせるという「彼」の内的な劇の舞台において、渚山は見事に生きているということである。

より見やすい方法的な違いは『都会の憂鬱』に春月らしい者の影も形も見えないことである。これは『相ひ寄る魂』における西尾宏の頻繁な登場と好対照をなしている。春月が佐藤の分身とも言うべき人物の姿や名前をくどいほど出現させたのに対して、佐藤は創作において春月の存在を無視したことが分かる。それは佐藤が『都会の憂鬱』

刊行と同時に発表した文章の一節を見たとき、より明確になるであろう。

それから或る長篇小説――それはその中に大杉栄や伊藤野枝や、辻潤や、さては荒川義英や江連沙村などをも取材にして、就中、佐藤春夫的人物を主人公にしたのだと作者が吹聴した或る小説の噂なども出た。大杉はその作者のことを一言だけ言つた――「何にしても、あの男（その作者）が、今はどんなにえらいか知らないが、当時のあの男が何も荒川や江連を哂ふ資格のあつた人物とも思へないぢやないか。」

（「吾が回想する大杉栄」『中央公論』大正一二・一一）

これを読んで何のことかすぐに分かった人は相当な大正文壇通である。というのも佐藤は春月とその作品について極度に意識的でありながら、直接それらに言及することを徹底的に避けているからである。自身も含めて六種もの人名をあげる一方、「或る長篇小説」「或る小説」「作者」「その作者」「あの男（その作者）」「あの男」と書く様は決して尋常とは言えない。ここから佐藤に特有の動機と方法が同時に見えてくる。

すなわち『都会の憂鬱』は佐藤のそれまでの小説と異なり、登場人物の典拠がすぐに分かるようになっている。たとえば新劇座の座長大川秋帆は上山草人、その情人橘朱雀は衣川孔雀、渚山が鳩笛を持参した岩田氏は生田長江、不良青年の多田は荒川義英、友人の久能は久保勘三郎、奇人のゴドさんは坂本紅蓮洞、等々という具合に渚山以外の大して重要でもない脇役に至るまで実在の人物が容易に指摘できる。『田園』では名前のなかった主人公夫婦に『都会』でその名が与えられているのも、こうした視点から見直されなければならない。ところがこのように何人もの実際の人名が透視できる仕掛けになっていながら、春月に限っては見事にはずされている。替わりに重用されたのが「共通の亡友」というわけである。佐藤が随筆の紙面にその名をしるすことさえ忌避したのは、創作において春月という存在を徹底して無視したことの延長である。『相ひ寄る魂』に対する佐藤の反発のほどがおのずから知られるであろう。作者みずから「この小説のなかで、私は或る相当に重大な点に殆んど触れずにしまつた」と述べていたのも、こうした事情に基づく結果論ということになる。それゆえ『都会の憂鬱』の動機と方法は分かち難く結びついていた。佐藤は春月に対して痛烈に応酬すべく、実在の人物を多く素材とした『相ひ寄る魂』の方法を敢えて利用したのである。

佐藤の批評家としての資質はここにおいて、より鮮やかに発揮されたことになる。他の例をあげるなら、「彼」が妻に裏切られるという屈辱的な展開は「西尾宏の如く少女を弄びしこと曾てなし」と言わずにおれなかった佐藤の逆説的な反論表現であり、同じく「彼」が「何の才能も素養もない文学青年」と戯画化されているのは西尾宏が文壇的な成功者であったことへの返報と言ってよい。また「渚山の夏羽織」をはじめ、「或る青年が浅草でパノラマ描きになつてゐるといふ話」や鳩笛に「就てのエピソオド」、『殉教』所載の「およね」と、次々に明らかに渚山が淵源になっていると分かる材料を使ってみせたのも、西尾宏が江添忠治から小説の材料を仕入れようとしたということに呼応したものと理解できる。春月が描いた見舞いの場面や漱石の手紙についても佐藤はそれぞれ違った形で用いている。

佐藤の批評精神はこのように春月の方法を逆用するところに特徴的に現れているが、両者に共通するものが一点だけある。それは前にも触れた江連沙村の美質についてである。佐藤が渚山を「日のあたらない薔薇」になぞらえたのは、春月における「この江添忠治も、富と教養のよろしきを得たらば」云々という発想と一致する。その芸術に対するひたむきな姿勢についても同様である。要するに佐藤は春月とその作品を嫌厭したにせよ、採るべきところは採っているのである。春月に対する感情的な反発をそのまま露骨に表出することなく、佐藤はそれを巧みに制御しつついかにも彼らしく文学的に処理しおおせて創作に結実させたと言えるであろう。まことに佐藤春夫は本質的に批評家であった。
　これまで見てきたごとく、佐藤にとって外的な要因の大きかった『都会の憂鬱』は、一貫して作者の内的な要因に基づいていた『田園の憂鬱』とは根本的に異なっている。それゆえ「似ても似つかない姉妹篇」というのはやはり適切な評言だったようである。

注

（1）「都会の憂鬱の巻尾にしるす文」（『都会の憂鬱』大正一二・一　新潮社）
（2）「改作田園の憂鬱の後に」（『田園の憂鬱』大正八・六　新潮社）
（3）「うぬぼれかがみ」（『新潮』昭和三六・一〇）
（4）「文庫版『都会の憂鬱』あとがき」（昭和三〇・三　岩波書店）
（5）「幽霊坂」「主義が幽霊にならうとも」「一つの霊」のように、「彼」が「霊」を意識するところには『田園の憂鬱』との共通性が特徴的に見られる。
（6）（7）中村三代司「『都会の憂鬱』の試行」（『三田文学の系譜』昭和六三・一二　三弥井書店）
（8）夏目漱石書簡（大正九年十二月五日付）による。
（9）「年表」（無署名『生田春月全集』第十巻　昭和六・八　新潮社）

夢想の好きな男とは誰か
――「美しき町」の由来――

一

佐藤春夫の初期の代表作のひとつである「美しき町」は強い虚構意識に支えられた巧みな小説である。当時佐藤は第一短編集『病める薔薇』（大正七・一一）を天佑社から上梓したのち、ひき続き『お絹とその兄弟』（大正八・二）と『改作田園の憂鬱』（同年・六）を新潮社から発刊して一躍新進作家としての地歩を固めつつあった。同じく創作と言っても、「病める薔薇」を吸収した出世作「田園の憂鬱」や「お絹とその兄弟」が旧来の自然主義の骨法を生かした作風であるのに対して、このやや長めの短編小説は自然主義の方法を排した虚構の物語であることが分かる。それゆえそこには佐藤独自の創作意欲が強く反映しているが、初め「美しい町」という題で大正八年（一九一九）の雑誌『改造』に断続連載（八・九・十二月）された様子からは、決して楽々と書き進められたようには思われない。[1] そういう事情とつながりがあるかどうか不明であるものの、小説「美しき町」[2] は肝腎なところに若干の分かりにくさを示している。

分かりにくさの筆頭は、そもそも「美しき町」という表題で示されている美しさについてである。作品の中では繰り返し「美しい」ということばが使われ、美しさが強調されていながら、その割には「美しい町」と呼ぶべき町のどこがどう美しいのかそれほど明確ではなく、読者に美しさの実感が伝わって来ないということがある。そのように美しいはずの町について明確かつ詳細な記述がないのであれば、せめて「美しき町」「美しい町」という発想の由来が明らかにされていればよいのだが、それも不明瞭のままなので、あるべき町の美しさというものに説得力が生まれず、表題が小説の題にふさわしい簡潔な語句であるにもかかわらず、それが作品全体の内容を力強く代表していないということになる。

もうひとつの分かりにくさは川崎愼蔵という人物についてである。「テオドル、ブレンタノ」という別名を持つ川崎は謎の人物として終始している。架空の美しい町を夢想して二人の男たちを巻き込み足かけ三年ものあいだ共同作業を推進するという中心人物でありながら、その本質は一貫して謎に満ちたままである。いや一応はそれなりの説明があるとは言え、それがいかにも物語のための作り物めいていて説得力に欠けるのである。佐藤春夫はどうしてこんな一種異様な人物を持ち出して来たのであろうか。このドイツ風の別名を持った風変わりな男は三人による共同作業を突然打ち切るやたちまち姿を消してしまうが、一体どこへ行ったと考えればよいのだろうか。表題と同じく、由来が不明のままになっている重要人物の生み出された創作の舞台裏について明らかにされる必要があるだろう。

二

「美しき町」の美しさについて触れた記述が作品内に全くないわけではない。作中で最初にその概念が提出されるのは、川崎愼蔵における「或る不思議な、さうして最も愉快な企て」の要約として、画家E氏が「……一口に言ふと、彼は彼の持つてゐる財産の全部を投じて一つの美しい街を、どこかに建てようといふのである」と述べる部分である。ここでの言い方が「どこかに建てよう」とあるように、川崎の話は「街」や「町」の計画という方向に発展しない。川崎が「その町全体の設計に就てより具体的な説明をした」というのは、E氏が司馬江漢の版画から暗示を受けて「中洲」という土地に思い至ったのちのことである(3)。

川崎の最初の話ではそれからすぐに、そこに「建てよう」とする「家」のことに転じて「それら百の家は一切の無用を去つて、然も善美を尽してゐなければいけない。真のいい装飾といふものは、恒にそれが一面では抜き差しのならない、必要を兼ねた部分でなければならない」となる。次に話題は「私の建てる家に住んでくれようといふ人たちの条件」へと進むものの、そこでは美しさという意味の拡大や深化には発展せず、「それから夜になつたら、誰も住む人の居ないその家々のなかへ私はかがやかな灯をともして置かうと思ふ、それらの窓からその灯が美しく見えるやうに」と、肝腎の町の美しさは窓の灯火という極めて局限的かつ物質的な対象に収束してしまう。それ以後「その美しい町といふのは」というように、川崎の話においては「美しい町」の概念がひとり歩きし始め、「その町を見たならばそれの美しさのために」「恰も傑作のメルヘンのやうに」と、早くも「美しい町」の美しさがあたかも自明のごとく扱われて行くのである。

ただ単に家や窓の灯の美しさから一気に「美しい町」という概念がひとり歩きする様を見ると、そこには何か別に「美しい町」を生み出す創作上の原動力が潜んでいるように感じられないであろうか。そうした「美しい町」の由来をたずねて行くと、当然ながら川崎の読んでいた本に逢着する。すなわち「それはウヰリアムモリスの「何処にもない処からの便り」といふ本で、それを彼は余程好きであつたと見える、何時でも読んで居たから」（傍点は原文）という具合であるが、これは現在ウィリアム・モリスの『ユートピアだより』（一八九〇）(4)という翻訳の書名で普及している。と言っても川崎が提案した「美しい町」の概念が同書に由来していることについて、これまで必ずしもきちんと検証されて来たわけではない。

本書は言うまでもなく、イギリス十九世紀の詩人・工芸家で社会改革家と言われたモリスがその信奉した社会主義に基づく二十一世紀の理想的なイギリス社会を、ひとりの男の夢物語の形で表したものである。そこで本書を通読してすぐに気づくことのひとつに、「美しい」ということばの頻出ということがある。たとえば主人公の眠った晩が「初冬の美しい夜」（第一章）であり、起きたのが「六月はじめの美しく輝かしい朝」（第二章）というのを初めとして、未来社会で主人公の目や耳に触れるのは、「美しい建物」「美しい場所」「美しい女」「顔の美しさ」「美しい声」「美しい腕」（第三章）等々、全三十二章にわたる夢物語の当初の部分においてさえこのように美しいものばかりである。

次いで第四章の冒頭では、「あたりには家々が見られたが、あるものは道路に面し、またあるものは野中に立っていて、気持のいい径がその門先まで通じていた。そしてどの家もみな草木の一ぱい茂った庭にとりかこまれているのだった。家はみな美しく設計されており」云々とあり、これは「美しき町」において町よりも家の設計が中心になっていることに通じている。またここは主人公の「私」がディックという「なかなか男ぶりのいい青年」（第二章）と馬車で彼の曾祖父の所まで行こうとする場面であるが、「美しき町」との関連で言えば同じような老人の登場人物ということに注意してよいだろう。

このような美しさという共通項以外での『ユートピアだより』と「美しき町」とのつながりなら、勿論これまでも既に指摘されて来た。特に川崎がそこに住んでもらいたい人の条件としてあげたなかで、「彼自身の最も好きな職業を自分の職業として択んだ人。さうしてその故にその職業に最も熟達して居てそれで身を立ててゐる人」や、「その町のなかでは決して金銭の取引きをしないといふ約束を守つて、それのためには多少の不便を予め忍んでくれる人」などという項目はほぼ直接的な共通項である。またこれまでほとんど閑却されてきたが、Tという老建築技師の登場は前述したディックの曾祖父のような愛すべき好ましい老人の存在と共通している。

さらに『ユートピアだより』の第一章において「友人」「彼」とされていた人物が第二章以降は「わたし」という一人称を唱えるという方法が「美しき町」に採用されていることも明らかである。ただし「美しき町」ではこれがさらに徹底されている。すなわち「美しき町」は、「画家E氏が私に語つた話」という副題があるように、画家E氏が「作者」である「私」に向かって語った話が大きな分量をもって中央に位置し、その前後にやはり一人称で「作者」が創作の舞台裏を語る小さい部分があるという形態になっている。勿論「作者」を自称する「私」が語る舞台裏も完全な虚構に終始しているのが明白であるから、つまり作品の内容は一見外部の実社会に通路を持つように見せながら作中で言う「作者」も架空の人物であるので、基本的に実際の作者である佐藤春夫の実生活からは離れた虚構の物語となっているのである。

そうした入れ子構造において「私」という一人称の使用法は異彩を放っている。というのも「美しき町」においては、単にこのようなE氏および架空の「作者」の語りという内外二重の入れ子構造が特色をなしているだけではなく、数人の話者の用いる「私」という共通の一人称がまるで串刺しのごとく作品全体を貫いていることが独特だからである。一番外側が副題から真っ先に現れている架空の「作者」の「私」であり、次に分量的には最も大きいE氏の「私」が来る。しかしこの二人だけでなく、E氏の語りの中央すなわち作品の核心部は、川崎慎蔵の「私」による語りで占められていることが分かる。

つまり「美しき町」という作品は一応「作者」の語りとE氏の語りという二重の語りの形式から成り立っているように見えながら、実は「私は」「私が」と、周辺から中央に向かって複数の語り手が次々に語りの形式を縦断しつつ共通の一人称である「私」を唱えているわけである。なかで最も重要なものは、E氏の語りのなかにあって作品の中心部に位置する川崎の「私」ということになるのではないだろうか。そこで今度はみずから「不思議な男」と称する川崎慎蔵という男とは一体何者かという話になるであろう。

三

「テオドル、ブレンタノ」という川崎慎蔵の別名の典拠や由来についてはまだ報告がないようであるが、名前の現れ方からするとこの氏名は軽々に見過ごせない。というのもE氏による物語の中では、このドイツ人風の名前の方が川崎という日本名より先に出て来るからである。物語の冒頭で「考へて見るとその話は事の最初から変つてゐた」とあるように、E氏ははじめ見知らぬ外国人の署名になる手紙を受け取ってから、わけの分からない気持のままホテルに出向いて行くのであり、会ってから初めて実は「私の幼少時代からの友であつた」川崎が今はもうひとつの名前を名乗っていたと種明かしされるという趣向はかなり凝ったものである。読者に対しても最初から思わせぶりで印象深い方法で提出される、「テオドル、ブレンタノ」という名前を作者はどこから持って来たのであろうか。

そういう関心から佐藤による同時期の他の文章を見て行くと、この名の後半部分は随筆「芸術即人間」（『新潮』大正八・六）において引き合いに出されているドイツ・ロマン派の作家「クレメンス・ブレンタノ」に符合することが分かる。そこでは一方で陶淵明に言及しつつブランデスの『十九世紀文学の主潮』[5]第二巻から、「青年時代に於ける彼（クレメンス・ブレンタノ）は浪漫派のいたづら者である。この恒心なきならずものは折角出来た友人を、常に自分の罪過に依つて失ひ、彼が巧みに呼び起こすことの出来る情調をすら破壊することを抑制し得なかつた」[6]云々と引用したのち、佐藤は「陶淵明の場合、クレメンス・ブレンタノの場合、行為の人としての彼等の与へる印象が真実であらうか。彼等の芸術が与へる印象が真実であらうか」と述べ、「私は、多分それの何れもが真実であるに違ひないと思ふ者である」と言う。すなわち「複雑な性格の所有者である芸術家」の人間性について考えながら、「実生活の上で、人徳（最も広い意味での）を具へた行為を表はさなかつた人間」「寧ろ、少々反対の行為を現はした人間」の代表例として、「クレメンス・ブレンタノ」を陶淵明とともにあげているのである。

この「芸術即人間」ではもっぱら常人と異なる芸術家の特異な人間性を問題にしているので、一見川崎とは無関係な話のようであるが、「美しき町」における川崎がE氏に対して「わたしは物を散ずる力だ。詩だ」「そして自分の器をなす詩人だ」という語句を含む『ファウスト』第二部の一節を朗読したり、のちには自身の空想について「芸術でそれを表現しようと思ふやうになつた」「何か散文詩のやうにでも書いてみようと思ひ立つた」「小説にしてそれを書いてみたいと思ひ初めた」と言ったりしているのを見ると、決して常識人とは見えない川崎がはるかに「浪漫派のいたづら者」「恒心なきならずもの」と言われるブレンタノや陶淵明の系列に連なっていたのだとも言えるであろう。

そのように川崎の別名の後半部分の由来が推測されると、今度は前半部分のテオドルという名前も同様にドイツ・ロマン派の作家の中に捜したくなるのではないだろうか。現に「美しき町」のなかには「青い花」というノヴァーリスの作品名もちらりと現れていたということがある。そこで佐藤の参照した『十九世紀文学の主潮』を覗いてみると、「テオドール・ホッフマン」の名があることに気づく。同書ではホフマンについてかなり大きく扱っており、「テオドールは早く彼の母を失つたために、一人の伯父の似而非なる厳格なる教育の下に委ねられたが、これが為に、天才的なる少年の折々の狂的発作は、愈々狂的になされるのみであつた」とあるだけでなく、「吾人は彼の精神生活が言はゞ扇のやうに、音楽的の情調や不快なる気分に分れて弘がつて行くのを認める。この情調の記載を見ても已に吾人は、夜の憧憬家であつたホッフマンは、いつも夕方から真夜中まで酒場で暮らして、暁方になつてやつと寝に就いたといふことを推察し得るであらう」という、またも一般の常識人からかけ離れた作家に関する記述がある。ここに至ればおのずから川崎慎蔵との類似性が浮かんで来る。というのも川崎が、「夜眠れない習慣のあることや、それ故この頃では昼間寝て夕方起きること」と話していただけでなく、彼等三人が築地のホテルに集まって作業した「仕事の時間は川崎の註文によつた夜で、その七時半から十一時半までと定めた」とあったり、「私たちはよく徹夜をしたものだが」とあるように、「夜の憧憬家」であったというホフマンの生活がおのずから想起されるからである。このように「テオドル、ブレンタノ」という川崎の持っていた別名は、ドイツ・ロマン派の二人の作家名の合成であったことが想像されるが、しかしこれは単に風変わりな別名の由来を探索した結果にすぎない。

佐藤に近い人物としては、「主人公に西村伊作の姿が反映している」という上笙一郎の説がある。(7) 佐藤より八歳年長の西村は同じく新宮の出身であり、みずから創設した文化学院の文学部長に佐藤を招くのは昭和十一年（一九三六）となる。上は川崎が「伊作をモデルにして書かれたもの――と思うについては、いくつかの理由がある」と言う。さらに「その第一は、主人公の川崎が、西洋人との混血で父の莫大な遺産を継承した人と設定されている点だが、伊作の容貌は東洋風でなくて西洋型であって、一見してはアメリカ人と見えたし、母系＝西村家の広大な山林遺産を受け継いだところも良く似ている。その第二は、川崎が〈美しい町〉の建設を考えたのと同じく、若き日の伊作も遺産の使い道として田園小都市の設営を考えたことがあり、〔略〕それは「美しい町」の三人のプランと何とも良く似ているのである」云々とともに、西村の娘であった石田アヤの実感にもよると述べる。文化学院の学生として西村伊作に間近に接した者の弁として首肯すべき意見であろう。

これらは川崎慎蔵という特異な人物の設定として充分納得できることであるが、次にはそういう人物の内面はどこから来るのかという疑問が生じてくる。そこでもう一度「美しき町」という一種独特の発想をした川崎という男の内実につながる者は誰かと言えば、それはやはりウィリアム・モリスに行き着かざるを得ないのではないだろうか。

それはなにより川崎が熱心に唱える「美しき町」の発想自体が人一倍建築に興味を持っていたモリスの『ユートピアだより』に大きく依拠しているからであるが、一方モリスの伝記的事項を調べると、モリスは十三歳のとき父が五十歳で死亡しており、その父はロンドンの金融街シティに事務所を持つ富裕な証券仲買人であっただけでなく、モリスが十歳のときには父の投資した銅山の株が八百倍に上昇して多額の利益を得ていたからである。当然モリスは莫大な遺産を相続したわけであるが、川崎の相続した父の遺産がやはり鉱山によっていたということを思い合わせると、『ユートピアだより』の内容以前の段階で川崎の人物像形成にモリスの実人生が役だっていたということが知られるのである。

このようにホフマンやブレンタノをはじめ西村伊作やモリスに特有の性格や伝記的な事項が川崎慎蔵という特異な男の形成要素にかかわっていることが分かるものの、このような事項は結局E氏が語る物語の内容を合理的に筋道だてるべき構成材料に過ぎないと言えないだろうか。つまり「美しき町」という作品を内側から血のかようものにしているのは何かということであるが、それはなにより川崎という特異な男に生命を吹き込んでいる創作上の源泉や由来は何かという問題となるはずである。

四

ここで念のためいささか『ユートピアだより』の内容もしくは本質について簡単に確認しようとするなら、次のような要約が有効であろう。

この物語に描かれた未来の社会主義的架空国は、もちろん詩人モリスの夢想の国である。それは未来の社会主義国が必然的に採るべき唯一無二の設計図ではけっしてない。あくまでもそれは、美しいものを愛し、美しい物を創造することを愛する作者モリスの個人的な好みを濃厚に反映した架空国である。人間の素朴で基本的な生の喜びを尊重し、生活の些事、大地とその営み、季節、天候、汚されざる自然を心から愛好するモリス自身の生来の好みがそこには強くにじみ出ている。

（松村達雄「解説」『ユートピアだより』岩波文庫）

要するに『ユートピアだより』には「美しい物」を愛好する「詩人モリス」の好尚が強く反映されており、その結果本書におけるユートピアは未来記の形をとりながらも、あくまでも「夢想の国」であって将来において必ず出現すべき客観性や合理性を持ち得ないということになる。それゆえ本書に対してユートピア建設の実際的なプログラムを求めたりするのは的はずれと言わねばならない。すなわち本書の魅力や価値というのは、「なぜそのような生活様式をかれらが選んだかという理由を説明するさまざまなユートピア住民たちの展開する確信にみちた主張にあるのではなく、物語全体に流れている美・自由・静寂そして幸福そうな雰囲気のなかにあるのである」[8]という指摘のとおりと言うことができる。佐藤の「美しき町」はそれをそのまま受け継いでいる。

すなわち「美しき町」においては理想的な町の美しさが追求される以上に、家の設計や模型の製作に夢中になる三人の男たちの様子が生き生きと描かれており、その有様についてたとえば、「そのまぶしいばかりに白く明るいさうしてひつそりと静まり返つた部屋が、またその部屋のなかで我々が影のごとく音もなく動くのを見ることが、私にふいと妙な気持を起させて、それが何だか夢のなかの光景か、大きな鏡に映つてゐるのか、でなければ活動写真の一画面のやうに思へたりしたものであつた。──我々はそんな風にして仕事をつづけた」とある。これはまさに『ユートピアだより』の持つ雰囲気の反映にほかならない。つまり前述したごとく、佐藤の「美しき町」にあるべき町の美しさについて説得力のある説明がほとんど見られないかわりに、その概念がいちはやくひとり歩きするだけでなく、男たちが「美しき町」という夢想にひたすら熱中していくところには、『ユートピアだより』の雰囲気とともにモリスの好尚や理想が受け継がれていることが分かる。

しかし佐藤はこのような本来文学書ではない著作について、そもそもどのような関心を持ち得たのであろうか。そういう疑問に答えるような語句を含む文章が、「吾が回想する大杉栄」である。この回想記は大正十二年九月の関東大震災の混乱時に虐殺された大杉を記念して書かれているが、そのなかで『ユートピアだより』は次のような形で現れる。

私はウヰリヤム・モリスのことを尋ねたら、彼はその烏有郷消息《ニュース・フロム・ノーホエヤ》を大変好きだと言つた。「美しい」と彼は言つた——美しいといふ言葉を確かに使つたのを覚えてゐる。「僕はあの本を昔から何遍も読んだ。書いてあることはつまらないさ——だが、美しい。英語でも読んだし、仏蘭西訳でも読んだ。独逸語を覚えた時にも読んだ。——新しい語学をやり出すときつとあの本を見たものだ。あれを読むといい気持がするので……」

（『中央公論』大正一二・一二）

たったこれだけである。しかし、これは簡にして要を得た極めて貴重な証言であろう。ここでの会話は「美しき町」の書かれる四年前のことであり、「彼」とは勿論大杉栄のことである。佐藤の回想によると、同じ年佐藤は共通の知人であった荒川義英が自宅に連れて来た大杉と初めて知り合い、「その以後、四月ほどの間に私は大杉を三回訪ねたことを思ひ出す」とあるなかの初回の訪問での会話のひとこまであった。

要するにモリスの『ユートピアだより』が「大変好き」だったのも、その内容を「美しい」と感じたのもまずは大杉だった。一九一〇年のいわゆる大逆事件のおりにも獄中にあって危うく難を逃れた大杉であるが、監獄に収監されるたびに次々と新しく外国語を学んだという逸話のとおり、無政府主義者でかつ語学の天才とも言うべき大杉はさすがに本書を繰り返し読むだけでなくその本質を見抜き、それを的確に言い表わしていた。大杉は「美しい」ということばを確かに使ったのであり、「あれを読むといい気持がする」とまで言っていたのである。これに対して佐藤が何か自身の意見や感想を述べたという記述はない。そのとき恐らく佐藤は本書をなにほども読んではいなかったであろう。モリス風のユートピアについて雑誌記者に向かって語るのは「美しき町」を発表した年と同じ大正八年のことである(9)。佐藤は大杉によって『ユートピアだより』の本質を知らされるままに、それを生かした小説の創作をしばらく温めていたということがわかる。その結果として「美しき町」が生まれるわけであるが、そのとき『ユートピアだより』とならんで佐藤に重要なのは大杉栄という人物の存在だったのではないだろうか。大杉については同じ回想記に最初次のように述べられていた。

私はかの男を知つてゐた。一面識があつたといふ文字面よりは少しばかり近親で、友人と呼ぶにはちよつとばかり疎遠で、つまり私とは事実に於てさうであつたやうに、どこまでも隣人であつたのだ。

佐藤が極めて慎重に大杉との関係を表そうとしているのは、大杉が危険人物として常に官憲に注意され続けた末の「問題的なその最期」を遂げたからであろう。興味深いのは、佐藤が「どこまでも隣人であつた」と言い、続いて「昔どほり隣人づき合をつづけて来た」と言ったり、「私のこの単純な回想記はまた一名「隣人の見たる大杉栄」である」と言うように、大杉に対して「隣人」という呼称をことさら強調していることであるが、これはまさしく『ユートピアだより』の用語でもあった。モリスは理想的な未来社会の中で登場人物が他の人々に呼びかけるときには、キリスト教的な人間観を連想させる「隣人」「となり人」ということばを用いていたのである。それ故佐藤の言う「隣人」は大杉の近所に偶然住んでいたり、単に社会通念上から慎重なもの言いを追究した結果ばかりではなかったことが分かる。この点で大杉の晩年に近所に住んでいた内田魯庵が「大杉とは親友といふ関係ぢや無い(10)」と言っていたのとは大いに事情が異なっていた。それは大逆事件の際に「愚者の死」というような傾向詩を書いていた佐藤であるだけに、大杉に対する態度は日本語として見慣れない「隣人」という以上に親愛の情がこもっていたと言ってよい。そのような大杉を前記した荒川義英が初めて佐藤の家に連れてきたときの様子については、次のように述べられている。

大杉は一時間ばかりゐたと思ふが、私たちは犬の話と猫の話とをしたぐらゐなことより覚えてゐない。話の好きな男であることもそれから動物が非常に好きであることも、兼ねて荒川から聞いてゐたが、その噂のとほりで、温かみのある快活な話しぶりで、よく笑ふ男だつた。私は大杉のなかに思想家を認めるよりも第一に好もしい隣人を見たのである。

わずかにこれだけでも佐藤の受けた大杉の第一印象はあざやかである。「温かみのある快活な話しぶりで、よく笑ふ男だつた」という言い方のほかにも、「何しろよく笑ふ男であつた。全くからりとした何の底意味もないいい笑であつた」という語句が同じ回想記にあり、こうした特徴は内田魯庵をはじめとする他の人々による回想とも一致する。しかしながら「美しき町」の読者としてはまた別のことにも思い至るであろう。もはや言うまでもなくE氏が川崎慎蔵について語っていたことである。E氏ははじめ、「彼の名前そのものが変つたほどには変つてゐない」ものとして「快活さうな話ぶりも魅力のある口もとも、ものに見入つてゐるやうな目つきも」をあげ、後には「例によつて快活な愛嬌のある笑ひ顔で」と言う。些細なことながらその「例によつて」という語句があたかもE氏の思い込みのように見える一面、ここには佐藤の大杉に対する実感がおのずから湧出していると言えないだろうか。

それ以外にもE氏は川崎のことを様々に評している。たとえば、「この驚嘆すべき計画家、若い立派なミリオネア」「我々の無邪気な熱心な空想家」「空想のなかに理窟があり、理窟のなかに空想のある友人」「この途方もない男」というわけである。「ミリオネア」などというのは別にしても、先のごとき「快活」や「笑ひ顔」とはまた違う形で川崎の特色を述べたこういう評言は、同じ回想記で佐藤が大杉を評した「このおつかなびつくりの人物」（傍点は原文）という独特の言い方と決して矛盾しないし、苦境にあっても『近代思想』をはじめ『平民新聞』や『文明批評』や『労働運動』の発行を次々に計画し実行して行った大杉の人となりは「この途方もない男」というような言い方に通じている。また両者の間で新進作家について話題になったとき、「武者小路だけはちよつと面白いよ――機会があつたら論じて見てもいいと思つてゐる」と言う大杉に対して佐藤が、「だつて武者小路の人道主義は要するにセンチメンタリズムぢやないか」と反論すると、大杉はさらに、「さうさ。センチメンタリストだよ。まさしく。だけどすべての正義といひ人道といふものは皆センチメンタリズムだよ、その根底は。そこに学理を建てても主張を置いても科学を据ゑても決して覆へらない種類のセンチメンタリズムなのだよ」と答えたという。まさに「空想のなかに理窟があり、理窟のなかに空想のある友人」の面目躍如といった趣である。大杉を知る多くの人々が異口同音に口にする彼の人間的な魅力の一端はここにも現れている。

五

川崎慎蔵という人物の形象に大杉栄の存在があずかっていたと考えるならば、「美しき町」後半における川崎の不可解な行動もおのずから意味あるものとなるのではないだろうか。たとえば美しい町の計画が不可能である理由を川崎が語った場面で、「あの馬鹿げた土地周旋人」と言うだけでなく、「土地周旋人が狡猾げな押しつけるやうな態度で私の応答を聞きに来るのに面会しなければならない」と言い、「私は彼奴を一杯喰はせてやつた。彼奴の俗悪な野卑な口もとが間抜けになることを見ることだけが、この場合ちよつと愉快でないこともない」とまで言うのはどうしてだろうか。川崎がいかに商人を嫌い美しい町で「金銭の取引をしない」ことを理想とするにしても、それまで単なる訪問者としていた土地周旋人をこれほど悪く言う理由はないように思われる。

しかしこの川崎の中に大杉栄の影を認めることができるなら、いささか分からないでもないことになるだろうか。というのも、これは大杉の警察に対する態度を想起させるからである。幸徳秋水亡き後官憲にとって最大の要注意人物であった大杉には当時必ず警察の尾行がついており、大杉は常にそれらを嫌悪していた。その「狡猾げな押しつけるやうな態度」や「俗悪な野卑な口もと」という言い回しは、いかにも大杉の警察に対する嫌悪感に通じるものであろう。また「彼奴を一杯喰わせてやつた」というのは、大杉が時には尾行の警察官を巻いて少々得意になっていた場合に通じている。

「美しき町」の書かれた大正八年当時をふり返ると、大杉は七月に尾行巡査の殴打事件の嫌疑によって東京監獄に収監されるということがあった。このような事実を知ると、川崎が「私は明日のうちに日本から――少くとも東京から遁走するのだ」と言うのも意味深く響いてくるであろう。これは三年後の大正十一年（一九二二）十二月に大杉が日本を脱出し上海経由でフランスへ密航するということを早くも暗示しているようだが、勿論そんなことがここに当てはまると言うのではない。ここでは単に川崎の「遁走」と大杉の収監とを作品内外の出来事として認めるだけで十分である。

それはともかく、このとき大杉は約一箇月後の八月十二日に保釈となって出獄する。その翌日に林倭衛が大杉の肖像を描き「出獄日のO氏」[11]と題して二科会に出品するものの警視庁の圧力にあい作品の展示を断念するということがあった。そこから想起されるのは雑誌連載時では最終の第三回に当たる部分にある、「それから一九一六年のA展覧会で有名になつたE氏の「或る老人の肖像」といふのは、建築技師T老人を描いたものであること」という表現だが、この一節はもうすぐ終結に向かう小説の展開においてほとんど意味をなしていない。ということは林の描いた大杉の肖像画の一件が「美しき町」の創作に影を落としたということではないだろうか。少なくとも大杉の収監や出獄が佐藤の創作に微妙に影響を与えたとは言えるだろう。

また「O氏」と言って思い出すのは、「美しき町」の本文が、「私の親しい友達O君が或る日私に画家E氏の噂をした」という一文で始まっていたことである。「O氏」と「O君」とで些少の違いがあるのは必ずしも小説執筆の方が早いためだけとは言えないが、冒頭の部分以外では作中に一度しか出てこない「O君」も川崎同様に謎の人物である。「画家E氏」と違って職業も明らかにされず、ただ「私の親しいO君」としか示されていないのはどうしてであろうか。しかしここでも実際の大杉栄の存在を考えれば、大杉が川崎にもO君にも共通に素材を提供していたということになる。O君と川崎をそれぞれ大杉栄の分身と考えれば、「作者」が最初に「私の親しいO君」と言うだけでよいのであろう。次にはE氏の話の中に川崎が現れて、二様の入れ子構造の双方に大杉が影を落とすことになり、作品の内側における見えない骨格となっていることが分かる。

もうひとつ作品の最終部に近く、「で、テオドル・ブレンタノの川崎慎蔵はどうしたか？ 彼は独探ではなかつたか？」とある奇矯な発問についても、大杉のことを考慮するとそれほど唐突ではなくなる。というのも「大杉をスパイだといふ噂は曾て或る方面の主義者間にも有つたさうだ[12]」という発言があるからである。こういう「噂」を佐藤が既に知っていたということは容易に想像できるのではないだろうか。

このように川崎の形象に当たっては大杉の存在が大きく関わっていたわけだが、しかし「私は、我ながら、まあ何といふ夢想の好きな男であらう」とみずから言う男の内実を大杉のみに担わせておくわけにはいかない。つまり当然ながら作者である佐藤春夫自身の内面も深く関与しているはずであり、そのことにもいささか目配りする必要があろう。

それは天分や天才といったことばによく現れている。すなわち川崎は、「金を持つてゐるといふことは現代ではEverythingだ。現代では金のあるといふことは偉大な天分の一つなのだ」と言うだけでなく、「私には金がないのだ！、それに要する大切な天分——金がないのだ。天才があると自欺して、終には人からもさう思ひ込まれて心の昂つた芸術家が、身の程を忘れてうつかり途方もない大きな作品にとりか丶つてから自分に何の天才もない事を自覚して度を失つてゐるのにも、私は似て居る」とも言う。佐藤にとって、こういう天分や天才の問題は文壇に出るまでの大きな関心事であった。それゆえ同じく川崎が、「私は世間の人たちが私に与へるであらうところの馬鹿で気紛れで変人だといふ標語を甘受するつもりである」と言っていたのは作者である佐藤の言い分としてうなずけるし、川崎が何かにつけて「世間の人たち」「世俗の人」ということばを使っていたことも同様に佐藤自身の発想であったと理解できるということになる。ただしこれら天分や芸術家の問題は、佐藤にとって既に「田園の憂鬱」などで扱って来た主題であり目新しいものではない。

このように「美しき町」の中心人物である川崎慎蔵はドイツ・ロマン派の作家をはじめとして、何人もの特性を集めて合成したキメラのごとき人間像になっている。なかでもその中核に大杉栄という特異な人物を考えることが必要ではないだろうか。画家E氏は「しかし私は彼の言説の底に激しい潮のやうに流れてゐる夢見る人のパッションがあることを見て、それを私も彼もともに感ずることが愉快であつた」と言っており、これはそのまま佐藤と大杉に当てはまると言えるからである。それまで夢想や空想の世界そのものを作品化して来た佐藤にとって、「美しき町」は実世界と空想世界とをつないで夢想に生きる人々すなわち「夢を築く人人」[13]を描く野心的な虚構意識に基づく作品であった。その現実と夢想との接点にある中心人物を描くために、大杉栄という特異で魅力的な個性が佐藤春夫にとって極めて貴重な存在であったと言うべきであろう。

注

（1）たとえば連載第一回の末尾には、「困つたことに、話がのびてしまつて、それに一両日前から暑さにあてられて、こんな話半ばで期日になつた。作品の性質として一度に発表したいのだけれども、不本意ながら次号にわたることになる。読者と編者とに謝す。―（作者）―」とある。
（2）本稿における「美しき町」の本文は初版『美しき町』（大正九・一　天佑社）に基づく講談社版『佐藤春夫全集』第六巻（昭和四二・九）による。
（3）「最初の晩、川崎はわれ〳〵をそこに招待して我々に葡萄酒をすゝめながら、その町全体の設計に就てより具体的な説明をした」とある箇所では、ほぼ土木工事の計画に関する話に終始しており、わずかに「互に最も調和し合つた家々」という語句があるに過ぎない。
（4）松村達雄訳『ユートピアだより』（昭和四三・六　岩波文庫）
（5）吹田順助訳『十九世紀文学の主潮』上巻（大正四・五　内田老鶴圃）
（6）吹田順助訳の本文とは若干の異動があるが、「芸術即人間」の引用文による。なお傍点を省略した。
（7）『文化学院児童文学史　稿』（二〇〇〇・六　社会思想社）
（8）マリー・ルイズ・ベルネリ『ユートピアの思想史――ユートピア志向の歴史的研究』（手塚宏一・広河隆一訳　一九七二　太平出版社）、引用文は小野二郎『ウィリアム・モリス』（一九九二・五　中公文庫）による。
（9）「佐藤春夫氏縦横談―新進作家訪問記(5)―」（『文章倶楽部』大正八・九）
（10）「最後の大杉」（『思ひ出す人々』大正一四・六　春秋社）
（11）『大杉栄』（「日本の名著46」昭和四四・一一中央公論社）および小崎軍司『林倭衛』（昭和四六・一〇　三彩社）の口絵として収載。
（12）内田魯庵「第三者から見た大杉栄」（『改造』大正一二・一一）
（13）改造社版『佐藤春夫全集』第二巻（昭和七・一）所収時に改題した表題名。

「のんしやらん記録」の主人公

一

初出時の表題を「のん・しやらん記録」(『改造』昭和四・一) とする本作は超現実主義的な未来記という形をとっている。これは日本の近代文学に珍しい異色のSF小説と呼ぶだけでは済まない。というのは本作が佐藤春夫らしい意欲のこめられた言わば実験作であるにもかかわらず、当時の文壇においては単に異様な作品と見られこそすれ決して正当に評価されることなく今日に至っている小説だからである。

たとえば雑誌発表の翌月に現れた川端康成の月評はそのよい例である。そこでは本作を芥川龍之介の「河童」と比較しながら、「「河童」程に周到ではなく、「河童」よりも大胆に仮想社会を書いてゐる。大胆をのん気にと云ひ直してもいい」「現代の社会にまた現代或る人々が空想する未来の社会にも冷い皮肉を浴びせて怒つてゐるかに見える佐藤氏は、その鋭さがまことに常識的であり、常識的のままに詩の捕虜となつた早さだ」(「新春創作界の概観」『文藝春秋』昭和四・二) と言っている。いかにも若い新感覚派世代の批評と言えるが、「のん気」や「常識的」という語句では本作の中核を衝いたことにはならないだろう。しかしこれは確かにひとつの代表的な同時代評に違いなかった。

こういう酷評が現れるのは本作特有の分かりにくさにもよる。川端の月評の数箇月後には、佐藤春夫のもとに出入りしていた新進作家の諏訪三郎でさえ、「この作品が、雑誌に発表されると、読者は、『田園の憂鬱』的では無論なく、『都会の憂鬱』的でもない、といつて『指紋』的でもない全然別なものを突きつけられて、或る読者は大いに讃嘆し、また或一部の読者は、大いに理解に戸惑ひしたものであつた。それほどこの『のんしやらん記録』は、一見これまでの先生の作品とは、趣きを異にしてゐる」と、明治大正文学全集の「解説」（第四十巻　昭和四・六）で述べている。諏訪は「或一部の読者」の「戸惑ひ」を紹介すると同時に、自分なりの困惑をも隠そうとしていない。

「解説」では続いて、「この一篇には、作者今後の文芸観や人生観が、実際に於て或は伏線となつて表現されてゐる」と言いつつ、ある評者が「科学小説」と評したのに対して、「……これまた、見当違ひの批評で、あれは単なる風刺小説に過ぎないものである」という佐藤による短い文句を紹介するのみで終わっている。こういうことばを、作者の弁だからとそのまま受け取ってよいのだろうか。そういう疑問が生じるのも、本作が作者の言う「単なる風刺小説」で済みそうにないほど特異な相貌を示しているだけでなく、その創作動機について作者自身がほとんど何も語っていないからである。(1)こうした事情によるためか、本作の素材や材料などについてはこれまで長く報告されることがなかった。ところが最近になって二方面から具体的な指摘が試みられているのは注目すべきであろう。

二

まずドイツの無声映画「メトロポリス」（一九二七）の存在が中沢弥(2)によって指摘されている。この映画の監督は、ゲルマン民族の叙事詩を映画化した大作「ニーベルング」などで評判の高かったフリッツ・ラングであり、原作は夫人のテア・フォン・ハルボウである。高層ビルの林立する未来都市のセットをはじめ、当時としては莫大な経費をかけて作られた先駆的なSF映画として名高い。内容は資本家と労働者の対立を扱いながら、一人の科学者が労働者を支配するために女性のロボットを作るという新しい試みを含んでいる。

これは「のんしやらん記録」における空間的で社会的な背景と共通するものを持っており見逃しえない。しかしこの映画の日本での公開は本作の発表以後の昭和四年（一九二九）四月なので、佐藤春夫が映画を見て小説の構想を得ることはありえない。ところが佐藤がこの映画について全然知らなかったとも言えないのは、中沢論文でも言うように映画と同題の小説が秦豊吉の訳で昭和三年（一九二八）十一月に刊行されているからであり、そこには映画のスチール写真も何枚か収録されていた。それは改造社発行の世界大衆文学全集第十五巻であり、実はその第二十五巻（昭和四・一二）に佐藤は『平妖伝』を訳す予定があっただけでなく、全集の内容見本の広告（昭和三・二）に推薦文も書いていた。おそらく佐藤は初め人を介してその映画について聞き、その内容やドイツでの評判などをある程度把握していたことが想像される。それゆえ「メトロポリス」という映画の存在を無視できないものの、いま両者を比べてみると内容的にそれほど重大な影響関係は認められない。

「のんしやらん記録」には最初の章に「地下三百メートルにある人間社会の最下層の住宅区」という記述があり、「街上奇観」という章の冒頭は、「両側の極端な高層建築は、見上げると遠近法の理に従つて正に一点に集中しようとするかのやうに両方から今にも崩れかかつて来さうにも見えた」という描写で始まっているだけに、いかにも「メトロポリス」を参考にしたごとくに見える。しかしながらその他の道具立ても含めて「メトロポリス」の影響があったとしても、それはほぼ表面的な域にとどまっていると言える。というのも、資本家と労働者との対立と和解という主要な筋立てやロボットの製作という映像的にも画期的な試みが本作にはほとんど反映していないからである。それゆえ映画の影響というのであれば、佐藤自身が実際に見た他の作品を含めてなお検討の余地が残るということになるだろう。

次にはアナトール・フランスの小説「人間悲劇」と「ペンギンの島」からの影響が、定本全集第十八巻所収の月報において浦西和彦[3]により指摘されている。そこでも言及されているように、佐藤春夫は「のんしやらん記録」執筆の前年である昭和二年（一九二七）の八月に中国旅行から帰ると、英訳「人間悲劇」の翻訳を雑誌『大調和』に連載し始める。これは同年十月から翌年の七月までの八回に及んでおり、佐藤による本作の構想時期に重なっているのみならず、彼が以前から「人間悲劇」を気に入っていて、このときの翻訳が大正六年（一九一七）と十三年（一九二四）に次ぐ三回目の翻訳であったということでも注目される。

もう一編のフランス作「ペンギンの島」の翻訳は、同じく指摘のとおり大正十三年九月に春陽堂から刊行されていた。これは戦後に産経新聞系列の会社の社長を歴任して財界四天王の一人に数えられた水野成夫の訳であるが、ペンギン人による架空の国の歴史を古代から未来までつづるという風刺小説である。月報にも引用されている「未来」と題された第八篇の書き出しは、「如何に高層な家屋も人々を満足さすには足らなかつた、――人々は絶えず之を高くして行つた。――かくして遂には三十階四十階のものも建てられて、そこでは、事務所・商店・銀行支店・会社の事務所等が各階を占領してゐた、――然も人々は、地下室や隧《ママ》道を作るために、絶えずより深く土地を掘り下げてゐた」（以後の版とは字句の異同がある）となっている。ここには「メトロポリス」を待つまでもなく、「のんしやらん記録」と同様の未来の都市景観が描かれているばかりでなく、指摘のように内容的にも両者には多くの類似点が認められる。また同様に、キリストの弟子であるギヨオヴンニ（表記に異同がある）の行状を描いた「人間悲劇」からの影響も無視できない。

このようなフランス作品からの影響という指摘は本作を理解する上で極めて貴重なものであり、今後の研究に示唆を与える意味も大きいと思われる。さらにくわしく検討されなければならない多くのことがらを含んでいるが、ここではそれらの影響を視野に入れつつもまったく別の角度から新たな検討を加えてみることにしよう。

三

問題は本作の主人公の「彼」についてである。これまで「のんしやらん記録」では逆ユートピアや未来記としての大胆な趣向ばかりが注目されても、終始一貫して登場する「彼」はほぼ忘れられた存在であった。例外としてわずかに触れていたのは井伏鱒二である。

佐藤春夫が本作を執筆当時に親しくその家に出入りしていた井伏は「最近の佐藤春夫氏」（『福岡日日新聞』昭和四・六・二四）と、『自選佐藤春夫全集』第四巻（昭和三二・二　講談社）の「解説」の二度本作に言及している。前者では、「「のんしやらん記録」によつて私が考察するところによると佐藤氏は人生観的にといふよりも芸術観的に、より強くナンセンス美を求める傾向があつたことを思ふものである。これは「のんしやらん記録」の結末を再読するものには了解できることであらう」という思わせぶりな言い方であったのに対し、後者の「解説」では冷静な回想がなされており、なかでも要点は次の部分である。

つい私は、この作品について先生におたづね出来ませんでした。「この作品の主人公の薔薇は、大変に孤独ですね。「陳述」の主人公も孤独ですが……」と私が云つたので、先生は直ちに「陳述」を執筆されたときの事情について話をされた。思ふに「のん・しやらん記録」は全部が空想の所産だが、地下何百メートルもの底における薔薇の朴訥純情味は掬して余りがある。

これによって分かるように、井伏も諏訪三郎と同じく佐藤から本作の創作に関する具体的な話は聴くことができなかった。また見方を変えると、佐藤は意図的に「のんしやらん記録」の話題を避けたようにも思われるが、どうだろうか。そこから誤解を生みやすい「全部が空想の所産」というような語句が生じる替わりに、井伏の主人公への着目がよく分かる。

井伏が簡潔に「孤独」で「朴訥純情」と言うのは勿論そのとおりであるが、主人公の「彼」はそういう評言以上に一種独特な形象として描かれていることに注目してよい。つまり「彼」はまず子供もしくは少年、それも身寄りのない孤独な境遇とされており、次に離ればなれになった育ての親とも言うべき一人の老人のことを気づかいながら、薔薇に変身させられると高い窓から転落してあっけない最期を迎えるという特異な一生の持ち主であった。

このように特異な登場人物についてどのように考えればよいのだろう。佐藤春夫はどこからこういう特殊な形象を創り出したのだろうか。この疑問を突き詰めると、井伏や諏訪などと同じく佐藤家に出入りしていた富ノ澤麟太郎の存在に逢着する。

四

富ノ澤については近ごろ幻想文学と呼ばれる方面から注目されたり近年には新たに短編集が出されたりしたので[4]、あらためて詳述する必要はないかもしれない。ごく簡略に述べると、富ノ澤の人がらを知れば知るほど「のんしやらん記録」の「彼」とのつながりが納得される。すなわち佐藤春夫は後年「詩文半世紀」において富ノ澤についてかなり詳しく語っており、「彼は仙台の出身だといふことであつたが、まことに樸訥ですなほに愛すべき性格で、文学者としての素質も乏しくないやうに思へた」と言ったのち、次のように述べている。

彼は毎月、小品や短篇を一つか二つ持つて来ては、わたくしに読ませて、その批評を聞き、一しよに文学の話を一時間あまりして帰るのを習慣として、それが五、六年もつづいたらうか。後になつても最初のときとはあまり変はらないで、他の愛に狎れるやうなことのないのもゆかしかつた。しかし表現力は段々と進歩してくるし、構想はいよいよ複雑になつて来た。非常にロマンチックで、少々暗い作風であるが、個性的なもので、わたくしも楽しみにして彼の成長を待つてゐた。

このように佐藤は富ノ澤の資質を愛して、彼の小説が『改造』に掲載されるように図っただけでなく、彼の病状を見かねて大正十三年十二月末からは郷里の新宮市の生家に住まわせ病気の回復に尽力した。その甲斐なく富ノ澤は翌年二月二十四日に満二十五歳で死去するが、同年五月の『文芸時代』には「富ノ澤麟太郎氏の追憶」として横光利一をはじめとする六人が追悼文を寄せている。そのいずれもが異口同音に佐藤の言う「樸訥ですなほに愛すべき性格」を称えており、井伏の評した「朴訥純情」にまっすぐつながる。

また佐藤が「のんしやらん記録」を執筆した昭和三年四月には、中井繁一によって富ノ澤の遺稿である「夢と真実」という小説が自費出版されている。それを前述の短編集で読むと本作とのつながりが浮上してくる。というのはその作品の初めの部分で、三階建てながら地下室もある「ビルディング」の「アパートメントハウス」に住む「彼」が、「子供らしく軽い足踏みをして」「窓枠へ斜に腰をかけ、上半身を乗り出すやうに」して、「街行く人人の眼を惹きつけ、彼等の心を軽く和らげる花、あの花こそ幸福である」と思ったり、「子供らしい行ひ」から「幾度か窓の外へのめり出されるやうな危い目にあつた」りするというのは、本作の後半部分を想起させるからである。また「彼」は亡くなった父の面影を街角で出会った「老人」に見いだして繰り返し「あの人」として回想してもいる。

こうして「夢と真実」の「彼」は本作の「彼」を髣髴とさせるが、興味深いのは佐藤と富ノ澤の嗜好の共通性である。生花に関する記述の多い富ノ澤の作品のなかでも同作には都会風の新建築への関心が現われており、同潤会アパートの計画が進行しているおりから（最初の中之郷は昭和元年八月竣工）、花や建築への関心の深かった佐藤との「文学の話」の広がりと親愛感が想像されるのである。

さらに富ノ澤の最期はまことにあっけない急逝であり、その原因には彼の母の介在があった。富ノ澤と横光利一が母親の妄言に惑わされて佐藤を誤解したため、佐藤は横光と絶縁するが、これも「のんしやらん記録」に微妙に反映したと言える。すなわちその「芸術の極致」の章において、薔薇になった「彼」が飾られている「感覚派の芸術家のギァラリイ」の「主人」について、「この主人というのはこの社会ではなかなか権威のある芸術家に相違なかった」とし、「精神派の芸術の発達のために一時衰滅に瀕してゐた感覚派芸術に一生面を開いた人物こそ彼であつた」と揶揄する一方、「主人」が後輩に語った話についても「偸み聞いて薔薇は少しもその意味を解することが出来なかつた」と全否定するような書き方をしている。これは佐藤が当時のプロレタリア文学と新感覚派に対する批評を表しただけでなく、横光に対する感情を小説的に処理した結果であると言ってよい。

このように富ノ澤麟太郎とその作品が本作に色濃く影を落としていると分かる。また佐藤と同じくポウやホフマンを好んだ富ノ澤は映画が好きで、特に佐藤も気に入っていたドイツ表現主義の傑作「カリガリ博士」（一九一九）は何度も見ていた。それゆえ映画の方面からは遠近法などのほか催眠術についても言うべきであろうが、今回は筆者の準備不足から省略せざるをえなかった。富ノ澤の稟質を生かした小説の表題がなぜ「のんしやらん」なのか等々残念ながら不明なことはなお多く残ってしまった。

注

（1）座談会「大正作家」（『群像』昭和三九・六）では、伊藤整が「あれは非常に単純な思いつきですか、それとも一種の未来社会批評的な……」と尋ねると、佐藤が「社会批評的な気持です」「やっぱりプロレタリア文学に対する一つの批評でもある」と答えている。

（2）「塔とユートピア―佐藤春夫「のんしゃや《ママ》らん記録」の未来都市―」（『湘南国際女子短期大学紀要』第五号　一九九八・二）。映画「メトロポリス」の日本への移入の事情については、松中正子・曾津信吾「メトロポリス伝説――または帝都映画戦――」（『妊娠するロボット　１９２０代の科学と幻想』二〇〇二・一二　春風社）が詳しい。

（3）「「のんしゃらん記録」のこと」（「定本佐藤春夫全集月報」33　二〇〇〇・一二　臨川書店）

（4）宮内淳子編『富ノ澤麟太郎　三篇』（二〇〇〇・九　エディトリアルデザイン研究所）

井伏鱒二における佐藤春夫

一

佐藤春夫は井伏鱒二が終生にわたり敬慕した作家であった。井伏が佐藤のもとに出入りするきっかけを作った田中貢太郎によれば、佐藤は「小説のわかる小説家」であり、このことばは以後井伏を裏切ることがなかった。それだけに井伏が佐藤から得たものは小さくないが、案外にもこういう方面に関する報告は少ないようである。

それというのも、そもそも井伏が佐藤に似ていないからであろう。たとえば「井伏は事実上は佐藤春夫の門下だが、佐藤春夫の持つ近代主義とロマン主義にはおよそ遠い。むしろ、近代主義とロマン主義にたいするコンプレックスが井伏文学の土壌のような気がする[1]」という感想があるように、文学的な資質において両者にはかなりの開きが見られる。そのような差異の実態について詳しく検証する余地はないものの、本来井伏が佐藤とは異なった資質の持ち主であったことは確認してよいだろう。にもかかわらず井伏が佐藤に師事したという事実は動かないし、彼は佐藤から摂取すべきものを十二分に消化吸収して大をなした。

井伏が佐藤を訪ねるようになった経緯についてはみずから『雞肋集』（昭和一一・一一　竹村書房）などに回想して

いるので広く知られている。なかでも富沢有為男に連れられて初めて佐藤宅に出向き、短編「鯉」を読んでもらったことの感激は相当のものだったらしい。六十二歳になっても、その時の様子を河盛好蔵に向かって生き生きと話していた。

井伏　〔略〕佐藤さんが読んでいたら、奥さんが奥のほうで呼んだんですね。佐藤さんは、椅子の上にあぐらをかいて読んでいたんですが、立っていくのに、「ここまで読めばあとも読みたい、興味がある」といって立っていったんです。富沢君が僕のほうを見て、こういうふうに（と胸をさすってみせて）しましたよ。

河盛　胸をなでおろしたわけですね。

井伏　緊張していました。それからあと読んで「七十点」といったんですがね。

河盛　いい点じゃありませんか。

井伏　その晩、興奮してね、下宿へ帰って眠れない。その後、富沢君について、よく行ってましたよ。

河盛　あなたがご覧になって、作家としての佐藤さんのいちばん偉いところはどこですか。

井伏　どんな作品でもわかる鑑賞眼、非常に奥歯も前歯も達者な鑑賞眼。こまかい味もわかるし、大きさもわかる。鑑賞眼というものはすぐれていた。感じたことを言葉でいえる。僕なんか抽象的なことはいえないんですが、そういう面を、生きた自由な言葉でいえる。

（『井伏鱒二随聞』昭和六一・七　新潮社）

このように井伏は田中貢太郎の言っていたことばを実感できただけに、以後長く文学上の師として師事したことが納得される。佐藤の死後編まれた講談社版『佐藤春夫全集』第五巻の月報に寄せた文章も「佐藤先生」と題されていた。

井伏が初めて佐藤を訪ねたのは大正十五年（一九二六）九月、満二十八歳の時であった。それが思いがけず上首尾の結果をもたらしてその晩眠れないほど興奮したのは、それなりの素地があったと言ってよい。というのは、田中貢太郎に言われるまでもなく井伏は佐藤の文学に親しみ、深い親愛感を抱いていたと思われるからである。このことについて井伏が具体的に語ったという形跡は今のところない。しかし「新興芸術派叢書」の一冊となった最初の短編集『夜ふけと梅の花』（昭和五・四　新潮社）を見れば分かるように、井伏の初期における重要な主題である「くつたく」が佐藤の「憂鬱」に通じていることは今さら言うまでもないだろう。

井伏は意識的に「憂鬱」という語を避けながら、深い孤独感に陥り一向に晴れぬ心情について自分なりに物語っていた。同書に収録された、「朽助のゐる谷間」「山椒魚」「岬の風景」「夜ふけと梅の花」「屋根の上のサワン」の登場人物たちは繰り返し「くつたく」と言い、「鯉」の語り手をはじめ何人かは「深い嘆息」をもらす。見慣れない熟語が表題をなす「埋憂記」では「思ひぞ屈した」となり、「岬の風景」では「毎日憂鬱であつたのだ」という語句さえ見える。いささか文学史ふうに言うなら、井伏が自己を生かして「くつたく」と表現できたのは、「憂鬱」という語で心情を主題にしていた佐藤の文学的営為が自身の直前にあったからにほかならない。その意味で井伏は梶井基次郎などと並んで佐藤春夫の直系の子孫と言える。ところがこのことは最近でも案外見過ごされているようである。たとえば中島国彦『近代文学にみる感受性』（一九九四・一〇　筑摩書房）には井伏の名も作品もなく、菅野昭正『憂鬱の文学史』（二〇〇九・二　新潮社）には井伏の名のみあっても作品への言及が一切ない。

このような影響関係については井伏自身による貴重な証言があった。昭和四年（一九二九）六月に発表されて以来長らく単行本などに未収録だった「ＧＯＳＳＩＰ―佐藤春夫氏に就いて―」（『春陽堂月報』二十五）という文章である。そこでは鷹や鸚鵡にまつわる佐藤の日常を紹介した後につけ足された最後の部分が、次のように書かれていた。

其他犬に就ての挿話は初期の作品「病める薔薇」にも見受けられる。私はこの作品を好むものである。私がまだ中学生時代の少年であつたころ、私は兵式体操につかふ背嚢のなかにこの書物を入れておいた。駆足さゝれて苦しいとき、私は背中に「病める薔薇」があるといふ意識で自分を慰めた。けれど或るとき体操教師は兵器検査の際、この書物を見つけ出して私をひどく叱つた。「お前は小説を読んで居るらしい。校長に言ひつけるぞ。なるほど佐藤春夫は、私の家内のいふところによると、彼のごときはその学、和漢洋に通じて文体またすぐれてゐるさうだが、お前はまだ中学生だから読んではいけない。大きくなつてお前もこんなものが書けるやうになつてからなら、これを読んでもいゝ。」

この訓諭には論理の間違ひが二箇所もある。さて私は犬について、雲雀に就て等々、多くの事を書きたいと思ふものであるが、こゝではこれで止さう。

（『文士の風貌』一九九一・四　福武書店）

中学生だった井伏が早くも『病める薔薇』を愛読していたことが、このように明記されている。ところがこの話は少しでき過ぎのようである。「この訓諭には論理の間違ひが二箇所もある」と言って筆者はみずから面白がっているが、もっと大きな間違い否勘違いが、ここにはある。実は佐藤春夫の最初の創作集である『病める薔薇』の刊行は大正七年（一九一八）一一月であり、その時井伏は既に早稲田大学予科の学生だった。つまり井伏少年が福山中学校を卒業した大正六年（一九一七）三月には本書がまだ刊行されていなかったのだ。井伏が中学生のころ兵式体操で苦労したことは他の場所でも語られているので、この話の中心部はそれ以外の事実に基づく実感にあるとも言えるが、それではその時彼の背嚢に入っていた本は一体なんだったのかという余計な憶測を招きかねない話になったと言えなくもない。

そのような時期をめぐる勘違いについてはともかく、井伏が佐藤に直接会う以前から「病める薔薇　或は「田園の憂鬱」」といった作品に親しんでいたことは容易に想像できる。それゆえ実際に佐藤の面識を得て以来田中貢太郎のことばを実感するにおよび、井伏が次第にあるべき文士、文学者の姿を佐藤春夫に見いだしていったということになる。そのあたりからいよいよ本格的に井伏鱒二における佐藤春夫という歴史が始まると言えそうである。

二

小説ばかりでなく詩歌や批評にも多彩な才能を発揮した佐藤春夫であるが、井伏との文学的なつながりと言えば、主として『厄除け詩集』（昭和一二・五　野田書房）における一種独特な漢詩の翻訳と、佐藤の『支那歴朝名媛詩鈔車塵集』（昭和四・九　武蔵野書院）との近接に大方の注目が集まっているようである。寺田透も、「佐藤春夫の影響の顕著な『厄除け詩集』[2]」という言い方をしていた。が、ここはもう少し慎重になるべきであろう。今日では涌田祐による考証が詳しい。一般向きに分かりやすいのは大岡信の「こんこん出やれ——井伏鱒二の詩について[3]」である。そこでは佐藤だけでなく、日夏耿之介や会津八一の漢詩和訳の例を引きながら、「ハナニアラシノタトヘモアルゾ／「サヨナラ」ダケガ人生ダ」の詩句に代表される井伏特有の漢詩の翻訳翻案ぶりが丁寧に検討されている。またそこでは漢詩の和訳だけでなく、井伏の『田園記』（昭和九・五　作品社）に見える彼の父親の残した和綴じの帳面に注目しつつ、「なだれ」や「つくだ煮の小魚」などの詩の特色にも言及されていた。

大岡の文章では「強度の含羞の人」たる詩人井伏の姿が強調されるかたわら、訳詩においては彼の「鄙びた口ぶり」換言すれば「備前の酒徳利」のような「人懐こさ」が、佐藤の「哀切かつ艶麗な女性の抒情小曲」とはあざやかな相違を示していると結論づけられる。つまり『車塵集』は「支那歴朝名媛詩抄」と副題されていたとおり、四十八編の漢詩すべてが女性詩人の作であったことを想起するなら、両者の対照はより明らかになるだろう。

井伏が漢詩の翻訳を試みたという出来事は『田園記』によると昭和八年（一九三三）初秋のころであり、そこでは早くも十編の訳詩が掲げられていた。それは漢詩に堪能な文学青年だった父親の残した筆写本による感化が直接的だったと分かる。井伏流とでも名づくべき都々逸ふうの翻案手法は彼の父親に対する親愛感に通じる個性と呼んでよい。しかし少なくともその数年前に、敬愛する作家であった佐藤の『車塵集』の刊行が井伏に一種の刺激を与えたとは言えるであろう。

同じく漢詩の翻訳と言っても井伏と佐藤では似て非なる様相を示していたが、両者の関連を重視するなら広く詩作という視点で考える余地がある。印刷された井伏の最初の作品が「粗吟丘陵」（『音楽と蓄音機』大正一二・一）という詩であったというのも何やら示唆的であり、見のがすことができない。と言っても井伏と佐藤の詩を比較対照するなら、井伏の散文家ぶりが際立つ。量において井伏は佐藤と比ぶべくもないだけでなく、質において彼の詩は散文的かつ俳諧的な性格が濃い。一方短歌から出発した佐藤は天性の抒情詩人というおもむきを見せている。一例をあげるなら、初版『厄除け詩集』に所収の「つくだにの小魚」からは佐藤の「秋刀魚の歌」が連想される。前者の初出は大正十四年（一九二五）六月であり、後者は大正十年（一九二一）十一月である。両者の影響関係についてて言えることは乏しいものの、ともに詩語でも雅語でもない「小魚」「秋刀魚」を素材にしていることが明白である。さらにこれらの詩はともに散文的である。家の内外という違いはあれ、歌われているのは同じく市井の日常生活のひとこまである。しかし両者の違いはいかにも歴然としている。

「つくだにの小魚」の価値は意表を突く発想にあるだろうか。全部で十二行のうち最初の三行、「ある日　雨の晴れまに／竹の皮に包んだつくだ煮が／水たまりにこぼれ落ちた」が、次の六行「つくだ煮の小魚達は／その一ぴき一ぴきを見てみれば／目を大きく見開いて／環になつて互にからみあつてゐる／鰭も尻尾も折れてゐない／顎の呼吸するところには　色つやさへある」を経て、最後の三行「そして　水たまりの底に放たれたが／あめ色の小魚達は／互に生きて返らなんだ」につながる。単純な構成と日常性から飛躍した詩想が明らかである。わずかに十二行の短い詩でありながら、庶民の生活における卑近な材料を用いて軽妙洒脱な味わいが巧みに引き出されている。この妙味はその色つやを媒介にしてつくだ煮の小魚を生きた魚に見立てるという、一見人を喰った発想に基づいており、それはまた、なだれの上に安閑たる様子の熊が乗っているとする八行の短詩「なだれ」の発想にも重なる。そうした奇想は漢詩翻案の飄逸味にも通じた井伏独自のものであり、両編はともに一読目に見えるがごとき絵画ふうの小品と言うべき詩になっていることが特徴的である。

佐藤の有名な「秋刀魚の歌」には、井伏のような非日常的な発想は見られない。これはまず「あはれ／秋風よ／情《こころ》あらば伝へてよ」と始まり、「——男ありて／今日の夕餉に　ひとり／さんまを食ひて／思ひにふける　と。」と続くように、嘆声の伴った主情的な詩句の連続を第一の特徴とする。当時夫の心が離れた谷崎潤一郎夫人の千代とその娘との食事風景に取材した情景が詠み込まれている。詩全体からはさながら小説のひとこまのような場面が浮かぶとは言え、抒情に支えられた詩句の豊富なことは今さら言うまでもない。あえて二編の詩の共通点を言うなら、両者はすぐれて絵画的ということに尽きる。これは両者ともに若いころ画家を志したことがあるという資質に根ざしているだろう。しかしそれを除くと二編の詩はいかにも隔たりが目立つ。なにより「さんま、さんま／さんま苦いか塩つぱいか。」という音楽的な律動感の有無が両者を決定的に分けている。佐藤に比べて井伏の詩を散文的と言うゆえんである。

このように一口に詩とは言っても、漢詩和訳であれ口語自由詩および文語詩であれ、井伏と佐藤との詩風の違いは歴然たるものがある。しかし井伏にとって若くして佐藤春夫という詩人にして小説家という文学者に出会った事実は意味深い出来事であったと推測される。これが佐藤ではなく、徳田秋声や永井荷風や志賀直哉であったならどうだったろうか。果して詩人井伏鱒二と言われるような創作家が生まれていたか。いささか疑問なしとしない。

さらに言えば佐藤が若くして発表した「西班牙犬の家」（『星座』大正六・一）はたくまずして童心に通じた作品であり、大正十四年には『童話ピノチオ』を、翌年には『蝗の大旅行』を刊行する。井伏が昭和四年に発表した「山椒魚」が初め「童話」という副題を持っていたのは象徴的であり、「屋根の上のサワン」も同年の発表であった。つまりこの方面でも井伏の創作心は佐藤のそれと共鳴したのであり、広く詩情や童心に根ざした作品を生み出す結果となる。井伏はさらに戦時下の昭和十六年（一九四一）以降ロフティングの「ドリトル先生」シリーズの翻訳を進め、戦後はのちに岩波少年文庫に入る『シビレ池のかも』（昭和二三・一二 小山書店）を書いて、児童文学の方面にも創作活動の幅を広げてゆく。

三

このように井伏は佐藤から啓発されながら自身の作家活動を豊かにして行ったことが分かる。そこに見られる特徴は常にみずからの資質を活かすべく賢明なる選択眼を働かせていたと言えるだろう。たとえばそれは批評という分野について明瞭に見ることができる。というのも井伏は好んで随筆を多く書きながら、文芸批評のたぐいに筆を染めなかったという事実があるからだ。これは詩や小説だけでなく文芸時評をも得意とした佐藤とは大きな違いである。井伏の批評眼は当代の文学作品に向かわず、向かうべき分野の選択という方面にとどまったということになる。

それゆえ井伏と佐藤とを並べてみると、両者の創作上での影響関係とは違った側面に気づかされる。すなわち井伏は佐藤春夫という一人の文学者の存在に注目し、みずからの指標としていた節が見られる。ただしここでも井伏の批評眼は賢明にはたらいている。井伏は文学者という人物のあり方について佐藤に多く倣いながらも、自身を見失わず自分にふさわしいあるべき文学者像を追究していたことが分かる。両者の文学者のあり方としては大きく分けて、ふたつの共通点があげられる。ひとつはともに思想的に左傾しなかったことであり、もうひとつはともに生粋の文壇人だったことである。

左傾しなかったことについて井伏は何度か回想している。井伏が文壇に出ようとした大正の終わりから昭和の初めにかけては丁度プロレタリア文学の勃興期に際会しながら、安易に同調せずひとり孤塁を守った。そのことについて、「私は左傾することなしに作家としての道をつけたいと思つてゐた」（「雞肋集」）と述べ、「私が左翼的な作品を書かなかつたのは、時流に対して不貞腐れてゐたためではない。無器用なくせに気無精だから、イデオロギーのある作品は書かうにも書けるはずがなかつたのだ。生活上の斬新なイズムを創作上のイズムに取入れるには大きく人間的にも脱皮しなくてはならぬ。勇猛精進なくしては出来得ない。第一、私は「資本論」も読んでゐなかつた。未だに読んでゐない」（「半生記」）という言い方にとどまり、詳しく語ろうとはしない。

井伏のこのような自覚についてては文学史家による検証がある。井伏がプロレタリア文学に近いところにいただけでなくプロレタリア文学的な材料を取り上げた作品も少なくないと指摘したのは磯貝英夫である。それでも井伏が左傾しなかったのは、「一口に言えば、知識人と庶民との間の断絶について、明確な意識を持っていたからだと要約してもいいかと思います。それが、庶民のことばと知識人のことばの断層を明確にうきあがらせる、かれの言語使用に典型的にあらわれていますね。庶民――生活者の上に足をおく以上、かれは、あまりにも観念的な知識人の運動についてゆくわけにはゆかなかっただろうと思います(4)」というわけである。この説明はすぐれて文学的な分析であり、左傾するかしないかということを純粋に創作上の問題として考えるなら十分に説得力のある見解であろう。しかしこれを文学者の身の処し方として見るならどうだろうか、すなわち井伏の敬慕した佐藤春夫も左傾しなかったということがある。

佐藤は新宮中学卒業後に上京して間もなく大逆事件に遭遇し、それに触発されて傾向詩と呼ばれる体制批判的な詩を書きながら、以後はそういう詩を書かなくなる。また無政府主義者として有名だった大杉栄とこだわりなく交際していたことも知られている。しかし佐藤がみずから強く芸術家を任じつつ無政府主義にも社会主義にもくみしなかったことは、文学者としての彼の態度を特徴づけている。井伏にとって身近にいた畏敬すべき文学者のそのような態度や姿勢が目に入らなかったはずはない。しかし同じく左傾しないと言っても井伏と佐藤とでは大きな隔りがある。井伏は佐藤のごとく高踏的に構えて芸術家意識を前面に押し出すことはしない。それは「含羞の人」たる井伏のよくしないところである。井伏に文学者としての芸術家意識が全然なかったとは言えない。と同時に、もと庶民階級のものであるべきプロレタリア文学に地主階級出身でなおかつ文学者を自覚する井伏が完全に同調できなかったのも当然であろう。佐藤の父は代を重ねた医家でありながら文学志望の息子に寛大であった。井伏の場合も早逝した父は文学青年であったし、父親代わりの兄は弟に文学への道を勧めさえしたのであった。その内容に若干の違いはあれど、井伏にも佐藤における芸術家意識に通じる文学者としての自覚があったというのは十分考えられることであろう。

ここで特につけ加えなければならないことがある。それは井伏が左傾しなかったと同時に右傾もしなかったということである。この点戦時下において『日本頌歌』（昭和一七・六　桜井書店）や『詩集　大東亜戦争』（昭和一八・二　龍吟社）を刊行して時流に乗った観のある佐藤とは明確な相違を見せていた。佐藤の芸術家意識が彼に特有の国士の認識に通じていたのに対し、井伏の文学者としての自覚は土着の庶民層につながっていた。井伏の戦時下における姿勢は昭和十七年（一九四二）に発表した小説「花の町」によく現れている。これは井伏が徴用された報道班員としてシンガポールに滞在した時の作品であり、「「花の町」は戦地で執筆されたにもかかわらず、井伏鱒二の戦争に対するみごとな不在証明になりえている[5]」と言われる一方、「占領地の平和と占領民の同化ぶりをこれほどみごとに描写した「花の町」は、軍部当局の期待に最も応えた従軍小説だったのである[6]」という評言がある。つまり井伏は佐藤のように国粋主義や民族意識を燃やして熱くなるのではなく、多くの一般大衆がそうであったように時局に逆らうことなく、ある程度同調しながら身を処したことが分かる。国士ならぬ井伏はあくまでも庶民感覚を保持する賢明な生活者としての姿勢を示したのである。

もうひとつの文学者としてのあり方は生粋の文壇人という特徴である。井伏も佐藤も先輩の作家に師事する形をとり、ともに同人雑誌に初期の作品を発表していたということで一致する。文壇的な交友関係が多彩だったという点でも両者は似ている。

佐藤の文壇的な交友関係については既に言うまでもないところである。「門弟三千人」は冗談としても、佐藤はまだ文壇的な地位の確立する以前の二十代前半において、迷惑をかこちながらも不良青年と言われる荒川義英を食客として家に置いたりした。その後大正十三年（一九二四）末には富ノ澤麟太郎の才質を愛して病弱な彼を新宮の実家に預けたことがある。井伏が初めて佐藤を訪問した大正十五年ころには、前記の富沢有為男だけでなく稲垣足穂や石野重道という文学青年たちの出入りを許していた。晩年になると誕生日を祝うべく「春の日の会」という集まりがにぎやかに催されていた。

そうした文壇的な関係が典型的な形をとった点で興味深いのは、初め井伏に師事していた太宰治が彼の紹介を通じて佐藤にも面識を得たということである。太宰が芥川賞の受賞に執着して選考委員のひとりだった佐藤を煩わした際、井伏が間に入って種々面倒を見たというのは有名な話である。

そのような太宰がまだ無名だった井伏に師の礼をとったのも余りに有名なので今さらここで云々するまでもない。井伏の方では単に来るもの拒まずというのではなく、積極的に文学志望の若い世代に対していた。主な作家に限っても中村地平、小沼丹、藤原審爾、三浦哲郎などがそれぞれに井伏の弟子を任じている。また将棋を好んだ井伏は阿佐ヶ谷将棋会から阿佐ヶ谷会へと四十年を超す作家仲間との交友をはじめ、馬場孤蝶を中心とする泊鷗会や徳田秋声を中心とする秋声会といった集まりにも参加して文壇的なつきあいをいとわなかった。つまり井伏は佐藤と同じく生粋の文壇人として終始したのであり、既成作家に敵対するごとき破滅型の無頼派作家であった太宰と異なり、文壇においてその文学的生涯をまっとうし、みずからの文学世界を成熟させることに見事に成功したのである。

注

（1）大久保典夫「井伏鱒二の史的位置」（『現代国語研究シリーズ11「井伏鱒二」』昭和五六・五　尚学図書）
（2）寺田透「井伏鱒二」（『日本近代文学大事典』第一巻　昭和五二・一一　講談社）
（3）大岡信「こんこん出やれ――井伏鱒二の詩について」（『厄除け詩集』一九九四・四　講談社文芸文庫）
（4）磯貝英夫『シンポジウム日本文学――政治と文学』（昭和五一・四　学生社）
（5）東郷克美「戦争下の井伏鱒二――流離と抵抗――」（『国文学ノート』第十二号　昭和四八・三）
（6）都築久義「『花の町』」（『国文学　解釈と鑑賞』昭和六〇・四）

「西班牙犬の家」から「檸檬」へ

「西班牙犬の家」（『星座』大正六・一）は、「この作を私の処女作と言ひたい」と言って佐藤春夫が愛着を隠さない作品である。このことばのある「思ひ出と感謝と」（『新潮』大正一三・四）の文中ではさらに、「あんなに無邪気に自分でうつとりと楽しみながら筆をとれるといふやうなことは、何かのはずみで生涯に十ぺんとはないかも知れない。作の値打ではない、その気持を私は忘れ得ずに愛してゐるのである」とある。いかにも印象深い回想に恵まれた作品であるが、これを筆頭に置く佐藤の第一短編集『病める薔薇』（大正七・一一天佑社）には、谷崎潤一郎が序文を寄せていた。

谷崎はまず佐藤の初期作品について「いづれも同君の豊富なる空想と鋭敏なる感覚との産物ならざるはない」と称揚したのち、当代文学の批評におよぶ。すなわち、「今日の文壇の或る一部――否、大部分には、空想を描いた物語を一概に「拵へ物」として排斥する傾向がある。しかし、古往今来の詩人文学者にして、嘗て空想を駆使しなかつた者があるだらうか。たとへ自然派の作家であつても、空想力に乏しくして果して真実を表現することが出来るだらうか」云々と言う。谷崎の主張はまだ続くが、短編集の劈頭を飾る「西班牙犬の家」はこのような「空想」の重要性を強調する序文にふさわしい作品だろう。また短編集『病める薔薇』はその意味で新しい文学世界を開拓したわけであり、なかでも「夢見心地になることの好きな人々の為めの短篇」という副題を持っていた「西班牙犬の家」は小さいながら文学史上重要な作品と言える。

というのは「西班牙犬の家」は、佐藤春夫の次世代となる梶井基次郎の「檸檬」（『青空』大正一四・一）へ続く道を拓いているごとく見えるからである。佐藤は志賀直哉と並んで梶井に影響を与えた有力な作家でありながら、梶井自身による明確な言及がなく、佐藤作品との影響関係は主に「田園の憂鬱」との関連で言われてきたに過ぎない。勿論それは研究史の上で当然のなりゆきだったとも言えるが、これまで見のがされてきた「西班牙犬の家」から「檸檬」を見るなら、両者の意外な近接の態様がより鮮明になる。

まずは作品の骨格と言うべきあらすじの似ていることがあげられる。すなわち大まかな筋立てを見ると、一人称の主人公があちこち歩きまわった末に一軒の建物に入ってから出て行く、という単にそれだけの筋として両者は共通である。ともに登場人物は「私」（「西班牙犬の家」では「おれ」とも言う）ひとりであり、主人公が語り手を兼ねている。物語の背景をなす場所としては山野と市街、また林のなかの一軒家と京都市内の果物店や丸善という違いがあるものの、それぞれ「二時間近くも歩いた」り「長い間街を歩いてゐた」あとで、ある建物に入って出て行くという主人公の行動は基本的に重なる。

また「西班牙犬の家」の「私」が家に入る前に「打見たところ、この家には」と言いつつ外から眺めてあれこれ吟味した様子を子細に述べるのは、「檸檬」の「私」が丸善に行き着くまえに果物店の前で足をとめ様々に外観の眺めを紹介するのに照応する。両者においては未知の家と既知の店という違いがあるにせよ、「おや待てよ、これは勿論空家ではない」と言う一方、他方では「おや、あそこの店は帽子の廂をやけに下げてゐるぞ」という親愛感をにじませた似かよった言いまわしのあることが分かる。さらに前者で「私」が家に入ると「変な気持になつた」とあるのに対して、「檸檬」の「私」は丸善に入ったのち「変にくすぐつたい気持ちがした」となり、ここでも両者の一脈通じたような表現に気づくことになる。

そこで次に言うべきは主人公の発想法である。かつて磯貝英夫は[1]「檸檬」の特徴のひとつとして「問いかけ文体」という指摘をしたが、これは「文体」というより発想法であり、自問自答の発想法と名づけることができる。そしてこれは「西班牙犬の家」にも当てはまる。たとえばフラテという名の犬を連れた「私」は犬に話しかけないで、「それにしても多少の不思議である、こんなところに唯一つ人の住家があらうとは」と考えるのに対し、「檸檬」の「私」は「それにしても心といふ奴は何といふ不可思議な奴だらう」と思う。片や「この家へ這入つて見よう」と言い、片や「今日は一つ入つて見てやらう」というのも同様であり、「私は帰らうと思つた」と「出て行かうかなあ。さうだ出て行かう」という言い方も同じく自問自答の発想法と言ってよい。

とにかくふたりの「私」はいずれも単独で行動するだけに、ともに話の展開が自問自答しつつ内面を語ってゆくという形となるのは当然というだけでなく、両者は発想の内容も似ているのである。たとえば「西班牙犬の家」で「私」は「遠くどこの町とも知れない町」を高台より見晴らすのに対し、「檸檬」の「私」は「京都ではなくて京都から何百里も離れた仙台とか長崎とか――そのやうな市《まち》」を思い描く。行為と想念との違いはあれど、空間の発想内容が類似していると言えるだろう。

しかし最も重要な発想の共通点は、空想や想像を楽しむふたりの「私」における心のはたらきである。「西班牙犬の家」の「私」が「空想に耽つて歩く」のに対し、「檸檬」の「私」が「錯覚を起さうと努める」「想像の絵具を塗りつけてゆく」という語句の違いがあるものの、ともに外界に向かって次々と思いを巡らしてゆくということが展開の軸になっていることが分かる。

すなわち「西班牙犬の家」では、「「おれは今、隠者か、でなければ魔法使の家を訪問して居るのだぞ」と自分自身に戯れて見た」や、「……待てよおれは、リップ・ヴァン・ヰンクルではないか知ら」という言い方がある。このような見立ては「檸檬」における「思ひあがつた諧謔心」という自覚に通じるだけではない。もはや言うまでもないが、「丸善の棚へ黄金色に輝く恐ろしい爆弾を仕掛て来た奇怪な悪漢が私で」という発想にまっすぐつながっているのである。

もとはと言えば、一見柔和に見えた「真黒な西班牙犬」が「五十恰好の眼鏡をかけた黒服の中老人」に変身していたというのが佐藤作品の結末であった。そこから「レモンヱロウの絵具をチユーブから搾り出して固めたやうなあの単純な色」の檸檬が「黄金色に輝く恐ろしい爆弾」へ転換するという連想はいかにもなじみやすい想像力のはたらきであろう。この「私」が続けて、「もう十分後にはあの丸善が美術の棚を中心として大爆発をするのだつたらどんなに面白いだらう」という「想像を熱心に追求した」というのは、「夢見心地になることの好きな人々」という資格に十分当てはまると言ってよい。「西班牙犬の家」の持つ非日常的な場面が実は「檸檬」の起爆剤になっていたとひそかに考えるゆえんである。

そのほかにも両者の共通点はある。ふたりの「私」が鋭い美意識の持ち主であるのは言うまでもないが、場面の共通性ということでは、「西班牙犬の家」の家の机の上に、「絵の本か、建築のかそれとも地図と言ひたい様子の大冊な本ばかり」積み上げられてあったことが、「檸檬」の「私」が「画《ゑ》本の棚の前へ行つて見た」のち画集を何冊も抜き出して積み上げるという場面に符合する。これ以上細かいことを省略すると、もうひとつ大事なことは表題についてである。というのは梶井の「檸檬」という漢字表記へのこだわりは、そもそも佐藤による「西班牙」の語に由来するのではないかと言えるからである。画数の多さと言えば佐藤の好きな薔薇という語もこの作品には見える。ともに欧文の発音を持つ語のかたかな表記を避けて、一般には見慣れない漢字を選んでいるのが基本的な共通点になっている。

類似点ばかりでなく、相違点も勿論ある。その最大のものは文体であろう。「西班牙犬の家」は佐藤に特有のしゃべるように書く文体であるのに対して、「檸檬」は志賀直哉ばりの客観的な文体であることが著しい。たとえば「西班牙犬の家」における、「見えるではないか」「知れないではないか」という文末表現が「檸檬」にはなく、「檸檬」における「享楽だつたのだ」「見えるのだつた」「来たのだつた」という詠嘆的な文末表現が「西班牙犬の家」には見られない。梶井と志賀との文末表現の類似については既に鈴木二三雄[2]の考察があるのでこれ以上深入りしないが、ここでは梶井が創作の内面的な方法において佐藤から学び、外面的な表現上の技法を志賀から摂取したと概括できるだろう。

そこからさらに梶井における佐藤の影響ということが再び見やすくなる。というのも両者において残された大きな相違点と言うべき主題が、実は決して遠くないと分かるからである。すなわち「西班牙犬の家」の主題は副題にあった「夢見心地」に要約できるのに対し、「檸檬」のそれは冒頭の「えたいの知れない不吉な塊」という語句に暗示される憂鬱な心情と言える。これらは一見いかにも対照的でありながら、つき詰めれば同じく心情という概念に集約できる。つまり梶井は「西班牙犬の家」の主題を裏返して、みずからの心情を「檸檬」の主題にしたのである。憂鬱という主題はもともと佐藤の他の作品にあったわけであるが、梶井による「檸檬」の新しさは作者ならぬ主人公の「私」が錯覚や想像を意識的に追究するところにあり、それは「西班牙犬の家」の方法を一歩進めたものであった。

このように考えてくると文学史の一面も見えてくる。ごく大まかに言うなら、自然主義の作家たちが主として人生いかに生きるべきかを追ったのに続いて、耽美や官能の方面に文学的な価値を見出した永井荷風や谷崎潤一郎が現れたあと、佐藤春夫はみずからの心情を主題にしつつ空想を方法とすることで新しい分野を開拓したという見取り図が描ける。「西班牙犬の家」はそういう佐藤の個性をいちはやく示した作品であり、梶井はその成果を自分なりに消化吸収して「檸檬」という作品を結実させたと言える。そのように「西班牙犬の家」から「檸檬」を見ると、佐藤春夫が梶井基次郎の直系の祖先だったことが明らかになるだろう。

注

（1）『文学論と文体論』（昭和五五・一一　明治書院）
（2）『梶井基次郎論』（一九八五・七　有精堂出版）
＊本稿における「西班牙犬の家」の引用は講談社版『佐藤春夫全集』第六巻（昭和四二・九）により、「檸檬」の引用は『檸檬』（昭和六・五　武蔵野書院）による。

Ⅲ

「注文の多い料理店」と虎狩り

一

宮澤賢治の「注文の多い料理店」が、彼の多くの短編のなかでも屈指の傑作であることは言うまでもないであろう。それが主として奇抜な趣向と鋭い風刺によることももはや定説となっている。今さら説明する必要もなかろうが、そういう趣向と風刺とは客であるふたりの紳士が店主の山猫にあやうく食べられそうになるという意想外の展開によるところが大きい。より具体的に言えば、「注文の多い」という題名の逆説性やふたりが廊下の扉を次々にあけて行くという進行の形態、さらには恐怖でくしゃくしゃになった紳士の顔が決して元どおりにならなかったという童話らしくない結末などがあげられる。

こうした独自の達成が果して何に由来するのかというのは当然誰しも考えるところであろう。勿論大きくは作者である賢治の独創的な発想によるわけであるが、ここで問題とするのはそうした創作と現実とのつながりである。既に賢治自身が広告文で、「糧に乏しい村のこどもらが都会文明と放恣な階級とに対する止むに止まれない反感です」と述べているのであるから、創作の意図や動機はある程度知られる。しかし創作の上でのより現実的な背景やきっかけについては、これまで長く報告されることがなかった。最近になってようやく作品の時代背景に眼が向けられるようになり、狩猟と成金という二種の具体的な事項が浮上してきたのは大きな成果であろう(1)。ここでは、その両者に重なるものとしてひとつの出来事に注目して報告しようとするものである。

それは大正六年(一九一七)に山本唯三郎によって行われた朝鮮での虎狩りである。これはかなり大がかりなもので、当時の新聞や雑誌にも取りあげられること多く、広く世間の話題にのぼったことが分かる。いわば成金によってなされた狩猟の代表例であった。

山本は士族の三男として明治六年(一八七三)に岡山県に生まれた。貧困のうちに育ち、大阪に出て日給十五銭の印刷工になったりするが、十七歳の時に発奮して英語塾に学んでからは同志社や札幌農学校に進み、北海道で牧場経営をしたのち第一次大戦前には中国の石炭を扱う松昌洋行という貿易会社の社主に昇りつめていた。大戦勃発に際しては海運事業に乗り出し、一躍莫大な利益を手にする。内田信也・山下亀三郎・勝田銀次郎とならぶ船成金となってからは京都の祇園や東京の新橋・柳橋での大尽遊びによって世間を驚かし、京都に落とした金だけでも百八十万円は下らないと豪語する様はまさしく典型的な大正成金であった(2)。

山本が朝鮮での虎狩りを企てた年の正月には、『読売新聞』に彼のいかにも成金的な生活ぶりを紹介した記事が見られる。三面の第一段と第二段を抜いて、「新春は黄金の中に/山本唯三郎氏の成金観――成功の三秘訣/過去の苦心と将来の意気込み」という三行にわたる見出しがまず目をひく。本文は「成金の新年、大正六年の正月に此のクラスの消息は逸することは出来ない」と始めて、池上本門寺に程近い新しい邸宅での正月風景と山本の得意満面の様子が報告される。ここでは山本が前年に岡山の補欠選挙に出て失敗したにもかかわらず政治に対する野心のあることに触れているが、この年の秋に行うことになる虎狩りについてはまだ何の予告もない。その代わり満谷国四郎描くところの「セントヘレナ島のナポレオン一世」像が応接間に掲げてあったというのは皮肉である。というのも山本は他の多くの成金と同様、大戦による一時的な好景気が終わるやたちまち巨額の負債を負って没落したからである。

賢治が山本やその虎狩りについてどの程度知っていたかについては定かではない。しかし当時広く世間を騒がせたこの事件をまったく知らなかったはずはない。賢治がどこまで知り得たかについては後述するとして、以下山本の虎狩りの様子を追ってみよう。

二

山本の企画した朝鮮での虎狩りは、大正六年十一月から翌月にかけて実行された。これは世間の耳目を驚かすに足る突飛な企てであり、また山本自身が前もって公言していたため、東京駅頭での出発の光景が写真入りで新聞各社の記事となっている。

一行は山本をはじめとする松昌洋行の社員だけでなく、新聞・雑誌の記者も同行し、朝鮮で雇った砲手や勢子などを加えると最終的に総勢百五十人にも及んだ。行程は十一月十日に東京をたち、下関から釜山を経て十三日に京城に着き、そこから咸鏡道の山岳地帯や金剛山に入って虎狩りを試みたのち十二月四日再び京城にもどり、釜山・下関・博多経由で同月十日に東京駅に帰るというものであった。

獲物は虎二頭、豹一頭、水虎（虎と豹の混血）一頭、豻（ぬくて、狼の一種）一頭、岳羊（ヤギの一種）四頭、猪二頭、熊一頭、獐（のろ、鹿の一種）二十余頭などと数えられ、貨車一両を借り切って運んだ。人数が多かっただけに一見すると大した収穫に見える。しかし虎狩りと言っても実際に虎を見つけることは困難であり、結果的に野生動物や鳥を手当たり次第撃ち取ったという観がある。

この行程には在京の国民新聞・時事新報・中央新聞・万朝報・中外商業新報をはじめ、大阪新報や京城日報などの地方紙や雑誌社からの参加があり、「社にして二十社人にして十九人終始を共にす」という盛況であった。特に記者を派遣した国民新聞・時事新報・中央新聞は紙面で好意的に扱っており、現地での動静を逐一くわしく報道している。また東京日日新聞もかなり詳細な記事を載せているものの、東京朝日新聞・読売新聞・報知新聞・都新聞はおおむね冷淡な扱いであり、成金として知られた山本の行動については世間で賛否両様の受けとめ方のあったことが分かる。

しかし当然ながら、当の山本唯三郎本人は大まじめであった。当時冨山房が発行していた雑誌『学生』の翌年一月号には、山本自身による「朝鮮の猛虎狩り」という文章が載っている。そこでは冒頭まず、「鶏林八道の山河に於ける猛虎狩！　其壮絶快絶なる実況を陳るに先立ち、私に何故此壮挙を敢行したかを一言せしめよ」と言ったのち、次のように述べている。

世間では山本が徒に米のルーズベルトを真似たい為めだと評してるかも知らぬが、私の精神は元よりそんな薄つぺらな考からではなく、只だ、文明の余沢が近来著く我が小国民を惰弱の淵に誘ひつゝある趨勢を慨するの極、事此処に至つたので、全然遊戯的道楽的でないことだけは予め承知して読んで欲しい。

（『学生』大正七・一）

これは現に「文明の余沢」を最も豊かに享受している成金らしい発想ではないだろうか。そして山本自身そこにまったく気がついていないことが、いかにも成金の特徴をよく示している。また既に「注文の多い料理店」を読んでいる者にとっては、「文明の余沢」が堕落させようとしているものが、「小国民」すなわち子どもだとしている点におのずから注目されるであろう。

さらに山本はみずからの虎狩り隊を軍隊になぞらえて「征虎軍」と呼んでもいる。つまり「精神的小国民の惰気を破ると共に私等自身も亦之に依つて心胆を錬磨すべき覚悟から、総て軍隊組織に征虎軍を編成する事となり」として八班に分けた部隊の全容をそれぞれくわしく説明したのち、「私等は東京、大阪、神戸、中国、九州等十六新聞社から参加された従軍記者団の一行と共に、昨冬霜月十日の朝勇ましく帝京を出発した」と言う。軍隊の総司令官気どりの山本は同行する新聞記者たちを「従軍記者団」と呼ぶだけでなく、万朝報の山岡超舟に軍歌を作らせて「道は六百八十里」の節で歌ったことをいささかも恥じることなく得意然として報告している。そこから「注文の多い料理店」では初めに、「二人の若い紳士が、すつかりイギリスの兵隊のかたちをして、ぴか〳〵する鉄砲をかついで」云々となっていたことが想起されるであろう。

朝鮮での虎狩りが多くの新聞に報じられて人々の話題になっただけでは十分に満足できなかったためか、東京にもどった山本はもうひとつ人騒がせなことをする。それは虎肉の試食会という世にも珍奇な宴会である。前述の山本の文章ではこの件について触れていないが、半年後に出した『征虎記』[3]という記念のアルバムには宴会で挨拶する山本の姿を示した写真が巻頭に掲げられ、最終ページには献立や余興の記事が載っている。『征虎記』と題されたアルバムは大きな版型ではないものの、大正期前半の当時としてはかなり凝った造りの贅沢なしわざである。これは宴会の出席者に後で配布したものと推測されるが、ここには虎狩りを単なる一時的な出来事や話題として終わらせたくないという、山本の並々ならぬ深慮や意欲が感じられる。

三

『征虎記』によると、山本は帰国に先立ち、京城の朝鮮ホテルにおいても当地の「貴紳百二十余名」を招いて獲物の試食会を開いていたことが分かる。そこでは「饗を援くるに素囃子あり、舞踊あり又た三曲あり。虎と豹とを飾る」とあるが、東京での宴会の方がより大がかりで広く話題を提供する結果となる。

十二月二十日に帝国ホテルで開かれた宴会には二百余名の招待客が集められた。そこでは、虎、雁、岳羊、猪の料理が供されただけでなく、芸者衆による虎狩り踊りや山姥の曲舞、およびローシー歌劇団による喜歌劇などの余興がにぎやかに催されてもいた。こういう大がかりで物好きな催し自体いかにも成金らしいが、それ以上に山本個人の性格や意向によるところが大きいと言うべきであろう。というのも会に出席した顔ぶれがそれを如実に物語っているからである。

『征虎記』表紙

新聞記事で「朝野の名士」と報じられている人々の全貌を尽くすことは不可能であるが、『征虎記』などを参照すると主要な人物の名が分かる。ちなみに部屋の中央で山本と同じ食卓についていたのは、清浦圭吾枢密院副議長・末松謙澄枢密顧問官兼内務相・田健次郎逓信相・仲小路廉農商務相・神尾光臣陸軍大将・実業家の大倉鶴彦（喜八郎）・章宗祥中国公使の七人である。このうち著名な政治家である清浦と末松は子爵であり、田は男爵、有島武郎の岳父であった神尾と大倉も同じく男爵であった。仲小路と章中国公使を除い

『征虎記』巻頭写真

た五人に爵位があったというわけである。山本と卓を別にしたところには、小松原英太郎枢密顧問官・河野広中前農商務相・野田卯太郎代議士・実業家の渋沢栄一などがいた。これらのなかで山本と同じ実業界からは大倉と渋沢がいる。ふたりはともに会場である帝国ホテルの設立に参画した経済界の大物であり、実業界での功労によって男爵（渋沢はのち子爵）を授けられていた。

このような顔ぶれによって分かることは、船成金として成功した山本が今度はみずから機会を作って華族に代表される上層階級に近づこうとしたことである。山本は虎狩りに同行した新聞記者や同じ会社の社員たちと会食するだけでは満足できなかった。爵位を得て華族の仲間入りしていた大倉や渋沢は羨むべき成功者であり、山本にとっては目標とすべき先行者であった。金銭欲を満たした山本において今度は名誉欲が発動したと言えるであろう。

ここからまた「注文の多い料理店」の紳士たちの言動が浮上する。ふたりの「紳士」は外観の立派な西洋料理店とその格式にとらわれるとともに、繰り返し偉い人々のいることを予想していた。すなわち、「作法の厳しい家だ。きつとよほど偉い人たちが、たびたび来るんだ」「いや、よほど偉いひとが始終来てゐるんだ」「たしかによつぽどえらいひとなんだ。奥に来てゐるのは」と重ねた果てに、「どうも奥には、よほどえらいひとがきてゐる。こんなとこで、案外ぼくらは、貴族とちかづきになるかも知れないよ」と言うに至る。「紳士」たちにとって偉い人とは「貴族」だったわけであり、「貴族とちかづきになる」ことに喜びを見いだすという世俗性では山本と変わらない。

また登場人物とともに注目すべきは物語の舞台であり、それは看板にあった「西洋料理店」である。そこから明治二十三年（一八九〇）に創業した帝国ホテルがこの当時まだライトの設計による増改築の前だったにしても、ルネサンス式煉瓦造り三階建ての本格的な西洋館だったことの意味は大きい。ここはまた精養軒などとは違った意味で、日本における西洋料理の本家本元であった。このように山本の主催した虎肉の試食会は「注文の多い料理店」に通じるところが見られるが、両者をつなぐ接点があるかたちをとって存在していた。それは紙上に書かれた記事である。

この試食会について報道しているのは東京日日新聞・中外商業新報・中央新聞であり、報知新聞は小さなコラムでからかい気味に扱っている。中央新聞では他紙では分かりにくい肝腎なところに触れている。そこでは二段抜きで、「七十五日生延びさせた／虎肉の味◇盛んなりし試食会／虎狩の秘訣は沈着と健康」と三行の見出しを立てて、次のように書いていた。

奇抜で、壮快で、而して来会者の凡てに対して一種云ふべからざる猛烈な印象を与へたのは、二十日の夜帝国ホテルで開かれた山本唯三郎氏の征虎軍凱旋披露＝虎肉試食会である《ママ》朝野官民殆ど現時の華やかな社会を代表する勢の好い三百余名の来会者は美事に飾られた食堂に行く前に、まづ廊下に造らへられた虎狩の気分に驚かされた《ママ》鬱蒼たる竹藪の間に生けるが如き豹や猪の剝製の置物、之は皆征虎軍一行の銃の下に斃れたのである。血は目から湧き肉は独りで動く。

（『中央新聞』〔朝刊〕大正六・一二・二二）

これによると招待客は玄関からすぐに食堂に行かなかったことが分かる。客のために特に仕組まれた「廊下」を通らなければ食堂に行き着けないのである。この「廊下」の存在が何より重要であろう。言うまでもないが、「注文の多い料理店」は「廊下」こそ舞台であり、次々と現れる扉をあけなければ進めないという巧みな構成は長い「廊下」の存在に大きくかかっていた。

ここまで来ると、そもそも山本の虎狩りの舞台が東京からはるかに離れた植民地の朝鮮であったことの意味があらためて浮かんでくる。「注文の多い料理店」では、「だいぶ山奥」「だいぶの山奥」「案内してきた専門の鉄砲打ちも、ちよつとまごついて、どこかへ行つてしまつたくらゐの山奥でした」と、最初に「山奥」であることが強調されていた。人里離れた「山奥」であればあるほど不思議なことが起こるには好都合であるが、いかにも漠然として曖昧な「山奥」の想定には朝鮮という現実の地理感覚が作者に強く作用したのではないかと想像される。

このように山本のおこなった虎狩りと試食会の事実は、一面で「注文の多い料理店」とのつながりを顕著に見せている。それでは賢治がこの出来事をどの程度知っていたかということが次の問題になる。それは地方在住者であった賢治の接しえた情報手段がどのようなものであったかという問題に絡んでくる。

四

大正六年当時、宮澤賢治は盛岡高等農林学校の三年生であった。岩手県にいては東京の新聞を読まないというのが常識であろう。と言っても賢治がこの件について知る手段はいくつかあった。というのも山本唯三郎の話題は岩手県にもとどくほどのお騒がせの事件だったからである。

まず地元紙の岩手日報には山本が虎狩りから帰ってきたという記事が出ていた。同紙の十二月十三日付の三面には、「獲物を前にして大得意」という見出しに「虎狩りから帰つた山本氏一行」という副題の付いた写真入りの短い記事がある。そこでは在京各紙でおなじみの、東京駅前広場に獲物を広げて得意然とした山本の写真が掲げられており、その説明の恰好で次のように書かれていた。

曩に虎狩を企て朝鮮に渡り金剛山脈其の他彼の地の深山幽谷を跋渉して大虎二頭豹二頭大熊五頭猪四頭及び狐水鳥等を獲て無事凱旋したる船成金山本唯三郎氏一行は十日午前九時四十分東京駅に着いた、油肉で皮が保たぬとあつて之れで剝製にされた三頭の虎と豹一頭を初め四十貫と五十貫の猪二頭、熊一頭其の他多数の獲物を駅前の広場に堆く積んで当の山本氏は得意満面であつた。

（『岩手日報』大正六・一二・一三）

わずかにこれだけの短い文面でありながら、写真もあるだけに十分に人目をひくに足る内容の記事と言える。と言っても、山本について何も知らない者にとってはいささか唐突な印象を与えるであろう。ところがそれを補うかのごとく数日前に発売されていた雑誌には、虎狩りに関する記事が載っていた。それは実業之日本社より発行されていた『日本少年』である、同誌は博文館が明治期より刊行していた『少年世界』などの雑誌をしのいで当時最も多くの読者を得ており、その編集長であった松山思水は虎狩りの一行に加わっていた。
同誌の十二月号には一ページの予告記事が載っていた。そこには大きな活字で二行にわたり、「記者思水虎狩隊に／参加し朝鮮に渡る」と題して無署名の文章が掲載されている。大きな活字の並ぶ見出しばかりが目立つ短い文章であるが、趣旨は思水が虎狩りに参加し紀行文を来月号に載せるという予告である。

松昌洋行主山本唯三郎氏は、兼てより朝鮮に渡つて虎狩を行はんとの希望を抱いて居られましたが、今回愈虎狩隊を組織して、此の振古未曾有の壮挙を決行されることになりましたので、即ち其計画を大いに壮とするわが日本少年は、此虎狩の記事を誌上に掲げ、以つて少年諸君の志気を鼓舞せんため、特に乞うて記者も亦其一行に加へられんことを欲しましたところ、氏は直ちに快諾されましたので、茲に編輯長松山思水は、山本氏の虎狩隊に参加し、その一員となつて、朝鮮に赴くことになりました。
虎狩隊の隊員は約三十名、一行は十一月十日東京を出発し、十三日京城着、此地に於いてあらゆる準備を整へ、各部署を定めたる後、先づ元山に向ひ、それより虎の産地として知られたる咸鏡道方面に向つて進発し、加藤清正以来の壮挙を敢行し、約四週間の後帰京することになつて居ります。
鶏林八道秋今や闌にして、猛虎一声月に嘯くところ、わが虎狩隊の獲物や如何、即ち虎狩隊の一員たる思水は、
壮絶快絶なる虎狩の記
を彼地より寄せて、これを新年号に掲載すべければ、諸君は刮目して待たれよ。（『日本少年』大正六・一二）

後半一気に文語体になった文面に松山思水の思い入れの強さが現れている。これにより当時としても相当に珍し

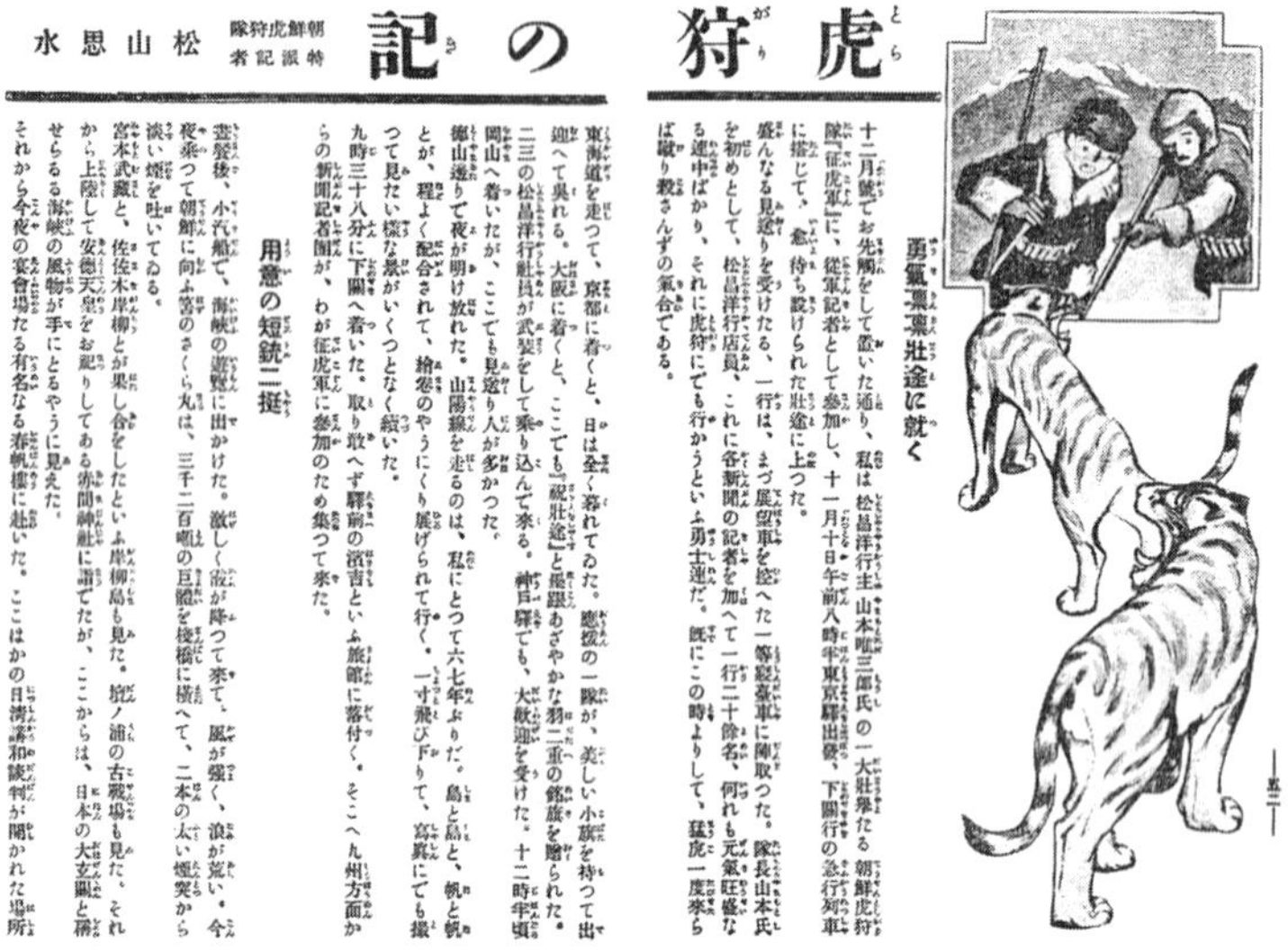

虎《とら》狩《がり》の記《き》

朝鮮虎狩隊特派記者　松山思水

勇氣凛凛壯途に就く

十二月號でお先觸をして置いた通り、私は松昌洋行主山本唯三郎氏の一大壯擧たる朝鮮虎狩隊『征虎軍』に、從軍記者として參加し、十一月十日午前八時半東京驛出發、下關行の急行列車に搭じて、愈待ち設けられた壯途に上つた。

盛んなる見送りを受けたる、一行は、まづ展望車を控へた一等寢臺車に陣取つた。隊長山本氏を初めとして、松昌洋行店員、これに各新聞の記者を加へて一行二十餘名、何れも元氣旺盛なる連中ばかり、それに虎狩にでも行かうといふ勇士連だ。既にこの時よりして、猛虎一度來らば蹴り殺さんずの氣合である。

—五二—

東海道を走つて、京都に着くと、日は全く暮れてゐた。應援の一隊が、美しい小旗を持つて出迎へて呉れる。大阪に着くと、ここでも『祝壯途』と墨跡あざやかな羽二重の銘旗を贈られた。二三の松昌洋行社員が武裝をして乘り込んで來る。神戸驛でも、大歡迎を受けた。十二時半頃岡山へ着いたが、ここでも見送り人が多かつた。

德山邊りで夜が明け放れた。山陽線を走るのは、私にとつて六七年ぶりだ。島と島と、帆と帆とが、程よく配合されて、繪卷のやうにくり展げられて行く。一寸飛び下りて、寫眞にでも撮つて見たい樣な景がいくつとなく續いた。

九時三十八分に下關へ着いた。取り敢へず驛前の濱吉といふ旅館に落付く。そこへ九州方面からの新聞記者團が、わが征虎軍に參加のため集つて來た。

用意の短銃二挺

晝餐後、小汽船で、海峽の遊覽に出かけた。激しく霰が降つて來て、風が強く、浪が荒い。今夜乘つて朝鮮に向ふ筈のさくら丸は、三千二百噸の巨體を棧橋に横へて、二本の太い煙突から淡い煙を吐いてゐる。

宮本武藏と、佐佐木岸柳とが果し合をしたといふ岸柳島も見た。壇ノ浦の古戰場も見た。それから上陸して安德天皇をお祀りしてある赤間神社に詣でたが、ここからは、日本の大玄關と稱せらるる海峽の風物が手にとるやうに見えた。

それから今夜の宴會場たる有名なる春帆樓に赴いた。ここはかの日清講和談判が開かれた場所

—五三—

『日本少年』大正７年１月号

い虎狩りの計画が一般の少年読者に全国規模で伝わったことであろう。中央部分には具体的なことに触れていたので、その大がかりな様子が広く明らかになったと思われる。

翌年の正月号は巻頭に虎狩りに関する写真[4]を載せるだけでなく、予告どおり思水による「虎狩の記」という記事が掲載されている。それを見るとまたも「注文の多い料理店」とのつながりが浮上してくる。すなわち連載第一回の最初のページには、二頭の虎の絵とともに鉄砲を持ったふたりの若者の姿が描かれている。両者は決して「すつかりイギリスの兵隊のかたちをして」とは見えないものの、服装や姿勢のわずかな相違によりかえって「二人の若い紳士」という言い方が思い起こされるだろう。というのも作中のふたりにまったく個性の違いが見られなかったごとく、絵のなかのふたりについても顔かたちなどにきわだった区別が見られないからである。

『日本少年』大正７年２月号

そこに書かれた思水の文章は特派員たる雑誌記者らしい特色を示している。内容的には東京駅での出発から始めて日を追いながらの感想をまじえた紀行文となっており、体験に基づく生彩ある筆致はひとつの読み物となっている。ただし狩猟についてまったく疑問を感じていない点は主催者の山本と変わりがない。それゆえ賢治のような読者が読むと眉をしかめかねないようなことも驚くほど軽々とした筆致で報告されている。

たとえば狩りの最終日に思水自身が獲物をねらって銃を撃ったことについて、「まぐれ当たりか天佑か、かく申す思水が発つた一弾は、十間許りの向の岩蔭から飛び出した獐に命中する。あまりの嬉しさに、万歳！　万歳と、僕は銃を投げ出して、躍り上つてよろこんだ。写真に写つてる嬉しさうな顔をみてくれたまへ」と、無邪気この上ない様子が書かれている。ここではさらに次のように続いていた。

かくて狩は日没に及んで終つた。此の日の獲物は獐十六頭岳羊六頭の多数に及んだ。取つた獲物はその場で腸を出し、塩で防腐するのであつたが、鮮人の猟師は生胆をつかみ出して、鮮血淋漓たるまま呑んでしまふ。口のあたりは血だらけになる。人か鬼か。

（『日本少年』大正七・一）

これはいかにも雑誌記者ならではの文章であろう。しかしたとえ一般の読者であってもこういう記述にはいささか辟易するのではないだろうか。そこで想起されるのは、賢治の菜食主義がこの大正七年に始まっていたということである。そういうことはたった一つの出来事が原因で実行される性質のものではないであろう。しかしこの記事を目にするなら、全然無関係ではないと思うのが妥当ではなかろうか。賢治が『日本少年』を手に取っていたかどうかはともかくとして、少なくとも山本の企画した虎狩りの一件について承知していたことが推測されるのである。

五

ところで『日本少年』の発行元である実業之日本社は少年少女向けの雑誌発行が主体ではない。言うまでもなく同社の看板雑誌は経済誌の『実業之日本』である。実は山本の一件は経済界の話題であるだけに同誌にも載っていた。同誌の「当世逸話」という欄にはいつも経済界を中心とした著名人に関する話題がいくつか無署名で掲げられていたが、十二月上旬の号には、「山本唯三郎内閣諸公に虎の睾丸を献ぜんとす」という奇矯な見出しがある。そこでは短文ながら次のように書かれていた。

松昌洋行主山本唯三郎文武兼修、闊達剛毅の船舶長者たり、常に以為く、千万長者月並の豪遊は以て予が鉄腸を洗ふに足らず、大丈夫銅鑼を叩かば当に同胞国民の惰気を覚すべし、と、遂に朝鮮虎狩の壮挙を思ひ立つて、部下を率て其程に上る。唯三郎発するに臨んで豪語して曰く、『伊藤公（博文）は朝鮮統監時代に豚の睾丸を養生食にしたと云ふ、予は此の行虎の睾丸を摑み来つて、謹んで内閣諸公閣下に献じ、以て諸公煉胆の資に供せんとす』と、気焔万丈、肩を揺ぶつて大に笑ふ。

（『実業之日本』大正六・一二・一）

簡略な記事ながら山本を「船舶長者」と持ち上げているのはご愛嬌であろうか。それとは対照的に山本の発言はいかにも船成金らしく人の意表をつく下品な内容となっている。この逸話が載った雑誌が発行されたころ既に山本は出発しており、雑誌の読者にとっては早くも十二月中旬に帰着の報道に接することになる。当時月二回の発行であった『実業之日本』の翌年正月上旬に発売された号には、帰京後の記事が掲載された。

それは本格的な経済記事の扱いではないものの、コラムの一部分ではなく、独立したかたちをとっている。題して「珍しい虎肉試食会」という記事の署名は「S生」となっていた。記事には宴会の写真も付けられており、前記した同じ趣旨の新聞記事よりはるかに詳細な内容となっている。文章は大きく三分されており、「出るは出るは皆初物」という小見出しのついた最初の部分は、「この間、帝国ホテルで虎肉の御馳走会があつた。――明くれば旧蠟二十日、山本唯三郎君の催しで」と始まり、「主人公は名にし負ふ当代の当り屋たる千万円長者の山本君で、御馳走は滅多にありつけぬ――恐らくは一生に一度と思はれる珍中の珍、――虎の肉といふのであるから、招待を受けた名士賓客、何れも御案内通り万障繰り合せて、馳せ参じた数は雲の如く霞の如く、政治家あり、実業家あり、学者あり、官吏あり、各方面に互つて名士を網羅すること無慮二百有余名と註せられた」と続く。

語句の言い回しは多分に大げさであるとは言え、全体としてみずから試食会に出席した者ならではの臨場感あふれる筆致が特徴的である。しかし最も注目すべき部分はこれに続く次のような箇所である。

　待つこと暫し、やがて『食堂へ』といふ案内で、控室の扉《ドア》を排して、食堂の廊下へ出づれば、アッと何れも＝一歩に驚嘆、二歩に驚嘆、さすがはと舌を捲かされた。

　扉の外は韓山風寒く、猛虎月に嘯く景とあつて、先づ廊下の両側に亭々たる孟宗竹を処狭きまで植えつけ、廊下の戸外には数ケ所に篝火を焚き、焔々たる焔は竹の密林を透して、物凄く人の面を照らすといふ趣向。一同は足一歩扉の外に出でゞ、《ママ》早や既に朔風吹荒ぶ韓山を馳駆し、虎伏す野辺を行く慨があつた。

　廊下に続く廊下、当日の大食堂＝余興室。何れも芝生を以て山を築き、高く天井を摩する松の大木、枝を四方に張れる幹太の大竹を縦横に植え込み、この間に瑞川の虎、利源の虎、龍神里の豹、その他熊、獐等、獲物を剝製として配置し、飽くまでも虎狩気分を漂はしめてある。


（『実業之日本』大正七・一・一五）


　ここでの記述は前記した『中央新聞』以上にくわしい書き方となっている。と同時に肝腎なところはまったく動いていない。当日の招待客はやはり玄関から食堂に直行するわけではなかった。控室で暫く待たされてから、「廊下」を通らなければならなかった。それが単なる通路でなかったことは前の新聞記事と変わらないが、今度はよりくわしく具体的に説明されている。この「廊下」の両側の空間を利用した凝った仕掛けをはじめ、全体にわたる凝りに凝った趣向は並々ならぬ山本の熱意を感じさせるものがある。

　重ねて言えば、「食堂の廊下」「廊下の両側」「廊下の戸外」「廊下に続く廊下」と強調されているように、「廊下」の重要性が「注文の多い料理店」との明らかな共通点となっている。またここで新たに注目させられるのは「扉」である。「控室の扉を排して、食堂の廊下へ出づれば」とあるのは、「注文の多い料理店」で「扉」が場面展開の重要な道具立てになっていた事を思い起こさせる。「扉の外は」「扉の外に」と合わせここで三度使われる「扉」の語は見のがせない要素となっている。

さらにもうひとつ注目すべきは「風」の文字である。記述によると「廊下」は控室と食堂を結びつつ中庭を通っていたことが分かる。そのため客は「風」すなわち十二月の外気にあたらざるを得なかったであろう。そこで記者は「韓山風寒く」や「早や既に朔風吹荒ぶ韓山」というように朝鮮の地を思わせる言い方で臨場感豊かに述べることができた。「風」と言えば賢治作品に欠かせない要素である。「注文の多い料理店」にも「風」は意味深く吹いていた。それは「二人の若い紳士」が「扉」の文字の指示するままにブラシを使い終わつたとき、「ブラシを板の上に置くや否や、そつ《ママ》がぼうつとかすんで無くなつて、風がどうつと室中に入つてきました」という印象的な場面であった。要するに「注文の多い料理店」において欠くべからざる構成要素であった「廊下」は単独ではなく、「扉」や「風」を伴って虎肉の試食会出席の報告記事にきわめて明瞭に記述されていたのである。

このように当時最も発行部数の多かった経済雑誌である『実業之日本』において、山本の主宰した帝国ホテルでの虎肉試食会という宴会が詳細に報じられていたことは見過ごされるべきではない。『学生』とは異なり、同誌は賢治の在籍していた盛岡高等農林学校の図書室でも毎月購読されていた。当時有名になっていた船成金による人騒がせな虎狩りと試食会について、賢治が全然知らなかったとは言えないゆえんである。

六

山本唯三郎による虎狩りと試食会は大正六年のことであり、それに関する取りざたは翌年の二月までででほぼ尽きている。ただし山本に関する世間の風評がこのまま終息したわけではない。山本は他の多くの成金たちと同じく実業界での成功を維持できなかっただけでなく、その没落に際しても世間の目を逃れるわけにはいかなかった。大戦による日本の好況は一時的なものであり、大正九年（一九二〇）には早くも不況に見舞われる。同年二月の『実業之日本』には、「戦時当りやの両花形其後の山下と山本」という題の五ページにおよぶ記事が出た。山下とは山下亀三郎を指し、山本とはもちろん唯三郎である。両者ともに大戦景気に乗るや終戦に及んでたちまち没落してしまう。記事の筆者は「楚水生」とあるが、二年前に試食会の報告をした「S生」と同一人物の可能性もあるだろう。

そこではまず「成金豪奢の夢」と小見出しを立て、「世界大戦の影響を受けて、我国にも幾多の成金輩出し、津々浦々を洗ふ黄金の波は、国民を興奮させ、成金はその豪奢の有頂天になつた」と書き出し、「平生の覚悟なくして金持になつた人の中には、心あるものをして窃に顰蹙せしむるものも少なくなかつた」と一般論を述べる。次に「哀れや虎大尽の末路」と小見出しを立てて、いよいよ本題にはいる。その中心部分を抜き出してみると次のごとくであった。

山本唯三郎氏が朝鮮に虎狩りを試み、帝国ホテルに朝野の名士を招待して試食会を催せるが如き、之れをルーズヴエルト氏が阿弗利加に虎狩りを為し、鰐猟を企画したるに比すれば、その規模必ずしも壮とするに足らざるも、是を従来の成金富豪の徒が、旅行と言へば僅に箱根、江ノ島の遊覧を以てし、御馳走と言へば待合にあらざれば即ち四畳半の茶席に客を招いて、苦き茶と、水ツぽき日本料理とを供したるに比すれば、その計画の豪快にして、気宇の高邁なる世界の大道を闊歩し、宇内の俊傑と握手するの概があつた。

然も一代の大成金として流石隆盛を極めた山本氏の事業も、盛者必衰の理には漏れずして、欧州大戦の終局を峠として次第に下り坂となり、昇る旭と輝き、成金社会の花とまで呼ばれた虎大尽の栄華の夢も、世界に鳴り渡る平和の鐘を相図として、惨ましや敗残の醜き屍を世に曝すに至るべしとは、昨今世間に於ける一般の取沙汰であつた。

(『実業之日本』大正九・一一・一五)

記事の内容は決して山本に冷淡ではない。というのもかつての虎狩りに実業之日本社からも記者を派遣したという経緯があったためであろう。記事の筆者はそれに参加し試食会にも参加していたかもしれない。そうであれば山本に同情的な持って回った書き方もうなずくことができる。ともあれこの記事によって山本の没落は広く一般の読者にとっても明白な事実として伝わった。

短編集『注文の多い料理店』の目次に書かれていた「一九二一・一一・一〇」という日付によれば、作品の執筆は山本の没落以後にあたる。賢治は虎狩りや試食会だけでなく、その後の山本の没落についても確かに認識していたのではないだろうか。そう仮定するなら、作品の結末で「しかし、さつき一ぺん紙くづのやうになつた二人の顔だけは、東京に帰つても、お湯にはいつても、もうもとのとほりになほりませんでした」となっていたことが納得できるだろう。「盛者必衰の理」などと言うまでもなく、実業家としての山本の失敗は「虎大尽」とはやされるほど人騒がせだった言動の行く末に十分見合っていたことになるからである。

このように状況証拠ばかりを集めてここに至った。大まかに結論づけるなら、賢治は世間を騒がせた山本について関心を寄せ、かなりの知識や情報を得ていただろうということである。その手段としては『岩手日報』だけでなく、雑誌の『学生』や『日本少年』や『実業之日本』などが考えられる。それらによって得られた知識や情報が、少なくとも「注文の多い料理店」の着想にあたり強い示唆になったことが推測できる。そして賢治の創作意欲が山本の引き起こした出来事に触発されたのであれば、「都会文明と放恣な階級とに対する止むに止まれない反感」という言い方はきわめて分かりやすい表現となるだろう。「都会文明」「放恣な階級」「反感」という語句に賢治の真意や動機が山本の存在をとおして見られるからである。

つまり「注文の多い料理店」は強い批判精神に導かれ支えられた作品と言える。言い換えると、これは一代の成金であった山本の大まじめな虎狩りと宴会に対する痛烈な風刺であり、パロディである。ただしそれが決して露骨な非難や皮肉に終わっていないのは、本物の実業家らしくなかった山本の人間性[5]によるとも言える。しかしこれまで創作のパン種が長く知られなかったように、そこには賢治自身の卓抜な想像力と才筆が大きくかかわっていたためであり、それだけ作品の完成度が高かったということになるであろう。

注

（1）原子朗『鑑賞日本現代文学　宮沢賢治』（昭和五六・六　角川書店）では、「注文の多い料理店」の時代背景について触れつつ「この物語は、かならずしも賢治ひとりの作品というより、時代が賢治に書かせずにはいなかった作品、というふうにもいえるのである」とあり、秋枝美保『宮沢賢治北方への志向』（一九九六・九　朝文社）では、語釈のなかで狩猟と成金という二項目について注目している。

（2）無署名『財界物故傑物伝』下巻（昭和一一・六　実業之日本社）、および『東京朝日新聞』（朝刊）（昭和二・九・一九）の記事「山本虎大尽／急病で逝去す」による。

（3）『征虎記』（大正七・六　吉浦龍太郎　非売品）。大きさは二二・五×二〇・二センチの横長で、写真五四ページと文章二五ページからなる。

（4）『日本少年』大正七年一月号には「虎狩隊より」、同二月号には「征虎軍画報」と題して巻頭に口絵写真がある。

（5）『財界物故傑物伝』下巻（注（2））に、「人間としての彼は人に讃められて威張りたいの好人物で、朝鮮まで押し渡つて虎狩りをやつて加藤清正を気取つたほどであるから、彼が実業家として大成できなかつたのは当然のことであつた」とある。

「氷河鼠の毛皮」の紳士と青年

一、「紳士」という語の頻出

童話「氷河鼠の毛皮」(『岩手毎日新聞』大正一二・四・一五)は宮澤賢治の数少ない生前発表作品のひとつである。作者みずから「イーハトヴ童話」と銘うった短編集『注文の多い料理店』の刊行は翌年になるものの、この作品にはイーハトヴということばが何度も使われている。そこで当然両者のつながりが気になるわけだが、その点に注意してみると同書の書名となって作品集を代表している「注文の多い料理店」との共通点がまず浮かびあがって来るだろう。

それは何より「紳士」という語の使用について顕著に見られる。「注文の多い料理店」では、「二人の若い紳士が、すつかりイギリスの兵隊のかたちをして、ぴかぴかする鉄砲をかついで」云々という有名な書き出しから分かるように、ふたりの主人公は最初に「紳士」と規定されていることが明らかである。この「二人の若い紳士」たちの登場人物としての性格は例の西洋料理店の玄関の扉をあけて以後はほとんど「二人」と略称されているので見落とされがちかもしれないが、格式や体面にこだわる「紳士」という属性は物語の終わりまで一貫して変わらないのであり、そこには作者における風刺や批評の強い意図が込められていると言ってよい(1)。

作者にとってそれほど重要な「紳士」という語が、「氷河鼠の毛皮」には頻出している。冒頭において、「このおはなしは、ずゐぶん北の方の寒いところからきれぎれに風に吹きとばされて来たのです」と書き出された物語はまず語り手による間接的な叙述で始まり、「十二月の二十六日の夜八時ベーリング行の列車に乗つてイーハトヴを発つた人たち」や、「ベーリング行の最大急行に乗る人たち」という言い方に続いてしばらくは「みんな」と総称されている。その後おもむろに語り手自身が登場して、「ここまではたしかに私も知つてゐます」と述べたあと、車内の様子が次のように詳述される。


列車がイーハトヴの停車場をはなれて荷物が棚や腰掛の下に片附き、席がすつかりきまりますとみんなはまづつくづくと同じ車の人たちの顔つきを見まはしました。

一つ車には十五人ばかりの旅客が乗つてゐましたがそのまん中には顔の赤い肥つた紳士がどつしりと腰かけてゐました。その人は毛皮を一杯に着込んで、二人前の席をとり、アラスカ金の大きな指環をはめ、十連発のぴかぴかする素敵な鉄砲を持つていかにも元気さう、声もきつとよほどがらがらしてゐるにちがひないと思はれたのです。

近くにはやつぱり似たやうななりの紳士たちがめいめい眼鏡を外したり時計を見たりしてゐました。どの人も大へん立派でしたがまん中の人にくらべては少し痩てゐました。


ここでの中心人物である「顔の赤い肥つた紳士」についてはこれ以後単に「紳士」と呼ばれるだけでなく、「まん中の立派な紳士」「酒を呑み出した紳士」「毛皮外套をあんまり沢山もつた紳士」「ゆふべの偉らい紳士」「肥つた紳士」というように、くどいほど繰り返し「紳士」という語によって呼称されている。それだけでなく引用のなかには、「似たやうななりの紳士たち」がいて「どの人も立派でしたが」とあることから、この列車には「紳士」が何人も乗り合わせていることが分かる。それだけにこの後「役人らしい葉巻をくはへてゐる紳士」や「もうひとりの外套を沢山もつた紳士」だけでなく、「向ふの紳士」「よその紳士」といった言い方も現れる。「紳士」の存在を強調するこうした言い方から想起される「注文の多い料理店」の場合はどうであろうか。

「注文の多い料理店」では前述したようにふたりの主要な登場人物が西洋料理店に入って以後「二人」という略称がもっぱら使われるが、それ以前は冒頭の「二人の若い紳士」を受けて「一人の紳士」「はじめの紳士」「もひとりの紳士」「二人の紳士」という言い方が続く。更に西洋料理店に入ってからも一度だけ「一人の紳士」という呼称がある。このように「氷河鼠の毛皮」と「注文の多い料理店」とは、「紳士」という語の使用形態から、中心となる登場人物の性格においてある共通性ないしは類縁性を持っていることが分かる。それゆえ両編はその背景にも共有部分が多く、相互に関連させながら読む価値があると言える。

「氷河鼠の毛皮」では前の引用部分に続いて、「向ふの隅には痩た赤ひげの人が北極狐のやうにきよとんとすまして腰を掛けこちらの斜《はす》かひの窓のそばにはかたい帆布《はんぷ》の上着を着て愉快さうに自分にだけ聞えるやうな微かな口笛を吹いてゐる若い船乗りらしい男が乗つてゐました」とあり、「顔の赤い肥つた紳士」以外の二人の主要な登場人物についてさり気なく紹介されている。物語の終わりの場面では、この「顔の赤い肥つた紳士」が「赤ひげ」の先導で突然乗り込んで来た「熊ども」によって無理やり連れて行かれそうになるところを「若い船乗りらしい男」である青年の機敏な行動によって危うく救われるという結末になる。こう書くと簡単であるが、物語のなかでは「紳士」や他の人物の呼び方が必ずしも一定しない上に、「若い船乗りらしい男」の存在が分かりにくいということもあって、一読後ただちに筋や主題が鮮明になるとは言い難い。そこでまず、この物語での一要素である「紳士」という語が最も多く使われている中心人物に焦点を絞りつつこの作品に特有の問題について考えてみよう。

二、イーハトヴのタイチとは誰か

列車内の人物描写のあと物語は展開して、「汽車は時々素通りする停車場の踏切でがたつと横にゆれながら一生けん命ふゞきの中をかけました」となったのち、前にも登場していた「若い船乗りらしい男」である若者の、孤独で静かな様子の描写を経て、「みんなもしんとして何か考へ込んでゐました。まん中の立派な紳士もまた鉄砲を手に持つて何か考へてゐます。けれども俄に紳士は立ちあがりました。鉄砲を大切に棚に載せました。それから大きな声で向ふの役人らしい葉巻をくはへてゐる紳士に話し掛けました」という説明に続いて両者の会話が始まる。

『何せ向ふは寒いだらうね。』

向ふの紳士が答へました。

『いや、それはもう当然です。いくら寒いと云つてもこつちのは相対的ですからなあ、あつちはもう絶対です。寒さがちがひます。』

『あなたは何べん行つたね。』

『私は今度二遍目ですが。』

『どうだらう、わしの防寒の設備は大丈夫だらうか。』

『どれ位ご支度なさいました。』

『さあ、まあイーハトヴの冬の着物の上に、ラッコ裏の内外套ね、海狸《びばあ》の中外套ね、黒狐表裏の外外套ね。』

『大丈夫でせう、ずゐぶんいゝお支度です。』

『さうだらうか、それから北極兄弟商会パテントの緩慢燃焼外套ね………。』

『大丈夫です《ママ》』

『それから氷河鼠の頸のとこの毛皮だけでこさへた上着ね。』

『大丈夫です。しかし氷河鼠の頸のとこの毛皮はぜい沢ですな。』

『四百五十疋分だ。どうだらう。こんなことで大丈夫だらうか。』

『大丈夫です。』

『わしはね、主に黒狐をとつて来るつもりなんだ。黒狐の毛皮九百枚持つて来てみせるといふかけをしたんだ。』

『さうですか。えらいですな。』

『どうだ。祝杯を一杯やらうか。』紳士はステームでだんだん暖まつて来たらしく外套を脱ぎながらウヱ《ママ》スキーの瓶を出しました。


まことに人を喰ったやりとりであるが、漫画風の誇張がなされたこの場面は本作品における最も興趣豊かな白眉とも言うべき部分であろう。ここでの「まん中の立派な紳士」の自慢はいかにも金満家らしい贅沢自慢である。表題となっている「氷河鼠の毛皮」ということばはここに初めて現れて、この紳士の贅沢と自慢の対象であることが示される。また「氷河鼠」で思い出されるのは寓話と称された「猫の事務所」（『月曜』大正一五・三）であり、そこでは「ぜいたく猫」なるものが事務所を訪れて「わしは氷河鼠を食ひにベーリング地方へ行きたいのだが」云々と言う。ベーリングという地名における作者の北方志向の共通性にも注意されるが、ここでも「氷河鼠」は贅沢の対象になっていることが分かる。

このようなことから、「まん中の立派な紳士」の実態が見えて来るだろう。これはまさしく成金の姿にほかならない。宮澤賢治の作品において成金という語は、「楢の木大学士の野宿」（生前未発表）に「グリーンランドの途方もない成金」「グリーンランドの成金」という形で例があり、グリーンランドがベーリングと同様の北極に近い北方域に属すことに注意するなら、そういう所に「途方もない成金」がいるかどうかは別にして、「氷河鼠の毛皮」における この紳士を賢治童話に特有の成金の姿とみても大きな過ちにはならないであろう。

ここにはまた、いちいちあげるのもおかしいほど当時の第一次大戦による大正成金の特徴が現れている。すなわち防寒のためとはいえ、上着や何種類もの外套を幾重にも重ね着しているのは金持ちの贅沢というだけでなく、「氷河鼠の頸のとこの毛皮だけでこさへた上着」という言い方はいかにも成金風情といったおもむきを表わしている。というのもたとえば当時船成金として有名だった山下亀三郎が大正五年の暮れに神戸で大宴会を催して、鯛の目の周りの部分ばかりを使って蒲鉾をこしらえさせ招待客にふるまったという逸話があったりするからである。[2]と言ってもここでの「まん中の立派な紳士」がそのまま山下亀三郎に結びつくわけではない。北方への狩猟の旅ということでは同じ船成金でも山本唯三郎の方が近いと言える。

山本唯三郎は大戦景気に乗じて莫大な利益を得るや朝鮮に虎狩りを企てただけでなく、帝国ホテルで大げさな虎肉の試食会まで開いて世間を騒がした典型的な大正成金であるが、大正六年（一九一七）十一月十日午前八時に東京駅から一行二十余名をもってにぎやかに出発していた。その虎狩り隊に参加した雑誌『日本少年』の編集長松山思水が同誌に発表した紀行文のうちには、前途を祝した下関での「宴会終つて後、私は忘れて来た毛布を買ひに行つた。何しろ今度行く朝鮮の咸鏡道は、全く寒いのださうで、手袋を二枚重ねても凍傷をする位で、外套は普通の物の上に、今一枚毛皮をつけなくては辛抱が出来ない程なのである[3]」という一節があり、作品中の外套を重ね着している紳士の様子と通じている。

また同じ紀行文中には、下関からの出航時に大がかりな見送りを受けたことで、「私は山本氏に向つて『こんなに方方で万歳を浴せかけられては貨車に二三台も虎をとつて来なくてはいけませんね。』といふと、山本氏は如何にも自信あるものの如く『勿論、最初からそのつもりなんです。』と意気軒昂たるものがある」という一節があるだけでなく、山本みずから派手に前宣伝をしていたということがある。[4] これらは「黒狐の毛皮九百枚持つて来てみせるといふかけをしたんだ」と言う紳士のことばにかよっているだろう。しかしこれだけで、「まん中の立派な紳士」がそのまま山本唯三郎に重なるわけではない。

　物語では実際の成金の生態から逸れてより戯画化の方面へ向かう。すなわち、「毛皮外套をあんまり沢山もった紳士はもうひとりの外套を沢山もつた紳士と喧嘩をしましたがそのあとの方の人はたうとう負て寝たふりをしてしまひました」「紳士はそこでつゞけさまにウヰスキーの小さなコップを十二ばかりやりましたらすつかり酔ひがまはつてもう目を細くして唇をなめながらそこら中の人に見あたり次第くだを巻きはじめました」となるすぐ次の場面では、ようやく紳士らしからぬ矛盾した本質を表わして来る。


『ね、おい、氷河鼠の頸のところの毛皮だけだぜ。えゝ、氷河鼠の上等さ。君、君、百十六疋の分なんだ。君、君斯う見渡すといふと外套二枚ぐらゐのお方もずゐぶんあるやうだが外套二枚ぢやだめだねえ、君は三枚だからいいね、けれども、君、君、君のその外套は全体それは毛ぢやないよ。君はさつきモロツコ狐だとか云つたねえ。どうしてどうしてちやんとわかるよ。それはほんとの毛ぢやないよ。ほんとの毛皮ぢやないんだよ』

『失敬なことを云ふな。失敬な』

『いゝや。ほんとのことを云ふがね、たしかにそれはにせものだ。絹糸で拵へたんだ』

『失敬なやつだ。君はそれでも紳士かい』

『いゝよ。僕は紳士でもせり売屋でも何でもいゝ。君のその毛皮はにせものだ』

『野蕃なやつだ。実に野蕃だ』

『いゝよ。おこるなよ向ふへ行つて寒かつたら僕のとこへおいで』

『頼まない』

よその紳士はすつかりぶり〳〵してそれでもきまり悪さうにやはりうつ〳〵寝たふりをしました。


ここでは当の紳士がいよいよみずから正体を現したと言うべきである。相手を変えて例の贅沢自慢がまたも繰り返されているが、先ほど「四百五十疋分だ」と言っていた氷河鼠の数が「百六十疋の分なんだ」となっているのは「すつかり酔ひがまはつて」しまったためだろうか。それはともかく酔った勢いで他人の外套を指して「ほんとの毛皮ぢやないんだよ」「たしかにそれはにせものだ」「君のその毛皮はにせものだ」と言い募るのというのは、このままで十分おかしい。一方で彼は、「君はそれでも紳士かい」と逆襲されても全然ひるまない。「失敬なやつだ。君はそれでも紳士かい」と重ねて紳士の資格を疑うことばをもって非難されてもまったく動じないだけでなく、「野蕃なやつだ。実に野蕃だ」と追い打ちをかけられてももはや反論しないところが面白い。そんなことに一向頓着せず、「いゝよ。僕は紳士でもせり売屋でも何でもいゝ」と答えるというのは、自分は本来そういう上品な紳士などではなく単なる成金に過ぎないのだといみじくも言外に示しているようなものではないだろうか。

こののち彼はもう一度みずからにせ紳士ぶりを発揮して見せる。すなわち彼はそれから仕方なく更に矛先を変えて、「君、おい君、その窓のところのお若いの。失敬だが君は船乗りかね」と呼びかけて「若者はやつぱり外を見てゐました」と無視されるや、「おい、君、何と云つても向ふは寒い、その帆布一枚ぢやとてもやり切れたもんぢやない。けれども君はなか〳〵豪儀なとこがある。よろしい貸てやらう。僕のを一枚貸てやらう。さうしよう」といかにも大様に話し始める。それがまた無視されても、「おい、君若いお方、失敬だが外套を一枚お貸申すとしようぢやないか。黄いろの帆布一枚ぢやどうしてどうして零下の四十度を防ぐもなにもできやしない。黒狐だから」と少し丁寧に言い、それでもなお「けれども若者はそんな言《げん》が耳にも入らないといふやうでした」と無視されると、ついには「おい若いお方。君、君、おいなぜ返事せんか。無礼なやつだ君は我輩を知らんか。わしはねイーハトヴのタイチだよ。イーハトヴのタイチを知らんか」と居丈高に言ってのける。つまり実は「まん中の立派な紳士」には結構な呼び名があったというわけだが、こういう言い方で思い起こされるのはやはり船成金で有名だった内田信也のことである。彼は大正八年（一九一九）七月に東海道線の列車転覆事故にあって車両の下敷きになったとき、「神戸の内田だ。金はいくらでも出すから助けてくれ」と叫んだという伝説の持ち主であり、(5)「イーハトヴのタイチを知らんか」と言って憚らないという心性もほとんどこれに重なると言ってよい。

このあと続いて、「こんな汽車へ乗るんぢやなかつたな。わしの持船で出かけたらだまつて殿さまで通るんだ」と独りごちているのを見れば、みずから「イーハトヴのタイチ」と名乗るこの「紳士」がまぎれもなく大正五、六年に出現した典型的な船成金の姿を反映していることが分かるであろう。

三、救われる紳士と断罪される紳士

みずから臆面もなく「イーハトヴのタイチを知らんか」と称える紳士がこの後「赤ひげ」に先導された「熊ども」に一度はつかまりながら、最後は結局「若い船乗りらしい男」によって助けられるのはどうしてだろうか。このことについて天沢退二郎は、「豪商タイチやその追従者たちはいかにも愚かしく嫌悪と侮蔑をこめて描かれてはいるけれども、それにしてもあのイギリス風の紳士たちが山猫に食われる寸前に助かったごとく、このタイチも帆布の青年によって救われねばならない」(6)と要約している。当のタイチが作者によって「嫌悪と侮蔑をこめて描かれて」いるかどうかはともかく、ここまで詳しくタイチの言動を追って来てみると、いかに同じく「紳士」と呼ばれているとはいえ、彼を「注文の多い料理店」の「二人の若い紳士」とまったく同様に見ることができるだろうか。

特に「あのイギリス風の紳士たちが山猫に食われる寸前に助かったごとく」と言うほどには両者は重ならない。すなわち「注文の多い料理店」の末尾は、「しかし、さつき一ぺん紙くづのやうになつた二人の顔だけは、東京に帰つても、お湯にはひつても、もうもとのとほりになほりませんでした」という有名な一文で締め括られており、主人公たちは決して完全には救われてはいなかった。確かに山猫に食べられそうになったところを一度死んだとされた二匹の犬の出現によって危機を脱出したのだから、一応「助かった」には違いないものの、最後の一文によって分かるとおり、二人は最終的には決定的な罰を与えられ明確に断罪されているのである。

ところが「氷河鼠の毛皮」におけるイーハトヴのタイチは作品の結末においても「注文の多い料理店」の二人のようには罰せられない。前述したように、初め「若い船乗りらしい男」と言われていた「帆布の上着の青年」が目覚ましい働きをしてまたたく間にタイチを助けるわけだが、その時の青年の言い分は、「おい、熊ども。きさまらのしたことは尤もだ。けれどもなおれたちだつて仕方ない。生きてゐるにはきものも着なけあいけないんだ。おまへたちが魚をとるやうなもんだぜ。けれどもあんまり無法なことはこれから気を付けるやうに云ふから今度はゆるして呉れ」ということに過ぎない。これによってイーハトヴのタイチはまんまと助かってしまうのだが、「注文の多い料理店」の末尾と比べてなんと微温的な結末であろうか。これでは「赤ひげ」と「熊ども」の冒険的な行為は完全に無為に帰してしまうであろう。「あの赤ひげは熊の方の間諜だつたね」と言われるほど最初から周到に計画された行動だったはずの結果がこのようにタイチの完全な免罪となって決着してしまうと、読者のほとんどが拍子抜けしてしまうのではないだろうか。たとえ「熊ども」による報復が成功せずとも、狩猟や野生動物についてあれほど身勝手でけしからぬ言動があったのだから、それこそイーハトヴのタイチが作者によって「嫌悪と侮蔑」の対象となり、なんらかの罰（たとえば「注文の多い料理店」のような）を受けて当然と思う読者もいるに違いない。

しかし作品の実際においてそうならなかった理由を考えてみると、それらしい根拠が幾つか存在していたとも言えるようである。

ひとつはイーハトヴのタイチがそれ以前において既に相当戯画と批判の対象になっていたということがある。その最初は、前の引用中の「どうだ祝杯を一杯やらうか」で終わるやりとりの後の、「すぢ向ひではさつきの青年が額をつめたいガラスにあてるばかりにして月とオリオンとの空をじつとながめ、向ふの隅ではあの痩た赤髯の男が眼をきよろきよろさせてみんなの話を聞きすまし、酒を呑み出した紳士のまはりの人たちは少し羨ましさうにこの豪勢な北極近くまで猟に出かける暢気な大将を見てゐました」という部分に見られる。ここでは「青年」と「赤髯の男」と「まはりの人たち」のことも書かれているのでやや分かりにくいが、「この豪勢な北極近くまで猟に出かける暢気な大将」という語句は極めて戯画的な言い方ながら明らかに批判的な意味が透けて見える恰好になっている。

次は、前記の「わしはねイーハトヴのタイチだよ。イーハトヴのタイチを知らんか」ということばの含まれていた会話の後にある、「こんな馬鹿げた大きな子供の酔どれをもう誰も相手にしませんでした」という語句である。これは彼に対するまわりの乗客の態度を説明したものであるが、同時にこれが紛れもなく語り手による痛烈な批判の辞であることは言うまでもないであろう。

最後はいつの間にか「熊ども」を先導して乗り込んできた「赤ひげ」のことばである。「赤ひげ」はこれまで同じ乗客の一人として見聞したことを一気に叩きつけるように吐き出している。

『こいつがイーハトヴのタイチだ。ふらちなやつだ。イーハトヴの冬の着物の上にねラッコ裏の内外套と海狸の中外套と黒狐裏表の外外套を着ようといふんだ。おまけにパテント外套と氷河鼠の頸のとこの毛皮だけでこさへた上着も着ようといふやつだ。これから黒狐の毛皮九百枚とるとぬかすんだ、叩き起せ。』

この発言の趣旨は、「まん中の立派な紳士」であるイーハトヴのタイチがなぜ「赤ひげ」や「熊ども」の報復の的になるのかという説明である。ここでの言い方は前にタイチ自身が大威張りで言っていた贅沢自慢の完全な復習であるが、その彼が「赤ひげ」によって真正面から「ふらちなやつだ」と糾弾されることによって、その罪深さが明確になるという結果を示している。これらのことがらは前にタイチ自身の口から何度も繰り返されていただけでなく、ここに至り端的に集約されることによってその罪悪性が一気に明確化され、読者に強く印象づけられるということになる。

このように「氷河鼠の毛皮」においては「暢気な大将」や「馬鹿げた子供の酔どれ」といった語り手による指摘に加えて、主人公の敵対者から明確に糾弾のことばが発せられるということがある。これらによって批判されるべき主人公の内実が明瞭になるが、こういう視点からの主人公への直接的な批判ないし非難のことばは「注文の多い料理店」に見られないものである。こうした「氷河鼠の毛皮」に見られる独自の方法には、もうひとつ「紳士」とされている主人公の人柄の描かれ方がある。

すなわちみずからイーハトヴのタイチと名乗る紳士は、繰り返し「紳士」と言われる割に紳士らしくないということがある。「毛皮外套をあんまり沢山もつた紳士はもうひとりの外套を沢山もつた紳士と喧嘩をしましたが」ということがあったり、前述した「僕は紳士でもせり売屋でも何でもい、」と言ったりしていたことから、「紳士」という以上にいかにも成金的な俗物性と子供っぽい無邪気な姿をあらわにしていたということにとどまらず、もうひとつ意外な一面ものぞかせていた。

それはまず、「みんなもしんとして何か考へ込んでゐました。まん中の立派な紳士もまた鉄砲を手に持つて何か考へてゐます」というような、なんとなく寂しげな姿が前触れとしてあったということに注意しておいてよいだろう。短編集『注文の多い料理店』に収載されていた「山男の四月」には、「支那人は、外でしいんとしてしまひました。じつにしばらくの間、しいんとしてゐました」という表現があって、山男が孤独な「支那人」に同情するという場面がある。これはそこにも通じる作者に特有の言い回しであるが、決定的なことは前にも引いた、「こんな汽車へ乗るんぢやなかつたな。わしの持船で出かけたらだまつて殿様で通るんだ。ひとりで出掛けて黒狐を九百疋とつて見せるなんて下らないかけをしたもんさ」などという独り言を言っていることである。これは当時のことばで言えば当代の当たり屋として飛ぶ鳥も落とす勢いと言われるはずの人物にふさわしくない気弱な発言ではないだろうか。ほとんど後悔や自嘲といってよいほどの内省的なことばである。こういういかにも人間くさい弱気な成金としての内面描写は「注文の多い料理店」にはほとんど見られない。それ故一貫して自分たちの非に気づかなかった二人の若い紳士に比べると、イーハトヴのタイチの方がより罪が軽いと言ってよいのかもしれないのである。またもうひとつ気弱な様子ということでは、彼が泣くということがある。

「『おい、立て、きさまこいつだなあの電気網をテルマの岸に張らせやがつたやつは。連れてかう』『うん、立て。さあ立ていやなつらをしてるなあさあ立て』紳士は引つたてられて泣きました。」というように、イーハトヴのタイチも最後は泣いたのである。泣くという行為は言うまでもなく自発的な降参、敗北を意味しており、これでは「ふたりは泣きだしました」や「二人は泣いて泣いて泣いて泣きました」の「注文の多い料理店」の紳士たちと程度の差はあれ本質的に変わらないということになる。

しかしなぜこのように愚かで気弱な成金の姿がイーハトヴのタイチに投影されているのだろうか、と考えると今度は「注文の多い料理店」との相似と相違がふたつながら同時に浮上してくる。すなわち両編を創作するきっかけとなったと思われる実際の大正成金の多くは、いかにも成金らしくまたたく間に没落してしまったからである。特に今まで名前をあげた船成金のうち最も宮澤賢治の注目を惹いたと考えられる山本唯三郎は、大戦の終結に伴って起こった戦後恐慌の波にあえなくのまれて消えてしまった。そういう現実社会の背景は両編に共通しているものの、成金としての直接的な描写をほとんど排した「注文の多い料理店」と異なり、随所で実際の成金らしい様々な様子を愚かで気弱な人間として戯画的批判的に描いた「氷河鼠の毛皮」にあっては、今さら作品の最後において主人公を断罪するまでもないということになるわけであろう。

四、「黄いろな帆布の青年」の意味

これまでも見てきたように、「氷河鼠の毛皮」は最後の場面において「帆布の上着の青年」の一瞬の活躍により一気に物語の幕が降ろされる。これを「注文の多い料理店」と比較するなら、「帆布の上着の青年」の役割は二疋の「白熊のやうな犬」に比せられるかもしれない。しかしことはそう簡単ではなく、この青年はそれ以前の場面においてタイチが話しかけるのを完全に無視していた。そういう彼がなぜ紳士を助けるのか分かりにくいというだけでなく、青年の存在それ自体が特異であるところに最大の分かりにくさがある。いったい青年は何のためにこの「ベーリング行きの最大急行」に乗っていたのだろうか。唯一「船乗りらしい男」「船乗りの青年」とあるほかには、この青年の登場人物としての内実はどこにも明かされておらず、謎の人物として終始しているのである。

この青年に関する最初の描写は前にも引いた、「こちらの斜かひの窓のそばにはかたい帆布の上着を着て愉快さうに自分にだけ聞えるやうな微かな口笛を吹いてゐる若い船乗りらしい男が乗つてゐました」であり、後にイーハトヴのタイチにも言及される「かたい帆布の上着」という服装が、タイチからまで「君はなかなか豪儀なとこがある」と言われるほどにタイチとは対照的であるとされている。それだけでなく、この青年の上着については次の箇所に移ると、「黄いろな帆布の青年は立つて自分の窓のカーテンを上げました」というように、若干変化した形で書かれることになる。「黄いろな帆布」という言い方で今まで以上に服装の特色が簡潔に示されているわけであるが、この言い方はあと二回現れる。すなわちタイチの言っていた、「おい、君若いお方、失敬だが外套を一枚お貸申すとしようぢやないか。黄いろの帆布一枚ぢやどうしてどうして零下の四十度を防ぐもなにもできやしない」という会話表現に加えて物語の終わりに近く、「ズドン。ピストルが鳴りました。落ちたのはただの黄いろの上着だけでした」という描写においてである。「黄いろな帆布」「黄いろの帆布」「黄いろの上着」と三度も繰り返し強調されている「黄いろ」の上着とは一体何を意味するのであろうか。

青年の上着が贅沢な毛皮と対照的な帆布であることは、確かに青年が紳士たちに対する批判者の視点を保持していることを示すとはいえ、ここで「黄いろ」という色に何かある重要な意味を読みとることは不可能であろう。少なくともこの作品の中だけの検討ではもはや探索のしようがないと言ってよい(7)。そこで「氷河鼠の毛皮」以外の場所に類似の表現を求めてみると、「こんなやみよののはらのなかをゆくときは／客車のまどはみんな水族館の窓になる」という書き出しで始まる「青森挽歌」中の一節に行きあたる。そこでは、「今日のひるすぎなら／けはしく光る雲のしたで／まつたくおれたちはあの重い赤いポムプを／ばかのやうに引つぱつたりついたりした／おれはその黄いろな服を着た隊長だ／だから睡いのはしかたない」という詩句の形で、「黄いろな服」が織り込まれていた。

ここの六行については、「花巻農学校の生徒たちを指導して、何かの作業をしていたものであろう(8)」という注釈があり、それによれば「おれはその黄いろな服を着た隊長だ」という語句は、宮澤賢治が実際に勤務先の学校において「黄いろな服」を着ていたことをうかがわせる。それが「帆布」でできていたかどうか不明だが、もし「何かの作業」をするためのものであれば「帆布」を連想させるような丈夫な生地であったということは十分考えられる。それゆえ『春と修羅』において「青森挽歌」が「一九二三、八、一」という日付を持っていたことをも考え合わせると、同年の四月十五日に『岩手毎日新聞』に発表された「氷河鼠の毛皮」における「黄いろな帆布の青年」の存在理由がいくらか明らかになると言える。

二五二行からなる「青森挽歌」が生まれたのは八月における北海道・樺太旅行に際してであるが、その夜行列車の車室の心象風景が早くも四月の「氷河鼠の毛皮」に用いられていることになる。これは一見時間的に逆行するようであるが、列車や夜汽車が好きだった宮澤賢治にしてみればそれほど不自然な発想とは言えないであろう。つまり前年の十一月二十七日に妹としを喪った作者自身に基づく傷心の旅行者の姿が、この物語の中に先行して現れているのである。

この青年の様子は前記した、「じつと外を見てゐる若者の唇は笑ふやうに又泣くやうにかすかにうごきました。それは何か月に話し掛けてゐるかとも思はれたのです」とあるだけでなく、「すぢ向ひではさつきの青年が額をつめたいガラスにあてるばかりにして月とオリオンとの空をじつとながめ」ていたのちは紳士が話しかけても、「若者はやつぱり外を見てゐました。月の下にはまつ白な蛋白石のやうな雲の塊が走つて来るのです」「つめたく唇を結んでまるでオリオン座のとこの鋼いろの空の向ふを見透かすやうな眼をして外を見てゐました」となる。

すなわち一貫して窓の外の夜の空に視線を定めていることが特徴的であり、物語のなかではひとり超然たる態度を維持しつつひたすら孤独感を深めているわけである。そしてこの青年の孤独の源泉は物語の内部ばかりを見ている限り決して分かりえない。そこであえて物語の外に眼を転じる必要があり、ここでは前年十一月に妹を喪った宮澤賢治自身の影が投影されていると考えるのが最も分かりやすいであろう。物語内部の構成から言えばある種矛盾した方法であるが、天沢退二郎の言った「殆ど不意打ち的な侵入」(9)という表現がここでも極めてうまくあてはまる。つまり前年の妹の死を契機にして「永訣の朝」や「松の針」の詩を書いて以来「青森挽歌」まで詩作のなかった宮澤賢治の心性がわずかにこういう形で表現の余地を見いだしたと言えるからである。

「氷河鼠の毛皮」は、「注文の多い料理店」と類似の「紳士」という素材を扱いながらも、作者自身を相当に色濃く投影させた「黄いろな帆布の青年」という特異な人物の存在によってそれとは異なった作品の様相を呈している。「氷河鼠の毛皮」において、「紳士」はもともと物語内部での必然的な要素である一方、「黄いろな帆布の青年」の超然と孤立した様子は作者に固有の要素として物語の外部から持ち込まれたものの結果だったのである。ここにこの作品の分かりにくさの最も大きな理由があると言えるのではないだろうか。しかしながら「黄いろな帆布の青年」は作品全体の均衡を失しても存在すべき、当時の作者の心象において欠くことの出来ない重さを持った必然の形象だったということになるであろう。

注

（1）宮澤賢治が「紳士」という語を風刺的に用いている他の例としては、『春と修羅』（大正一三・四　関根書店）に収載の「真空溶媒」に「鼻のあかい灰いろの紳士」「赤鼻紳士」などとあるほか、生前未発表の詩「丸善階場景」に「またはひつてくる／仕立の服の見本をつけた／まだうら若いひとりの紳士」という言い方がある。

（2）『東京日日新聞』（大正五・二・一三）には、「●暮!、金が呻る」という見出しの記事のなかに「成金の使ひは驚くばかり早い話が先日神戸で大宴会を催した山下汽船の料理は一人前百円で鯛の眼珠の廻りばかりで蒲鉾を拵へたと云ふ風で」云々という語句が見える。

（3）松山思水「虎狩りの記」（『日本少年』大正七・一）

（4）山本唯三郎「枢密院辺の元老に虎肉を御馳走したい■朝鮮に虎狩するに臨み予の抱負を述ぶ」（『実業之日本』大正六年十一月十五日号）をはじめ、出かける前から吹聴していた様子がある。

（5）たとえば松村金助「船成金興亡秘話」（『実業之世界』昭和六・九）には、「『俺は神戸の内田だ金は幾らでも出す』で有名な内田信也君も戦時船成金の大関格だ」とある。

（6）天沢退二郎「解説」（ちくま文庫版『宮沢賢治全集』8　一九八六・一・二八）

（7）続橋達雄『賢治童話の展開——生前発表の作品——』（一九八七・四・三〇　大日本図書）では、「氷河鼠の毛皮」の着想や初稿の成立について、「黄いろの帆布の〈黄いろ〉が電気総長や山猫裁判長の〈黄〉を思わせるように」として、「一九二一年から二二年初めにかけての厳冬のころ、すなわち一九二一年一二月から翌年二月ごろの間に着想を得たのではなかろうかと推察される」とあるが、ここでは若干異なった見方をとっている。

（8）中村稔「鑑賞」（『日本の詩歌18　宮沢賢治』一九七四・一〇・一〇　中央公論社）

（9）天沢退二郎「とし子の死＊　あるいは受難劇」（『宮沢賢治の彼方へ』一九六八・一・一五　思潮社）

あとがき
――福田久賀男の面影――

あとがきを書こうとすると、福田久賀男という人物について述べなければならない。往年の福田さんをごく簡潔に表わす評語を選ぶなら、谷沢永一による「近代文学の文献通として知る人ぞ知る福田久賀男」（『完本紙つぶて』文藝春秋）というのがふさわしい。ご当人も気に入っていた。織田作之助の研究家である関根和行氏は恭謙で篤実な人柄そのまま常に福田先生ととなえ、第三者として話題にするなかでも「先生は」と尊称するのを忘れなかった。筆者もそう呼ぶことが正当だとは思いつつも、いつも気取らず偉ぶらない人柄を良いことに他の人々と同じく、さんづけで呼び習わしてしまった。ここでも私的な呼称の慣習に従っておきたい。

福田さんに初めて会ったのは昭和五十三年（一九七八）の九月初旬であった。場所は東京の五反田にある南部古書会館であり、一年前に偶然知り合った某氏の紹介による。福田さんは五十四歳だったが頭髪はほぼ真白で六十代に見えた。初対面ではごく短い立ち話で終わったが、一見固くて知的な顔立ちが声を発すると表情がなごんで柔和になったのを覚えている。親しく話をするようになったのは翌週の東京古書会館での再会以後のことである。三度目には招かれるまま府中市のお宅にお邪魔した。そのとき出前の天丼をご馳走になったことがきのうの出来事のように思い出される。福田さんは初めから人なつこい態度で応対してくれたので当方も自然に心を開くことができ、十年来の知己のような感覚になるのに時間がかからなかった。筆者とは親子ほど年齢の差があったものの、こちらを弟分として扱ってくれたおかげで、身内のような親近感をもって話をすることが日常的な楽しみとなっていった。

当時のわたしは前年に二十九歳で大学院に入学して、遅まきながら研究生活を始めたところであった。年齢だけは人並でも論文の書き方ひとつ自信が持てないという心細さを自覚していた者にとって、福田さんとの出会いは頼もしい先達の出現となった。と言う以上に、語り口が新鮮で刺激的だった。それからというもの古書展のつど会うことになる。神田の古書会館での展覧会は当時も今も毎週金・土曜日に開かれるが、それから金曜の朝十時の開場に間に合うように出かけることが日課となった。

当日は古書展をのぞいたあと近くの喫茶店に同好の士が集まるのが慣例だった。それについては福田さん自身の編集になる『安曇野　松本克平追悼文集』（朝日書林）に書いた「学者俳優」で回想されている。そこには、「古書漁りが終ったあと、会館前のビルの二回の喫茶店「世界」（今は無い）で何人かの「古本仲間」たちと、その日の収穫を披露し合ったり、古本談義に話が弾んで、一寸したサロンといった雰囲気の漂う、楽しい集いが持たれるようにもなった。〔略〕中心は矢張り克平さんで」云々とある。おおむねそのとおりであるが、事実は少し違う。俳優座に所属の松本さんは公演などで来られないことが多かったし、いつも談話の中心にいたのは福田御大その人だった。また店の名はセカイであった。これら十人ほどの常連の談話の一隅に加わることが、わたしにとって新しくも楽しい習慣になった。

それから福田さんとは金曜日の神田だけでなく、土曜初日だった高円寺（西部古書会館）や前述の五反田（現在は金曜初日）を入れて週に最低二度顔を合わすことになる。多いときはそれに浅草や反町の古書展のほか百貨店や高田馬場や中野などでの古書市が加わり、時にはそれらが重なって週に三度も四度も会う機会ができた。これは福田さんが四十代半ばで官庁勤めを辞めており、当方の仕事が午後からという幸運に恵まれたためであった。古書展や古本市で本を見たり買ったりしたあとは必ずと言っていいほど喫茶店での休憩となる。そこでの談話が教室などでは得られない貴重なものとなった。

福田さんに出会った当初は刊行されたばかりの『日本近代文学大事典』に関する批評が多かった。また日本近代文学会の発足以前にあった近代文学懇談会の会員だったので研究者の動静に詳しく、駆け出しの研究者にとっては学界の経緯や事情が参考になった。初めは批判精神の旺盛な人だという印象を受けたが、それだけではなく話題は多岐にわたった。特に歴史小説に造詣が深く、忠臣蔵や幕末から明治維新にかけての歴史については江戸っ子らしい見識をともなって話題にこと欠かなかった。研究より大事な将来の目標は函館の五稜郭で戦死した中島三郎助を主人公にする小説を書くことと言いつつその方面の資料も集めていたが、いつまで待っても一向に小説を書き始めたという話にはならない。しかし資質としては鋭い歴史感覚の持ち主であった。それゆえ子母沢寛をはじめとする歴史小説について語ることも多い。テレビ番組で気づいた考証の過誤などもすぐに話題にした。近代文学についても大正期の人と雑誌については確かな歴史認識から臨場感ある話しぶりとなる。いったん話し始めると談論風発して語気に熱がこもり、みずから楽しみながら語って倦まないという表情が聴く者を惹きつけた。

また読書の結果として新たな興味がわくと、面識がなくても未知の人に電話したり会いに出かけたりという積極的な行動力が持ち前でもあった。そのたびに新しい友人知己がふえて人の輪が広がり、晩年の数年間に福田さんを囲む会が開かれたのは一種独特な人間性の賜物であろう。さらに顔の広い福田さんの気配りのおかげで引っ込み思案の我身にも貴重な出会いがいくつか生まれた。

そのような交際のなかで知りえた福田さんの処世の方針を三つあげることができる。まず本や雑誌といった資料は出し惜しみせず必要な者に提供するということがある。この点で恩恵を受けた研究者は多く、筆者自身も御多分にもれなかった。いかにも江戸っ子のきっぷの良さと言ってよい。次に大学教授にはならないという気持があった。

求められて法政大学・日本社会事業大学・和光大学に非常勤講師を務めたが、どの学会にも属さず完全に在野の立場を貫いた。それゆえ研究者とのつき合いにも世俗的な色気が全然なく潔い姿勢を保持した。これら二つはみずから公言して実践するという態度であったが、最後の一つは不言実行であった。それは文章を書いても本を出さないということである。すなわち師の小田切秀雄に何度か勧められながら本にまとめようとはしなかった。その替わり、『廣津和郎初期文芸評論』『阿部知二全集』『千葉亀雄著作集』の編集に携わり、前記『安曇野　松本克平追悼文集』をみずから率先して編んだ。

個人的には古書展や古本市のつど会うことが重なり、結果的に親しい交わりとなった。年数としては平成十一年（一九九九）三月八日に亡くなるまで約二十年におよぶ。そのうち前半十年はかなり頻繁に会うことができたが、後半十年は当方の転職ゆえに若干少なくなった。それでも合計すると千回を優に超す回数会ったことになる。そのなかでは安成貞雄や二郎をはじめ、師の佐藤緑葉の話がとりわけ新鮮で当初は驚きの連続であった。また土田杏村や生田長江や野村隈畔などについては若いときの読書の感激が核になっており、強い思い入れが熱を帯び聴く者を飽きさせなかった。わたしに対しては歳の離れた弟のように接してくれたせいか、他に人がいないと大いに気を許して語り、喜怒哀楽を隠さず感情豊かな話ぶりとなった。たとえば「ここだけの話だが」と断って人事や出版の裏話をしたり、自身の私生活についても生い立ちから家庭の事情や金銭や交友関係などまで遠慮せず語り聞かせるという態度であった。なかには三十年のつきあいと言う茅原健氏が「火宅」のような話と示唆した家庭人としての苦労話もあった（「回想の二人―福田久賀男と高橋新太郎―」『隣人』第一七号）。つまり恋愛や結婚生活という人間関係においては意外に無器用な一面をのぞかせたことになる。時には当方を人生の後輩と見るためか、そういう方面の経験談では無邪気なはったりを見せることがあった。その際は内心苦笑しつつ黙って拝聴した。結果として人生勉強をさせてもらったと言える。

振り返ると、さんづけで呼び習わしたことに始まり心安だてで失礼なことを言ったりしたりしたことが思い出される。姉と妹にはさまれた一人息子として母堂に大事にされた坊ちゃん気質が福田さんにはあった。生来の寂しがり屋であったとも言える。それを思うともっと大事にして尊敬の念を表わしておくべきだったと後悔しても遅い。わが人生においては、後にも先にもあれほど義理と人情の双方に厚い人に会ったことがなく、今日では絶滅種と言うしかない人物であった。

自分なりに福田さんについて言おうとすると、唐突ながらシャルル・ペローの昔話集にある「サンドリヨンもしくはガラスの靴」に付随する教訓が浮かぶ。そこには第二の教訓として名づけ親の存在が強調されている。人が社会に出てゆくには両親などだけでなく、シンデレラにおける名づけ親の仙女のような存在が必要だというのが、ルイ王朝下にコルベールの片腕として活躍したペローの意見であった。それゆえ人と人との出会いが大切だという話になり、福田さんはわたしにとって昔話の仙女であったと言うのがふさわしい。今となっては顧みて魔法昔話に見るような人生の奇跡に思いを新たにすることしきりである。

本書には福田さんに慫慂されて書いた文章も収めた。活字になると読んでくれたが、大して褒められた覚えがない。自分から勧めて書かせたという思い入れの割には大した出来栄えではなかったのだろう。このたび収録に当たり改稿したものを見せたかったと思っても手遅れである。他にも書いてみてはどうかと言われた主題があるものの、果せぬまま永遠の宿題となってしまった。今は本を出すように勧めてくれるはずの福田さんはいない。しかし別に勧めてくださる方がいるのはありがたいことである。お名前を出さないのは申しわけないが、その方とも福田さんの縁による。

そろそろ論文集をまとめてみてはという温かいことばを受けて、うっかりその気になったところ、日ごろの怠惰の酬いで論文集というより単なる文集になった観がある。これはいかんともしがたい。身のほどに釣り合った内容と言うべきであろう。全体の内容について初めから体系を目指したわけではないので、叙述に重複のあることをおことわりしたい。また書名に深い意味はない。「残照の」というのは残り物のといった程度の含意をかけたつもりである。大正期を扱いながら一般にはあまり注目されないような方面を対象にしたという心である。残り物に福があるかどうか心もとない限りと言うほかかない。

原稿の段階では電子情報について新進のシナリオ作家である阿久津朋子さんにお世話になり、校正には新旧の友人である表健太郎氏と遠矢龍之介氏の援助を得た。ここにしるして感謝申しあげる。出版については福田さんとの縁である、ゆまに書房にこれまでと同じくお世話になった。さらに本書の扉には学部以来ご指導を賜っている恩師榎本隆司先生の揮毫をいただくことができた。まことにうれしく心より御礼申しあげる。なお本書の刊行に際しては武蔵野美術大学の出版助成制度の恩恵にあずかることになった。関係各位に謝意を表する次第である。

二〇一三年二月八日

佐久間保明

初出一覧（本書への収載にあたってはいずれも補筆改稿を施した。刊記の元号・西暦は統一せず、原著の表記に従った。引用において仮名遣いは原文を尊重し、漢字に通行の字体のある場合はそれを採用した）

Ⅰ

『文章倶楽部』の青春群像……『武蔵野美術大学研究紀要』No.42（二〇一三・三）
ふたりの批評家――相馬御風『還元録』をめぐって――……『武蔵野美術大学研究紀要』No.21（一九九一・三）
安成貞雄の生涯……『安成貞雄その人と仕事』（二〇〇四・七　不二出版）
安成貞雄の批判精神……書きおろし
秋声対白鳥と広津和郎……『徳田秋聲全集』第8巻「月報15」（平成一一・三　八木書店）

Ⅱ

『田園の憂鬱』の構成……『武蔵野美術大学研究紀要』No.19（一九九〇・三）
『都会の憂鬱』論――日かげ者の真意――……『武蔵野美術大学研究紀要』No.22（一九九二・三）
不遇な芸術家の面影――『都会の憂鬱』の動機と方法――……『国文学研究』第百八集（平成四・一〇）
夢想の好きな男とは誰か――「美しき町」の由来――……『国文学研究』第百二十七集（平成一一・三）
「のんしやらん記録」の主人公……『国文学　解釈と鑑賞』第六十七巻三号（平成一四・三　至文堂）
井伏鱒二における佐藤春夫……『昭和文学のクロノトポス　井伏鱒二』（原題「佐藤春夫という歴史――指標としての文学者――」一九九六・六　双文社出版）

「西班牙犬の家」から「檸檬」へ……『定本佐藤春夫全集』第26巻「月報30」（原題「「西班牙犬の家」から見えるもの」二〇〇〇・九　臨川書店）

Ⅲ

「注文の多い料理店」と虎狩り……『武蔵野美術大学研究紀要』No.23（一九九三・三）

「氷河鼠の毛皮」の紳士と青年……『ことばの世紀　新国語教育研究と実践』（原題「宮澤賢治「氷河鼠の毛皮」における紳士と青年の意味」平成一一・三　明治書院）

（八島）光子　25, 39
安成くら　67, 79, 81
安成貞雄　54, 67〜93, 95, 96, 262
安成三郎　67, 78, 81
安成正治　67
安成四郎　67, 81
安成二郎　67, 72, 75, 79〜82, 86, 262
柳瀬正夢　20
山岡超舟　225
山川均　60, 61
山口孤剣　70
山崎今朝弥　74
山下亀三郎　222, 238, 246
山田俊治　40
山本唯三郎　222〜231, 233〜240, 246, 247, 254, 257
鑓田研一　13
〈よ〉
横光利一　198, 199
（与謝野）晶子　16
吉浦龍太郎　240
吉江孤雁　44
吉井勇　17
吉田映二　16, 18
吉田絃二郎　30
吉田精一　106
よしだまさし　39
吉野作造　8, 38, 43
与田準一　16, 17, 20
〈ら〉
ライト　228
ラング、フリッツ　193
〈り〉
良寛　43, 65
〈る〉
ルーズベルト（ルーズヴエルト）　224, 238
ルブラン、モーリス　73
〈れ〉
レイモント　30
〈ろ〉
ロラン、ロマン　58
ロフティング　208
〈わ〉
ワイルド、オスカー　49
若山牧水　16, 70, 79, 80
和気律次郎　72
涌田祐　205
和辻哲郎　57, 64, 66

星一　78, 80
ホフマン（ホッフマン）、テオドール　180〜182, 199
堀口（大学）　107
本庄陸男　21, 23, 24, 39, 40
本間久雄　8, 27, 73, 75, 78, 86
〈ま〉
マイァー、井ルヘルム　71
前田河広一郎　80
真壁仁　21
正宗白鳥　44, 45, 54, 97〜100, 101, 127, 128, 153
松井須磨子　73
松沢はま　100
松中正子　200
松波治郎　16, 17
松原新一　101
松村金助　257
松村達雄　182, 191
松本克平　260, 262
松山思水　231〜233, 246, 257
松山文雄　16, 17, 20, 39
間宮茂輔　100
マルサス　92
〈み〉
三浦哲郎　211
三上於菟吉　123
水野成夫　195
水守亀之助　31
三井甲之　41, 42, 50
満谷国四郎　222
宮内淳子　200
三宅花圃　80
三宅雪嶺（雄二郎）　79, 81, 95
宮澤賢治　221, 223, 229, 230, 234, 237, 239〜241, 246, 254 〜 258
（宮澤）とし　256
宮地嘉六　37
宮島新三郎　27, 28
宮島資夫　37
宮田暢　70
宮本常一　21, 25
〈む〉
武者小路（実篤）　187
村井弦斎　68
村上浪六　68
村野四郎　21
村山知義　20
室生犀星　19, 31, 33, 37, 126
〈も〉
森鷗外　117
森口多里　27
モリス、ウィリアム（ウヰリアム、ウヰリヤム）　176, 177, 181〜185, 191
森田思軒　68
森三千代　21, 32
〈や〉
八島太郎（岩松淳）　21, 24, 25, 32, 39

西村伊作　181, 182
ニーチェ　57
新渡戸稲造　75
〈の〉
ノヴァーリス　180
野田卯太郎　227
野長瀬正夫　21
野村隈畔　262
野依秀一　70, 72～75, 79
〈は〉
ハイネ　26, 27
萩原恭次郎　21, 32
萩原朔太郎　27
橋爪健　21, 32
芭蕉　43
蓮田善明　21, 39
秦豊吉　194
服部嘉香　43, 44
馬場孤蝶　70, 74, 211
林芙美子　33
林倭衛　188, 191
原子朗　240
原田実　27
ハルボウ、テア・フォン　194
〈ひ〉
日夏耿之介　205
平木二六　16, 17, 32
平林たい子　19, 21, 32
ヒルン、イルジョー　73
広河隆一　191
広津和郎　37, 42, 45～52, 54, 57～60, 62, 65, 66, 98～102, 105, 106, 109, 124, 125, 262
〈ふ〉
深田久弥　21
福士幸次郎　27
福澤（諭吉）　84
福田久賀男　66, 82, 83, 259～264
福田徳三　80
福永渙　71, 80, 86
藤沢清造　37
藤田茂吉　65
藤原審爾　211
藤森成吉　31
フランス、アナトール　71, 195
ブランデス　179
古河市兵衛　67
ブレイク　105, 110, 120, 124
ブレンタノ、クレメンス　179, 180, 182
フロイト　78, 83, 88
〈へ〉
ベルグソン　52
ベルノリ、マリー・ルイズ　191
ペロー、シャルル　263
〈ほ〉
ポウ　199
保坂弘司　21
保昌正夫　7, 9

中条百合子　37
〈つ〉
塚越享生　21
塚本虚明　68
辻潤　171
続橋達雄　257
都築久義　212
土田杏村　80, 82, 262
津村京村　21, 32
ツルゲエネフ（ツルゲネフ）　26, 48, 63
〈て〉
手塚宏一　191
寺田透　205, 212
田健次郎　226
〈と〉
陶淵明（陶靖節）　56, 179, 180
遠矢龍之介　40, 264
東郷克美　212
土岐哀果　70, 74
徳田秋声　16, 97～102, 207, 211, 212
徳冨蘆花　16, 56, 61
富田常雄　19, 21～23, 32
富沢有為男　202, 211
富ノ澤麟太郎　197～200, 211
トルストイ　16, 27, 43, 48, 52, 55～64, 163, 164
〈な〉
内藤濯　78
内藤辰雄　37
内藤民治　78
永井荷風　19, 125, 207, 217
中井繁一　198
永井龍男　21, 37, 40
仲小路廉　226
中里弘子　126
中沢臨川　74
中沢弥　193, 194
中島国彦　203
中島三郎助　261
（長田）幹彦　16
中西周輔　69, 79
中原中也　21, 24
中村孤月　63, 64, 76
中村地平　211
中村俊定　16, 17
中村又七郎　44, 45, 66
中村光夫　108, 125, 153
中村稔　258
中村三代司　173
中村武羅夫　11, 31
中本たか子　21
夏目漱石　16, 17, 74, 170, 172, 173
鍋山貞親　21, 39
ナポレオン　222
楢崎勤　21
〈に〉
西宮藤朝　27

島木健作（朝倉菊雄）　21, 22, 39, 40
島田謹二　106
島田五空　68
島田清次郎　33
島中雄三　80
渋沢栄一　227, 228
白石都里　100
白柳秀湖　70, 80, 83
島崎藤村　16
島村抱月　41, 43, 44, 71, 73
子母沢寛　261
章宗祥　226
ショーペンハウエル（シヨウペンハウエル）　87, 95
シラー　57
新庄嘉章　21
〈す〉
吹田順助　191
末松謙澄　85, 226
鈴木知太郎　16～18
鈴木二三雄　217
須山計一　21, 32, 39
諏訪三郎　193, 196, 197
〈せ〉
関根和行　259
〈そ〉
相馬御風　39, 41～66, 73, 74
相馬泰三　33
（相馬）テル　65
ゾラ　163, 164
〈た〉
平重盛　83
高草木正治　16
高橋是清　79
高橋新太郎　262
高浜年尾　21
高見順　8, 39
高山樗牛　16
滝井孝作　126
武井武雄　20
竹内富子　16
タゴオル　30, 52
太宰治　211, 212
田中王堂　42, 47, 66
田中貢太郎　201～203, 205
谷馨　21
谷口基　7, 9
谷崎潤一郎　16, 153, 207, 213, 217
（谷崎）千代　207
谷沢永一　65, 259
谷中安規　21
田山花袋　16, 19, 31, 44
ダーウィン（ダルウヰン）、チヤールズ　87, 88
〈ち〉
チェーホフ　59
近松秋江　31, 72
千葉亀雄　262

川添利基　16～18, 32

川端康成　21, 32, 192, 193

カーライル　87

河盛好蔵　202

菅野昭正　203

管野スガ　70, 81

〈き〉

菊池寛　26

北住敏夫　21

北原白秋　16, 20

衣川孔雀　171

木下尚江　56, 61

木村毅　28～30, 65, 71

木村鷹太郎　88

木山捷平　21

キュリー夫人　92

清浦圭吾　226

〈く〉

國枝史郎　75

国木田独歩　16, 18～20

久保勘三郎　171

久保田万太郎　44, 88

久米正雄　37

グリアースン　58

黒岩涙香　68

クロポトキン　61

〈け〉

ゲーテ（ゲエテ）　27, 87, 107, 110, 160

〈こ〉

高祖保　21

幸田露伴　68

幸徳秋水　188

河野広中　227

小杉天外　68

後藤亮　98

小林多喜二　21, 24, 32

小松原英太郎　227

コルベール　263

近藤富枝　100

〈さ〉

齋藤直樹　68

佐伯仁三郎　16～18

堺利彦（枯川）　44, 70, 73, 76, 78, 80

坂本紅蓮洞　76,171

櫻井鷗村　68

佐左木俊郎　14

佐々木靖章　126

佐藤キミ　67

佐藤義亮　11～14

佐藤助吉　85

佐藤春夫　26, 105, 106, 109, 110, 124～127, 129, 152～157, 160～175, 178～181, 183～214, 216～218

佐藤緑葉　70, 80, 262

〈し〉

志賀直哉　207, 214, 216, 217

司馬江漢　176

宇佐美承　39
牛山百合子　125
内田信也　222, 249, 257
内田魯庵　71, 185, 186, 191
宇野信夫　16, 18, 20
生方敏郎　80, 88
浦西和彦　195
〈え〉
江口渙　31
江連沙村（江連重次）　156, 157, 160～169, 171, 172
江戸川乱歩　38
榎本隆司　264
江馬修　12, 13, 31
エマルソン　87
〈お〉
オイケン　52
大井三郎　33
大岡信　205, 212
大久保典夫　126, 212
大倉鶴彦（喜八郎）　226～228
大杉栄　43～45, 54, 62, 72～74, 83, 86, 124, 126, 171, 183～191, 210
大町桂月　13, 16
大森澄雄　40
小笠原克　40
岡本帰一　20
岡本唐貴　20
岡本文弥（小森茂生）　19
小川未明　16, 18～20, 30, 31, 45
小崎軍司　191
尾崎紅葉　16, 68
小田切秀雄　262
織田作之助　259
小野二郎　191
小沼丹　211
小野松二　21
表健太郎　264
〈か〉
梶井基次郎　203, 214, 216～218
加島小夜子　75
片上伸　44
勝田銀次郎　222
勝田香月　21, 32
加藤朝鳥　30, 88, 124
加藤清正　231, 240
加藤武雄（佐藤浩堂）　9, 11～14, 16, 19, 20, 26～31, 33～40
金子薫園　13, 16, 26, 34
金子善八郎　42, 65, 66
金児杜鵑花　21, 32
加能作次郎　19, 31
カーペンター（カァペンタア）　27
神尾光臣　226
上笙一郎　181
上山草人　171
神山ふく　100
茅原健　262

人名索引

〈あ〉
曾津信吾　200
会津八一　205
青木月兎　68
阿久津朋子　264
青柳有美　68, 69, 80, 83～96
赤木桁平　41, 42, 64, 75
秋枝美保　240
秋月伊里子　100
芥川龍之介　16, 26, 29, 37, 70, 79, 192
浅見淵　21
阿部幹三　72
安部磯雄　65
阿部知二　262
天沢退二郎　249, 256～258
新居紀一　37
荒川義英　171, 184, 186, 211
荒畑寒村　54, 70～73, 80, 83, 86
有島武郎　16, 226
在田稠　31, 32
安西愈　40
〈い〉
飯島正　21
生田春月　16, 26, 27, 33, 156, 164～173
生田長江　26, 42, 51～58, 60～63, 65, 66, 73, 171, 262
（生田）花世　26
石井露月　68
石田アヤ　181
石野重道　211
石山賢吉　72
泉鏡花　68
五十公野清一　16, 17, 32
磯貝英夫　209, 212, 215
磯田光一　128
磯部泰治　50
伊多波英夫　79
井出訶六　16, 18
一茶　43, 65
伊藤信吉　21
伊藤整　199
伊藤野枝　171
伊藤博文　235
稲垣足穂　211
稲毛詛風　75
乾直恵　16
井伏鱒二　196～198, 201～212
イプセン　90
今井仙一　16～18
岩佐東一郎　16
岩野泡鳴　73, 75
巌本善治　69
〈う〉
ヴェルヌ　68

佐久間　保明（さくま　やすあき）

1947年福岡県に生まれる。早稲田大学教育学部卒業、同大学院文学研究科博士課程満期退学。1995年武蔵野美術大学教授。主な著作に『安成貞雄その人と仕事』（共編著　不二出版）、『文学の新教室』（ゆまに書房）、『レポートの教室』（武蔵野美術大学出版局）などがある。

残照の日本近代文学　一九二〇年前後

2013年3月1日　印刷
2013年3月8日　第1版第1刷発行

［著　者］　佐久間保明
［発行者］　荒井秀夫
［発行所］　株式会社ゆまに書房
〒101-0047　東京都千代田区内神田2-7-6
tel. 03-5296-0491 / fax. 03-5296-0493
［印刷・製本］　新灯印刷株式会社

落丁・乱丁本はお取り替えいたします。定価はカバー・帯に表記してあります。

　ISBN978-4-8433-4169-8 C3095